Ilona Bulazel

Blutmosaik

Ilona Bulazel
Sinzheimer Str. 40b
76532 Baden-Baden
Deutschland

E-Mail: kontakt@autorib.de
Website: www.autorib.de
Facebook: www.facebook.com/ilonabulazel

Ausgabe 12.02/18

Korrektorat:
Natalie Röllig

Umschlaggestaltung:
Cover Design by James, GoOnWrite.com
Photo Images © Shutterstock / Creatorion / ADA_photo / Undrey

Buchsatz:
Corinna Rindlisbacher, ebokks.de

ISBN 978-1985402928

Weitere Informationen zum Druck:
siehe Buchende

Inhalt

Kapitel 1

Kleine Kinderhände griffen verzweifelt nach der Mutter, suchten Halt und klammerten sich in der Hoffnung darauf, dass doch noch alles gut werden würde, an den Körper neben sich. Die Arme der Erwachsenen legten sich instinktiv um die Mädchen und Jungen im Bus. Das anfängliche Schlingern hatte sich innerhalb von Sekunden zu einem gefährlichen Schleudern entwickelt. Ein entgegenkommender Motorradfahrer, der die unübersichtliche Kurve unterschätzt hatte, war plötzlich auf ihrer Seite der Straße aufgetaucht. Der Fahrer des Busses kannte die Schwarzwaldhochstraße gut genug, um sein Gefährt mit Bedacht zu lenken. Was war nur passiert? Die tief stehende Oktobersonne hatte ihm für eine Sekunde die Sicht geraubt, da war plötzlich das Zweirad vor ihm aufgetaucht. Der Busfahrer hatte das Lenkrad herumgerissen, was hätte er auch sonst tun sollen, und dann war der Mehrtonner unter ihm außer Kontrolle geraten. Die spitzen Schreie der Mädchen gingen dem Mann durch Mark und Bein. Er stemmte sich gegen das Lenkrad, aber es war, als wäre es überhaupt nicht mehr mit dem Bus verbunden. Der Abgrund kam gefährlich nahe, die Leitplanke würde das Gewicht ihres Fahrzeuges nicht halten können. Der Fuß auf der Bremse verkrampfte sich, während seine Hände regelrecht an dem schwarzen Plastik des Steuers klebten.

Die Gruppe hatte sich bereits auf dem Heimweg befunden, deshalb fuhren sie bergab. Der Ausflug sollte in einer der rustikalen Gaststuben im Tal enden, bei Pommes frites und Schnitzel. Aber dieser Tag würde nicht nach Plan verlaufen.

Neben ihnen ging es über hundert Meter in die Tiefe. Die

Schreie schwollen an, als dem Fahrer das Lenkrad aus der Hand sprang und der Bus die Leitplanke wie eine Rakete durchbrach. Das Fahrzeug hatte den Kontakt zum Boden verloren, flog durch die Luft, als wäre es federleicht, und krachte mit solch einer Wucht gegen die steil abfallende Felswand, dass die Frontscheibe zerbarst. Der Fahrer wurde hinausgeschleudert, bevor das Ungetüm seinen Sturz in die Tiefe fortsetzte. Die alten Bäume, die die Schlucht zu einem fast undurchdringlichen Dickicht machten, waren Retter und Täter zugleich. Zwar milderten sie den Sturz, aber gleichzeitig zertrümmerten ihre schweren Äste die Scheiben und zerdrückten die Karosserie, als wäre diese nur eine einfache Getränkedose.

Irgendwann war es vorbei. Die Schreie hatten aufgehört, selbst die Natur schien den Atem anzuhalten, so still war es plötzlich. In der Luft lag der unverkennbare metallene Geruch des Blutes. Den Ersthelfern würde sich auf ewig das schreckliche Bild von abgerissenen Gliedmaßen und bis zur Unkenntlichkeit zerschlagenen Gesichtern ins Gedächtnis einbrennen. Und auch die Tatsache, dass es ihnen gelang, eine Handvoll Überlebender zu retten, ließ sie nie deren flehendes Wimmern vergessen, das erst verstummte, als man sie unter dem Berg von Leichen hervorzog. Der Tod hatte wieder einmal ganze Arbeit geleistet. Und wie so oft waren nicht nur die Leben derer zerstört, die er zu sich geholt hatte, sondern auch die der Menschen, die von den Toten nun allein in der Welt zurückgelassen worden waren.

* * *

Heute, dreißig Jahre später, Stadtteil Cité, »Schweigrother Matten«

»Was meinen Sie, Doktor? Ist das ein Fall für uns?«, fragte Oberkommissar Müller den Gerichtsmediziner, der eine

Plane ausgelegt hatte und gerade dabei war, erste Untersuchungen vorzunehmen.

Der Arzt seufzte unschlüssig. »Noch lässt sich das nicht sagen, hängt stark davon ab, was wir noch finden.«

Die zweiunddreißigjährige Kommissarin Maren Teuber, die neben ihrem Kollegen stand, rümpfte ihre hübsche, leicht schräg stehende Nase, die ihrem aparten Gesicht einen besonderen Reiz gab.

»Bis jetzt noch kein Schädel?«, fragte sie überflüssigerweise, denn auf der Plane lagen bisher nur Reste von zwei Armen, ein Unterschenkel und ein Fuß.

»Ich kann nur sagen, dass die Teile noch recht gut erhalten sind. Das wird helfen. Im Wasser verzögern sich die Fäulniserscheinungen«, erwiderte der Gerichtsmediziner müde.

Lautes Rufen vom zugewucherten Bachlauf, an dem sich gerade ein paar Kollegen zu schaffen machten, ließ sie die Köpfe drehen.

»Hier ist noch ein größeres Stück«, rief einer der Beamten in ihre Richtung.

Hauptkommissar Rolf Heerse, der am Ufer stand, beobachtete mit gemischten Gefühlen, wie langsam ein halber menschlicher Torso geborgen wurde. Die Haut war verfärbt, und Spuren von Tierfraß ließen die Überreste wie zerfetzte Beute aussehen.

Der Hauptkommissar sah sich um. Sein Blick schweifte über die grünen Flächen der Schweigrother Matten, die den Anwohnern als Erholungsgebiet dienen sollten. Wilde Natur legte sich wie ein Rahmen um das Wiesengelände. Gelbe Butterblumen und die rosa-violetten Blüten des Klees durchsetzten das Grün. Im Hintergrund rauschten die Bäche, die zum Teil so überwuchert waren, dass man sie mehr erahnen als sehen konnte.

»Es war purer Zufall, dass man die Leichenteile gefunden hat«, sagte jemand neben ihm.

Ein Kollege von der Streife hatte sich genähert. Er war noch jung, neu in der Einheit.

»Die haben Wasserproben genommen, es geht wohl um den Schutz seltener Kröten.«

Heerse drehte sich automatisch in die Richtung, in die der Kollege mit seinem Daumen wedelte.

Ein paar Meter entfernt standen drei Naturschützer in Anglerstiefeln und wirkten verloren. Ihre weißen Gesichter sprachen Bände.

»Die waren verständlicherweise ganz schön geschockt, als denen plötzlich ein Arm entgegentrieb.« Auch wenn der Satz flapsig formuliert war, konnte man der Stimme des Kollegen entnehmen, dass er Mitgefühl hatte. Solche Ereignisse in die richtigen Worte zu fassen, war eben nicht einfach.

»Irgendwelche Spuren?«, fragte Heerse.

»Bis jetzt nicht, aber wir werden die Zugangswege noch überprüfen.«

»Einer führt direkt durchs Wohngebiet, nicht wahr?«, erinnerte sich der Hauptkommissar, den es bei einem seiner seltenen Spaziergänge mit seiner Frau Petra schon einmal hierher verschlagen hatte.

»Ja, aber wenn ich in dieser Ecke etwas abladen wollte, dann würde ich von der anderen Seite kommen, und zwar über den befahrbaren Waldweg.«

Heerse nickte und sah auf, als die Männer einen weiteren Unterschenkel aus dem Bach fischten.

»Denken Sie, es ist Mord?«, fragte der Streifenbeamte neugierig. »Ich meine, wenn man Sie herbestellt …« Offensichtlich bemerkte der Mann, dass er etwas zu forsch vorging, und ruderte zurück, indem er verlegen sagte: »Ist wahrscheinlich vertraulich.«

Heerse runzelte die Stirn und betrachtete den jungen Kollegen. Er sah die Abenteuerlust und den Ehrgeiz in den Augen des Mannes und konnte sich kaum zurückhalten, ihm die vielen desillusionierenden Seiten des Polizeiberufs aufzuzählen. Jedoch erinnerte er sich rechtzeitig daran, wie er selbst vor dreißig Jahren gewesen war, und antwortete lediglich mit einem leicht genervten Unterton: »Wenn sich jemand die Mühe macht, Leichenteile an so einen abgelegenen Ort zu bringen, dann liegt die Vermutung nahe, dass etwas Ungesetzliches vor sich geht.«

»Natürlich«, stammelte der junge Beamte und wirkte erleichtert, als er von seinem Vorgesetzten abgerufen wurde.

In der nächsten Stunde entstand auf der Plane des Gerichtsmediziners ein trauriges Puzzle. Langsam formte sich aus den Leichenteilen ein Körper, der allerdings unvollständig blieb. Die Überreste des Torsos ließen erkennen, dass es sich um eine Frau handelte. Ansonsten wollte sich der Gerichtsmediziner nicht festlegen.

»Ich kann Ihnen ohne ausführliche Untersuchungen im Labor nicht einmal sagen, ob wir es hier mit einem oder mehreren Menschen zu tun haben. Und dass wir bis jetzt den Schädel nicht finden konnten, wird die Identifizierung zusätzlich erschweren.«

Erst spät am Abend kehrten Heerse und sein Team in die Dienststelle zurück. Der Hauptkommissar setzte sich in sein Büro, überprüfte die eingegangenen E-Mails und war enttäuscht, dass es noch keine neuen Erkenntnisse aus dem Labor gab. Oberkommissar Müller reichte ihm einen Kaffee, während Heerse in Gedanken die notwendigen Schritte abhakte, die in so einem Fall eingeleitet werden mussten.

Mittlerweile war das Gelände abgesperrt und weiträumig durchkämmt worden, auch die Hundestaffel hatte ihre Arbeit getan. Erste Befragungen der Anwohner nach ungewöhnlichen Vorkommnissen, fremden Fahrzeugen und verdächtigen Personen hatten begonnen. Wie zu erwarten tappten die Beamten aber so kurz nach dem Leichenfund noch im Dunkeln.

Heerse war mit seinen zweiundfünfzig Jahren einer der erfahrensten Ermittler und wurde immer dann angefordert, wenn es in seiner Heimatstadt Baden-Baden und Umgebung einen Mordfall gab. Er fuhr sich durch das helle, leicht schüttere Haar und fummelte umständlich seine neue Gleitsichtbrille aus dem Etui. Gestern war ihm *das Ding*, wie er es nannte, verpasst worden, und noch hatte er jedes Mal, wenn er es auf die Nase zog, das Gefühl, gerade einen warmen, schweren Rotwein getrunken zu haben.

Müller setzte sich ihm gegenüber, und ein Schmunzeln huschte über das Gesicht des Enddreißigers.

»Probleme mit der neuen Brille?«, fragte er seinen Chef, der Grimassen schnitt.

»Was heißt *neu?*«, blaffte Heerse. »Bisher habe ich noch nie eine gebraucht, und jetzt sieh dir meinen Schreibtisch an. Eine zum Lesen, eine für die Sonne und eine mit Gleitsicht. Ich frage mich, was da noch alles kommen wird.«

Müller verkniff sich das Grinsen.

»Das ist doch nur wieder so eine Schikane des Altwerdens wie Schuheinlagen und Gebisse. Angeblich soll dann alles besser werden, aber in Wirklichkeit ist das der Anfang vom Ende. Künftig hast du ständig das Gefühl, auf Eiern zu laufen, mümmelst dein Steak nur noch, anstatt es zu kauen, und glaubst, durch ein Piratenfernglas zu blicken, und das bei schwerem Seegang«, schnaubte der Hauptkommissar wütend weiter.

Müller wollte ihn gerade darauf hinweisen, dass viele Menschen eine Brille trugen und damit gut zurechtkamen, da klingelte Heerses Telefon. Als das Gespräch beendet war, stand Müller auf – er wusste, was jetzt folgen würde: der traurige Gang in die Gerichtsmedizin.

* * *

Am späten Abend waren die kalten Räume der Gerichtsmedizin kaum ungemütlicher als am Tag, und trotzdem gab es einen Unterschied. Tagsüber sah man Personal durch die Gänge eilen, hörte Stimmen, und Schritte hallten durch die gekachelten Räume. In der Nacht hatte nur eine Notbesetzung Dienst, was dazu führte, dass die Lebenden gegenüber den Toten in der Unterzahl waren. Schlagartig wurde das Hauptkommissar Heerse jetzt klar, und obwohl er versuchte, diese Gedanken zu verdrängen, überlief ihn ein kalter Schauer. Nicht weil er sich vor der eigenen Fantasie fürchtete und Gefahren vermutete, die einem Horrorfilm entsprungen sein könnten. Sein Unbehagen war wohl eher auf die Tatsache zurückzuführen, dass ihm in den letzten Jahren immer mehr bewusst geworden war, wie schnell ein Leben vorbei sein konnte. Diese stillen Räume erinnerten ihn auf unangenehme Weise daran.

Müller neben ihm begann zu sprechen und riss den Hauptkommissar aus seinen trüben Gedanken.

»Ich bin froh, wieder dabei zu sein«, sagte der Oberkommissar gerade, und Heerse verstand.

Sein Mitarbeiter hatte einiges hinter sich, sowohl beruflich wie auch privat. Daneben verblassten Heerses eigene kleine mentale Unpässlichkeiten.

Er sah Müller an und fragte: »Geht es denn wieder?«

Der andere nickte. »Die Arbeit tut mir gut, und Sylvia und ich …« Sylvia war Müllers Noch-Ehefrau. »… wir kommen miteinander aus, schon wegen der Kinder. In meiner neuen Wohnung fühle ich mich wohl, und so langsam läuft alles wieder normal. Und bevor du fragst, meine Ehe ist trotzdem durch. Die Scheidung läuft.«

Heerse nickte. Er war nicht der Typ, der sich ungefragt einmischte. Die letzten Meter legten sie deshalb schweigend zurück.

Der Gerichtsmediziner sah sie mit rot geäderten Augen an. Offensichtlich machte sich sein stundenlanger Aufenthalt im Freien bereits bemerkbar. Wie zur Bestätigung folgte ein Niesen.

»Ich freue mich auf ein heißes Bad und mein warmes Bett«, sagte der Mann anstatt einer Begrüßung. »Aber die Pflicht geht vor«, fügte er an und die Beamten machten, wie es von ihnen erwartet wurde, respektvolle Gesichter.

»Also, was haben wir?«, fuhr der Arzt nun in professionellem Tonfall fort. »Wie schon gesagt, der fehlende Schädel macht die Identifikation nicht gerade einfach.«

Er schlug das Leichentuch zurück.

Heerse schloss automatisch für einige Sekunden die Augen, bevor er sie nach einem geräuschvollen Ausatmen wieder öffnete. Die aufgereihten Körperteile, an denen sich jetzt auch noch der Gerichtsmediziner zu schaffen gemacht hatte, wirkten mehr denn je wie die Überreste eines kannibalischen Mahls.

»Sehen Sie die Hand? Ich konnte von einem der Finger einen Abdruck nehmen, vielleicht ergibt der irgendetwas. Die Organe, soweit noch vorhanden, deuten auf einen ungesunden Lebenswandel hin, aber ich warte noch auf das Labor. Ich kann ihnen sagen, dass die Leichenteile alle zum gleichen Körper gehören und dass wir es mit einer Frauenleiche zu tun haben. Die Epiphysenfugen sind vollständig geschlossen. Das heißt, es handelt sich um eine Erwachsene, vorsichtig geschätzt etwa Mitte zwanzig, keine auffälligen Knochenbrüche. Der Todeszeitpunkt ist unter diesen Umständen nicht so leicht festzustellen. Das Wasser verzögert für gewöhnlich den Verwesungsprozess. Aber ich schätze zehn, maximal vierzehn Tage. Ich werde noch ein paar abschließende Untersuchungen vornehmen.«

»Todesursache?«, fragte Heerse tonlos.

»Kann ich nicht sagen«, antwortete der Gerichtsmediziner ein wenig schuldbewusst. »Sie hat, soweit ich das feststellen konnte, keine Einschuss- oder Stichwunden. Wie gesagt, ich warte noch auf die Laborergebnisse. Ich habe verschiedene toxikologische Tests angeordnet. Ertrunken ist sie nicht. Das, was von den Lungen noch übrig ist, liefert dafür keinen Anhaltspunkt.«

»Damit sind wir wieder bei dem fehlenden Schädel«, seufzte Müller.

»Ja«, stimmte ihm der Arzt zu. »Ich möchte mich bei Ihnen ja nicht einmischen, aber vielleicht war das der Grund dafür, warum man ihn nicht mit den anderen Körperteilen versenkt hat. Vermutlich würde der uns nicht nur Aufschluss über das Opfer, sondern auch über den Täter geben, wenn es denn Mord war.«

»Sie haben Zweifel?«, entgegnete Müller überrascht.

»Ich hatte mal einen Fall von Rentenbetrug«, führte der Mediziner jetzt aus. Er nahm eine entspannte Haltung ein und machte das typische zufriedene Gesicht eines Menschen, der vorhatte, aus dem Nähkästchen zu plaudern und seine Zuhörerschaft mit einer ungeheuerlichen Geschichte zu verblüffen.

»Es ging damals um eine Witwe, die ausgezeichnet von ihrer Rente leben konnte. So gut, dass sogar ihre drei Kinder damit ein sorgenfreies Leben führten. Natürlich gab es auch Vermögen, aber man kennt das ja. Die Menschen versuchen immer zu nehmen, was sie kriegen können.«

Pflichtschuldig nickten die Beamten.

»Jedenfalls starb die Dame eines Tages völlig unerwartet.« Er sah die fragenden Gesichter seiner Zuhörer und beeilte sich zu sagen: »Oh, die Familie hatte damit nichts zu tun. Denen lag allen daran, dass die gute Frau noch lange am Leben blieb. Es war ein ganz natürlicher Tod, Herzinfarkt mit Todesfolge im Schlaf. Aber da war ja noch diese monatliche Zahlung, von der alle so gut gelebt hatten. Also beschlossen die Kinder der Verstorbenen so zu tun, als sei die noch am Leben. Den Leichnam mussten sie allerdings loswerden. Deshalb haben sie die Frau in kleine Teile zerhackt, die sie in den umliegenden Gewässern versenkt haben. Ganze drei

Jahre hat keiner gemerkt, dass die Frau längst tot war. Ich gebe zu, das hat ein gewisses Maß an organisatorischem Talent erfordert, und wenn man bedenkt, dass die Sache nur aufgeflogen ist, weil sich die drei zerstritten haben und schließlich einer zum Verräter wurde …« Er sah die Beamten erwartungsvoll an.

»Das ist wirklich eine erstaunliche Geschichte, auch wenn ich bei einer Frau von Mitte zwanzig keinen Rentenbetrug vermute. Aber Sie haben da einen interessanten Aspekt erwähnt.« Der Blick des Hauptkommissars streifte noch einmal die menschlichen Überreste auf dem Stahltisch. »Wer auch immer das getan hat, stand ordentlich unter Druck.«

Jetzt war es an dem Gerichtsmediziner, fragend die Brauen zu heben.

»Wie wurde das gemacht?«, wandte sich Heerse an den Arzt, anstatt ihm eine Antwort zu geben.

»Den Wundrändern nach zu urteilen mit einer Handsäge, einem Fuchsschwanz eventuell.«

»Und wie lange dauert so etwas?«

Der Mediziner verstand. »Das braucht seine Zeit und kostet Kraft.« Er deutete auf den zerteilten Torso. »Rippen, Brustbein, Wirbelsäule, so leicht lässt sich ein menschliches Skelett nicht zerlegen.«

»Was würden Sie sagen?«, wandte sich Heerse erneut an den Mann, »hinterlässt das Zerteilen eine große Sauerei?«

Es war klar, dass der Hauptkommissar die Antwort bereits kannte, er wollte sie sich aber bestätigen lassen.

»Davon können Sie ausgehen. Wo das gemacht wurde, sah es hinterher aus wie in einem Schlachthof.«

»Jemand mit medizinischen Kenntnissen?«, fragte Müller dazwischen.

Der Gerichtsmediziner lächelte müde. »Nun, das ist nicht die Arbeit eines Chirurgen, so viel ist sicher.«

Heerse mischte sich ein: »Aber würde denn ein Chirurg,

der seine Spuren verwischen will, es nicht so aussehen lassen wie die Arbeit eines Laien?«

»Gott sei Dank ist es Ihr Job, das herauszufinden«, seufzte der Gerichtsmediziner mitfühlend. »Ich melde mich umgehend, wenn ich die Laborergebnisse habe.«

* * *

Am nächsten Morgen trafen sich die Beamten in Heerses Büro. Maren, die gestern um den Termin in der Gerichtsmedizin herumgekommen war, wurde von Müller ins Bild gesetzt.

»Wir wissen also noch nicht einmal, ob das überhaupt ein Mordfall ist. Ich finde die Geschichte mit dem Rentenbetrug gar nicht so abwegig. Vielleicht eine extreme Form von Identitätsdiebstahl. Jemand stirbt eines natürlichen Todes, und ein anderer übernimmt seinen Platz. Zumindest so lange, bis die Bankkonten leer geräumt sind.«

Heerse, der sich verärgert die Brille von der Nase zog, weil er der Meinung war, sie würde nichts taugen, wedelte ungeduldig mit der Hand. »Nein, das ist mir zu weit hergeholt. So ein Aufwand würde nur bei einer enormen Summe einen Sinn machen. Und wäre die Tote eine reiche Frau, dann hätte schon längst jemand ihr Verschwinden bemerkt. Sie war schließlich erst Mitte zwanzig, da führt man ein anderes Leben als eine alte Witwe. Gerade wenn man Geld hat.«

»Sie könnte zurückgezogen gelebt haben, eine Erbin mit Neurosen. Vielleicht mit Angst vor der Außenwelt.«

Heerse, der die Brille nun wieder aufzog, weil es ihm unmöglich war, die seiner Ansicht nach winzigen Buchstaben des Laborberichts zu lesen, verzog das Gesicht. »Sie wurde nicht vergiftet. Allerdings gibt es klare Hinweise auf starken Alkohol- und Drogenkonsum.« Er sah zu Maren, die schon das Wort ergreifen wollte, und kam ihr zuvor. »Ja, das widerspricht deiner Theorie nicht, aber es könnte auch bedeuten, dass wir es mit einem Junkie zu tun haben. Vielleicht hat die Frau sogar auf der Straße gelebt. So jemanden lässt man nicht verschwinden, wenn er eines natürlichen Todes stirbt.«

»Also Mord, der klassische Fall. Jemand bringt die Frau um und muss, um seine Spuren zu verwischen, die Leiche loswerden«, spekulierte die Kommissarin weiter.

»Und dabei wählt unser Täter einen sehr mühsamen Weg«, gab Müller zu bedenken. »Wie wir wissen, war das Zersägen zeitaufwendig und sehr blutig. Warum wurde nicht einfach die ganze Leiche entsorgt?«

»Vielleicht ein Ritual?«, schlug Maren vor.

»Konzentrieren wir uns auf die Identifizierung der Toten«, übernahm es Heerse nun, die weiteren Ermittlungen zu koordinieren. »Veranlasst die Überprüfung der jüngsten Vermisstenfälle, wühlt euch durch die Datenbanken und behaltet die Auswertung des Fingerabdrucks im Auge. Außerdem werde ich mit dem Kommissariatsleiter sprechen. Ich würde gerne noch ein paar andere Gewässer in der Umgebung überprüfen lassen. Gut möglich, dass man den Kopf dort entsorgt hat. Die Kollegen sind noch dabei, die Anwohner zu befragen. Momentan bleibt uns nichts anderes übrig, als in alle Richtungen die Fühler auszustrecken. Womöglich hilft uns auch ein Aufruf in der Presse. Irgendwer muss unsere Tote doch vermissen.«

* * *

Etwa zur gleichen Zeit

»Du hast gesagt, dass du meine Freundin sein willst, nicht wahr?«

Der Kopf, der in durchsichtige Plastikfolie eingewickelt auf dem Tisch stand, wirkte wie einer dieser Halloweenkürbisse – bis auf die Tatsache, dass es echte Augen waren, die nun mit trübem Blick durch die Folie starrten.

Die Stimme klang enttäuscht, als sie fortfuhr: »So hat es also kommen müssen, wir zwei allein.« Es folgten ein raues Räuspern, ein Kopfschütteln und dann ein klägliches Stöhnen. »Ich wollte eigentlich keine Freundin, aber du hast dich mir ja förmlich aufgedrängt. Erinnerst du dich noch an den Abend, als wir uns das erste Mal getroffen haben? Du hast von diesem Kerl erzählt. Wie hast du ihn noch genannt?« Ein fragender Blick, auf den nicht wirklich eine Antwort erwartet wurde, bohrte sich in die toten Augen des abgetrennten Kopfes. »*Manto* oder *Mango*.« Der Spott beim Aussprechen der Namen war unüberhörbar. »Denkst du, du hast ihm je etwas bedeutet? Wohl kaum. Sonst hätte er dich doch nicht so ein Leben führen lassen. Wo waren denn dein kleines Häuschen mit Garten, die zwei Kinder und der Hund?«

Eine Fußspitze stieß leicht gegen den Schädel in der Plastikfolie, der daraufhin zu schaukeln begann.

»So ist es. Für dich hat es nie das Glück gegeben, das du dir gewünscht hast. Also sei froh, dass ich dich von diesem Elend erlöst habe.«

Einige Minuten herrschte Stille. Der kleine Kellerraum, der in besseren Tagen für Partys hatte herhalten müssen, war jetzt nur noch eine Aufbewahrungsstätte für altes Gerümpel, Sprudelkästen und eine in die Jahre gekommene Tiefkühltruhe.

Niedrige Sessel, Überbleibsel der Siebziger, bezogen mit orangebraunem Polyester, und ein quadratischer Couchtisch, dessen Oberfläche die kreisförmigen Abdrücke zahlloser Gläser zierte, ließen zusammen mit den dunklen Holzpaneelen an den Wänden die fragwürdige Gemütlichkeit vergangener Zeiten erahnen.

»Aber reden wir nicht länger von dir. Du kamst in meine Wohnung und hast mir vorgelogen, meine Freundin zu sein. Tja, und das habe ich dir dummerweise geglaubt.«

* * *

Kapitel 2

Vier Wochen später, Mitte November

»Du bist ein so hübscher Junge«, sagte die Frau im liebevollen Tonfall einer stolzen Mutter. »Ist dir das Badewasser auch warm genug?«

Sie wartete keine Antwort ab, sondern griff sich einen großen Schwamm und tauchte ihn in den duftenden Lavendelschaum. Sie hatte extra einen speziellen Zusatz für Babybäder besorgt und hoffte, dass man ihr das entsprechend anerkennen würde.

Dann war es eine Weile still, und man hörte nur gelegentlich das leise Plätschern, wenn der Schwamm ins Wasser getaucht und tropfend herausgezogen wurde.

»Wenn wir hier fertig sind, dann werde ich dich abtrocknen und ins warme Bettchen bringen.«

Da keine Widerworte folgten, schien die Frau alles richtig gemacht zu haben. Aber warum sollte das auch nicht der Fall sein? Schließlich hatte sie bereits Routine.

Sie stieß mit dem Finger die gelbe Plastikente an, die daraufhin träge durch den Schaum glitt. »Willst du noch ein wenig mit Mami im Wasser spielen oder lieber ins Bettchen?«

Das Nicken, das folgte, und ein verstohlener Blick auf die Uhr signalisierten ihr, dass sie spät dran waren.

Sie eilte zum Tisch und griff nach einem großen weißen Frotteebadehandtuch. Kurz darauf ließ sich ihr Schützling von ihr damit abrubbeln und lächelte zufrieden, als sie ihm die Haut zwischen den Beinen mit Babypuder bestäubte, ihm die Windel anzog, ihn zum Bett führte und dann die Decke bis zu seinem Kinn hochzog.

Sie legte sich daneben. Der Still-BH war etwas ungewohnt und die Größe stimmte nicht, aber an der Stelle hatte sie improvisieren müssen.

»Willst du ein bisschen an Mamis Brust nuckeln?«, fragte sie sanft.

Eine Antwort erhielt sie nicht, dafür spürte sie die Berührung feuchter Lippen auf ihrer Haut.

In diesem Augenblick klingelte ein Handy, und er schreckte zurück.

»Meines ist es nicht«, sagte die Frau jetzt in pikiertem Gouvernanten-Tonfall. »Warst du etwa ein unartiger Junge?«

Marius neben ihr richtete sich auf. Die Stimmung war zerstört. »Scheiße, ich muss da dran!«, fluchte er ungehalten.

Die Frau im Bett griff nach der Zigarettenschachtel auf dem Nachttisch und zündete sich eine der schmalen, langen Kippen an. Sie betrachtete ihren Freier, ließ sich allerdings nicht anmerken, was sie insgeheim gerade dachte. Zurückhaltung in diesem Punkt gehörte zum Geschäft.

»Wir machen das, was mit dem Kunden vereinbart ist. Und zwar ohne unsere Meinung kundzutun, was wir privat davon halten.« Das war die Devise dieses exquisiten Bordells, in dem *Bella* seit einiger Zeit regelmäßig eines der Zimmer anmietete. Sie arbeitete auf eigene Rechnung und war gefragt. Sie erfüllte nämlich ganz spezielle Wünsche, ging, wenn die Kasse stimmte, auch an die Grenzen und selbst darüber hinaus und hatte sich bereits ein hübsches Sümmchen zurückgelegt. Der Ausstieg in ein paar Jahren war fest geplant, genauso wie das sorglose Leben danach.

Sie hörte Marius in das Handy sprechen: »Wir treffen uns in der Praxis, ich bin in dreißig Minuten dort.«

Er verzog gequält das Gesicht, als er das Telefonat beendete. Immerhin hatte er gehofft, ihm wäre zumindest eine private Stunde zum Entspannen gegönnt. Die Termine bei Bella waren sowieso schon schwer genug zu organisieren.

»Du musst gehen?«, riss ihn ihre Stimme aus seinen Grübeleien.

Der leiernde, mütterliche Tonfall war verschwunden. Die Frage klang nüchtern, und er wusste, was sie eigentlich sagen wollte.

»Ich bezahle selbstverständlich die volle Zeit.«

Sie nickte und paffte weiter an ihrer Zigarette, während sie den Fernseher anschaltete und ihre Konzentration auf eine Reportage über Buckelwale richtete. Ihn schien sie nicht mehr wahrzunehmen.

Es gab ein angrenzendes Badezimmer, das Marius nun betrat. Wie jedes Mal schämte er sich, wenn er dorthin zurückkehrte. Wie jedes Mal lagen seine Kleider ordentlich gefaltet auf dem Sessel in der Ecke. Bis eben hatte sich alles so gut angefühlt, aber jetzt, als er die Windel abstreifte und seine gepuderte Scham betrachtete, da stieg Übelkeit in ihm auf.

Und wie jedes Mal versuchte er die Schuldgefühle mit einer eiskalten Dusche abzuspülen. Als er in Bellas Zimmer zurückkehrte, streifte sein Blick die große Badewanne, die eher einem Whirlpool glich und die mitten im Raum stand. Dort, im heißen Wasser, hatte er sich geborgen gefühlt. Er wünschte sich dahin zurück, sehnte sich nach Bellas sanften Berührungen, aber als wäre ihm nicht einmal der Gedanke daran vergönnt, klingelte erneut sein Handy.

»Was ist?«, schnauzte er in das Smartphone.

Er lauschte mit grimmiger Miene seinem Gesprächspartner, knurrte unfreundlich »Ich bin gleich da« und sah zu Bella.

Sie starrte stur auf den Flachbildschirm und hob lediglich die Hand zum Dank, als er die Hunderteuroscheine auf die Kommode blätterte.

»Vielleicht kann ich es nächste Woche einrichten«, stammelte er unbeholfen.

Nun drehte sie doch den Kopf und schenkte ihm ihr wohlwollendes Lächeln, als sie sagte: »Du hast ja meine Nummer. Und jetzt sei ein braver Junge!«

Er verließ zögernd den Raum, nahm den Weg über die dunkle Treppe direkt in die Tiefgarage und setzte sich mit eingezogenem Genick ins Auto. Erst als er über die Bundesstraße fuhr, lösten sich seine angespannten Schultern und die Angst vor Entdeckung war verschwunden.

Das Erste, was Marius hörte, als er sein Ziel erreichte, war die Stimme seines Vaters.

»Wird Zeit, dass du kommst«, blaffte der ungehalten. Er deutete auf eines der Behandlungszimmer. »Dein Patient wartet schon. Hast du vergessen, dass du Arzt bist?«

»Sehe ich so aus, als hätte ich das vergessen?«, schnauzte Marius zurück und ließ seinen Vater stehen.

Der Notfall stellte sich als halb so wild heraus, und zwanzig Minuten später war die Praxis wieder leer. Da es bereits auf dreiundzwanzig Uhr zuging, löschte Marius die Lichter, um sich in das dritte Stockwerk zurückzuziehen, wo er mit seiner Frau und den beiden Kindern wohnte. Sein Vater hatte seine Privaträume eine Etage tiefer.

»Es tut mir leid«, versuchte der sich nun bei seinem Sohn zu entschuldigen.

Jochen Kort war Arzt mit Leib und Seele. Normalerweise wäre er gar nicht so aufgebracht gewesen, überhaupt hätte er auf Marius' Anwesenheit verzichten können, schließlich übernahm er gerne die Notfallsprechstunde. Er war ja sowieso zu Hause, und da seine Frau bereits vor dreißig Jahren verstorben war, gab es auch niemanden, den es störte, wenn er mitten in der Nacht aufsprang, um einen verrenkten Finger, einen grippalen Infekt oder einen verdorbenen Magen zu behandeln. Doch da er sich vor zwei Wochen den Arm gebrochen hatte, war er regelrecht hilflos und konnte nicht einmal ein Blutdruckmessgerät anlegen.

Marius reagierte nicht auf die Worte seines Vaters, deshalb sprach dieser weiter: »Ich hätte mich selbst darum gekümmert, aber …« Er deutete auf seinen eingegipsten Arm.

»Ich weiß, dass dir das Nichtstun schwerfällt, aber höre trotzdem auf, mich zu behandeln wie deinen Assistenzarzt!«

»Es ist nur, weil du nicht zu Hause warst. Du hast deiner Frau gesagt, dass du im Tennisklub bist, aber als ich dort angerufen habe, wussten die …«

»Du spionierst mir nach?«, brach es wütend aus Marius heraus. »Was soll das?«

»Junge, ich mache mir Sorgen!«

»Unnötig.«

»Ist es das?« Die Stimme des alten Doktor Kort hatte nun einen gereizten Unterton. »Ich werde dir meine Praxis übergeben, da möchte ich nicht das Gefühl haben, einen Fehler zu machen. Die Patienten gehen immer vor!«

»Ich habe noch nie meine Patienten vernachlässigt, falls du das andeuten willst«, entgegnete Marius scharf.

Beschwichtigend hob der Vater die Hand. »So war das nicht gemeint. Aber deine Besuche in diesem *Haus.*« Er sagte das letzte Wort voller Verachtung. »Du warst doch wieder dort, oder? Das ist nicht richtig. Du bist verheiratet und Vater. Du trägst eine große Verantwortung.«

»Derer ich mir durchaus bewusst bin, sonst wäre ich ja wohl kaum hier.«

»Aber das mit den Prostituierten, muss das denn sein?«

»Das geht dich einen Scheißdreck an«, wurde sein Sohn laut. »Halte dich künftig aus meinem Leben raus!«

Jochen Kort verlor nun ebenfalls die Beherrschung. »Was ist nur mit dir los? Du benimmst dich unmöglich, wenn das deine Mutter sehen könnte.«

»Kann sie aber nicht«, schrie Marius mit hochrotem Kopf zurück, »weil sie nämlich tot ist. Verstehst du? Sie ist tot!«

Kurz sah er voller Wut in das Gesicht seines Vaters, dann

drehte er sich abrupt um, stürmte aus der Praxis und knallte die Tür hinter sich zu.

Jochen Kort atmete mehrmals ein und aus. Der Junge war ihm noch immer ein Rätsel. Sie hatten so wenig gemein, vermutlich war es falsch gewesen, ihn zu einer medizinischen Laufbahn zu drängen. Marius hatte sich dagegen gesträubt, anfangs hatte er nicht einmal Blut sehen können. Aber Jochen Kort hatte an dem Lebensplan für seinen Sohn festgehalten, und jetzt würde er nicht zulassen, dass Marius alles kaputtmachte.

* * *

Zwei Tage später

Der Tag war kalt und feucht gewesen. Eben typisch für den Monat November, der die Menschen nicht gerade ins Freie lockte. Die meisten verließen deshalb am Morgen in dicke Kleidung gehüllt ihr Zuhause und verbrachten die anschließenden Stunden an ihrem Arbeitsplatz. Wenn sie Glück hatten, lag der in einem warmen Büro oder Verkaufsraum. Am Abend hatten sie es dann eilig, wieder die eigenen vier Wände zu betreten. Die künstlichen Lichtquellen, die in dieser Zeit die fehlende Sonne ersetzen mussten, konnten nicht verhindern, dass die ständige Dämmerung, die einen umgab, eine deprimierende Wirkung auf das Gemüt hatte.

So ging es zumindest Lea Bauer. Um die trübe Welt ein wenig gemütlicher zu machen, hatte sie an diesem Abend Kerzen angezündet, eine Flasche Wein geöffnet und, sehr zur Freude ihres inneren Schweinehundes, auf die Benutzung des Heimtrainers verzichtet und sich dafür eine Pizza mit extra Käse beim Italiener an der Ecke geholt.

Mit vollem Bauch und in guter Stimmung saß sie nun vor dem Fernseher, eingewickelt in eine dicke Fleecedecke, und genoss die Doppelfolge ihrer Lieblingsserie.

Ein wenig genervt hob sie deshalb auch den Kopf, als es an der Tür klingelte. Erst wollte sie gar nicht öffnen, aber dann kam ihr schlagartig in den Sinn, dass sie damit womöglich eine Chance verpassen würde. War es nicht genau das, was Märchenprinzen für gewöhnlich taten? Unvermittelt vor der Tür stehen?

Ein Blick in den Flurspiegel erinnerte sie daran, dass sie zwar optisch nicht auf so eine Begegnung vorbereitet war, aber da sie nun schon einmal ihre Couch verlassen hatte, konnte sie auch öffnen. Angst hatte sie keine. In dem Mietshaus, in dem sie wohnte, gab es ja genügend Nachbarn. Dass die auch alle vor ihren Fernsehern saßen und um diese Zeit keine Notiz von Fremden im Treppenhaus nahmen, kam ihr nicht in den Sinn.

Bis der Schlag auf den Kopf folgte, wiegte sie sich in absoluter Sicherheit – und danach war ihre Chance zu überleben vorbei. Dem Hieb folgte kurz darauf das Aufschlitzen der Kehle.

Zu beobachten wie das Blut, das im Schein der Kerzen fast schwarz wirkte, im Teppich versickerte, übte eine beruhigende Wirkung auf den letzten Gast von Lea Bauer aus. Etwas, das bisher nur in der Fantasie stattgefunden hatte, wurde mit einem Mal lebendig. Es fühlte sich anders an als erwartet, nämlich besser. Lea Bauer starb nicht zufällig, so wie die letzte Frau. Nein, für sie waren sorgfältige Vorbereitungen getroffen worden. Daher hatte die Phase der Linderung schon während der Planung begonnen. Die Vorstellung vom Tod Lea Bauers hatte geholfen, nachts in einen erholsamen Schlaf zu fallen, die unerträglichen Routinen des Alltags zu überstehen, und auch das Gefühl, inmitten von Menschen völlig einsam zu sein, vertrieben.

Noch immer floss Blut aus der Wunde am Hals. Die Kehle klaffte auseinander und wirkte wie ein zweiter Mund.

»Du bist ihr sehr ähnlich, kaum zu glauben«, flüsterte

eine Stimme in Richtung der Sterbenden, dann begann ein geschäftiges Treiben im Wohnzimmer der Toten.

Plastikkleidung und Handschuhe würden verhindern, dass man später feststellen konnte, wer zu so später Stunde Leas Wohnung aufgesucht hatte. Alles, was jedoch mit ihr passieren sollte, musste nicht verheimlicht werden.

Das Blut spritzte über den Boden, als hätte man eine Gießkanne mit purpurn gefärbtem Wasser schwungvoll hin und her geschwenkt. Der Teppich unter der Leiche war durchtränkt von der roten Körperflüssigkeit.

Die ganze Zeit über konnte man ein ungewöhnliches Geräusch vernehmen. Es entstand durch die Säge, die mühsam versuchte, die Knochen der Toten zu durchtrennen. Dafür musste sie sich ihren Weg durch die Haut suchen. Das war noch am einfachsten. Die oberen Gewebeschichten gaben den Zähnen des Sägeblattes nach, als würde man mit einer spitzen Gabel in eine pralle Bockwurst piken. Auch das Fleisch darunter zeigte wenig Widerstand. Zwar war es schwierig, das weiche Gewebe zu fassen, aber das scharfe Werkzeug kam auch damit zurecht. Nur die harten Knochen und Gelenke, die stellten gelegentlich beinahe unüberwindbare Hindernisse dar. Das Zerlegen brauchte also seine Zeit. Immer wieder musste die Säge zurückgezogen werden, um dann in einem anderen Winkel erneut einen Versuch zu wagen. Gelegentlich wurde die Arbeit unterbrochen, um das zerfaserte Gewebe, das am Sägeblatt hängen geblieben war, zu entfernen. Dann wieder gab es Momente, in denen der Einsatz eines weiteren Helfers benötigt wurde. Das scharfe Messer und das Fleischerbeil, beides in handlicher Größe, unterstützten das Wirken der Säge, deren unermüdliches Ratschen auf den Knochen kein Ende zu nehmen schien. Dann endlich war es vollbracht. Lautes Atmen zeugte davon, wie anstrengend es gewesen war, die Vorarbeit zu leisten. Was jetzt noch folgen sollte, war das große Finale.

Ohne Eile wurde alles arrangiert und zuletzt Schnitte an Stirn, Kinn und Wangen vorgenommen. Die anschließenden Handgriffe bedurften ein hohes Maß an Konzentration, wie bei dem Versuch, den Schokoladenguss eines Kekses abzutragen, ohne ihn dabei zu zerstören.

Wieder raschelte Plastik, wieder hörte man ein erschöpftes Schnaufen. Zuletzt wurden die Kerzen gelöscht, der Fernseher ausgeschaltet, und eine Stimme flüsterte: »Gute Nacht, Lea Bauer, angenehme Träume.«

* * *

Seit dem Fund der Leichenteile in den Schweigrother Matten waren mehrere Wochen vergangen. Hauptkommissar Heerse und sein Team hatten alle Kanäle angezapft, um an Informationen zu gelangen. Vor wenigen Tagen war schließlich auch ein Aufruf an die Bevölkerung erfolgt. Man vermied dabei Worte wie »zerstückelt« oder »Mord«, sondern konzentrierte sich auf die vagen Angaben, was das Alter, die Größe und das Gewicht des Opfers betraf. Es gab einige Anrufe, meist von Angehörigen, die jemanden vermissten, aber bisher konnte man keine Übereinstimmung feststellen. Gleiches galt für den Abgleich mit der DNA-Analysedatenbank, auch dort wurden sie nicht fündig.

Heerse wusste, dass ihre Chancen schlecht standen, den Tod der unbekannten Frau aufzuklären. Ihr Vorgesetzter würde sie über kurz oder lang abziehen und den Fall zu den Akten legen.

Deshalb überraschte es den Hauptkommissar auch nicht, dass man ihn und sein Team an diesem Morgen zu einem neuen Tatort in der Innenstadt rief. Ein Wohnhaus mit zehn Parteien nahe dem Leopoldsplatz war ihr Ziel.

Man hatte ihnen über Funk bereits mitgeteilt, dass sich ein äußerst grauenvolles Verbrechen ereignet hatte, aber als die drei Beamten dann schließlich die Wohnung betraten, stockte ihnen trotz der Vorwarnung der Atem. Ein Streifenkollege führte sie ins Wohnzimmer, wo ein penetranter Blutgeruch das Luftholen schwer machte. Noch schlimmer war das Bild, das sich ihnen bot.

»Ein Schlachthaus«, murmelte Heerse, dem bei diesem Anblick augenblicklich das Gespräch mit dem Gerichtsmediziner vor ein paar Wochen einfiel.

Wie aufs Stichwort erschien der Mann nun in der Tür. Er und seine Mitarbeiter hatten bereits das Schlafzimmer in Augenschein genommen.

»Sie ist da drin. Wir haben auf Sie gewartet«, sagte er nun statt einer Begrüßung.

Kommissarin Maren Teuber hatte automatisch nach dem Arm ihres Kollegen gegriffen, als sie das blutverschmierte Wohnzimmer betreten hatten. Sie konnte nur mit Mühe gegen die aufsteigende Übelkeit ankämpfen. Es war nicht einmal der Anblick der vielen roten Flecken und Spritzer, sondern vielmehr die winzigen Gewebestücke und Fleischbrocken, die sich über den Boden verteilten und furchterregende Bilder im Kopf der Beamtin heraufbeschworen, die diese nicht beiseiteschieben konnte.

Müller neben ihr ging es ähnlich. Da die Leiche offensichtlich in einen anderen Raum gebracht worden war, blieben ihm nur diese wenigen menschlichen Überreste im Wohnzimmer, um zu erahnen, was vorgefallen war. Das brachte ihn an seine Grenzen.

Die Beamten betraten nun mit blassen unbeweglichen Gesichtern das Schlafzimmer.

Selbst Heerse, der schon viel gesehen hatte, drehte automatisch den Kopf zur Seite und schloss die Augen, um seinem Gehirn die Chance zu geben, das eben registrierte zu verarbeiten. Womöglich hätte sich sein Körper ansonsten dafür entschieden, den Schock bei diesem Anblick mithilfe einer Ohnmacht zu überwinden.

Maren verließ schnell und leise den Raum, während sich Müller die Hand vor den Mund hielt.

»Was ist mit ihrem Gesicht passiert?«, fragte Heerse mit belegter Stimme und starrte erneut aufs Bett.

Dort lag eine Frau. Man sah nur ihren Kopf. Die Bettdecke war bis zum Kinn nach oben gezogen, der Körper bildete sich darunter ab. Das weiße Leinen wies an mehreren Stellen große Blutflecke auf. Obwohl das schon erschreckend genug war, kam es noch schlimmer. Denn die Beamten blickten nicht in das Gesicht einer Toten, sondern nur in das, was noch davon übrig war.

»Man hat ihr die Gesichtshaut abgezogen. Einschnitte über der Stirn, an den Wangen und am Kinn«, begann der Gerichtsmediziner mit seinen Ausführungen. »Die Klinge wurde mehrmals angesetzt.« Er deutete mit dem Finger Richtung Nase, deren Spitze fehlte. Auch die Wülste der Augenbrauen und das Fleisch der Wangen waren zerschnitten. »Um Ihre nächste Frage gleich vorwegzunehmen: Nein, wir haben die Gesichtshaut bisher nicht gefunden. Womöglich befindet sie sich unter der Decke.« Er sah zum Hauptkommissar. »Können wir?«

Heerse nickte, und der Mediziner, dem ein Kollege zur Seite stand, fing an, langsam das Laken zurückzuschlagen.

Erneut wurden die Anwesenden von Entsetzen gepackt.

»Er hat sie zerstückelt und wieder zusammengesetzt«, keuchte Müller fassungslos.

Niemand antwortete ihm, alle starrten auf die Leichenteile. Der Kopf war nicht mehr mit dem Rest des Körpers verbunden. Auch dort, wo eigentlich die Arme und Beine anschließen sollten, gab es nur zerfetzte Stümpfe. Die abgetrennten Gliedmaßen hatte man fein säuberlich um den Torso drapiert. Der linke Arm lag dort, wo eigentlich das rechte Bein hätte sein sollen. Das wiederum schloss an der rechten Schulter an, der linke Fuß ersetzte die linke Hand.

Heerse zwang sich, genau hinzusehen, das war er der

Toten schuldig. Ihm durfte nichts entgehen, wenn er das Monster, das dafür verantwortlich war, fassen wollte. »Die fehlende Gesichtshaut scheint nicht da zu sein«, sagte er schließlich ruhig.

»Ja«, bestätigte der Gerichtsmediziner. »So wie es aussieht, hat man die mitgenommen.«

* * *

Was jetzt folgte, war die übliche Routine. Die Angehörigen mussten informiert werden, und es galt, so viel wie möglich über das Opfer herauszufinden, denn so könnte eine Verbindung zum Täter hergestellt werden. Die Durchsicht der persönlichen Sachen ergab, dass die Ermordete Lea Bauer hieß, zweiundvierzig Jahre alt war und als Friseurin gearbeitet hatte.

Die Identität musste zwar noch zweifelsfrei festgestellt werden, da das Gesicht bis zur Unkenntlichkeit entstellt war, aber in solchen Fällen schaffte der Abgleich mit den zahnärztlichen Unterlagen der Toten schnell Gewissheit.

Hauptkommissar Heerse übernahm es, zusammen mit Maren Teuber die Nachbarin zu befragen, die die Leiche gefunden und die Polizei verständigt hatte. Eine kreidebleiche und fahrige Frau Gerder öffnete, noch bevor sie den Finger auf die Klingel drücken konnten, die Tür. Offensichtlich hatte sie schon auf die Beamten gewartet.

Die Frau Anfang sechzig bemühte sich, gefasst zu wirken. Heerse vermutete, dass sie sich seit dem Leichenfund zwanghaft versucht hatte abzulenken. Zumindest nahm er an, dass sie sich umgezogen und extra für die Befragung durch die Polizei zurechtgemacht hatte. Ihre Haare waren ordentlich frisiert, der dunkelblaue Rollkragenpulli sah neu aus, und ihre Lippen waren mit einem dezenten Rosa nachgezogen.

»Bitte kommen Sie doch herein«, begrüßte sie Heerse und

seine Kollegin mit einem mitfühlenden Gesichtsausdruck. »Wenn das Ihre Arbeit ist«, fuhr sie ernst fort, »dann beneide ich Sie wirklich nicht darum.«

Heerse, der grundsätzlich erfreut war, wenn den Menschen zwischendurch bewusst wurde, dass Polizist zu sein weit mehr war als ein sicherer Job beim Staat, nickte ihr unverbindlich zu. Wusste er doch auch, dass es meist Menschen wie Frau Gerder waren, die genau das wieder vergaßen, wenn nicht sofort Verhaftungen stattfanden, und deren Bedauern dann in Windeseile in Ungeduld und Schuldzuweisungen umschlug.

»Ich habe uns einen Kaffee gemacht«, sagte sie flüsternd, so als veranstalte sie in ihrem Wohnzimmer eine Trauerfeier.

Wieder nickte der Hauptkommissar. Ein Blick zu seiner blassen Mitarbeiterin genügte, um zu antworten: »Kaffee wäre jetzt genau das Richtige.«

Frau Gerder wies mit einer übertrieben ausladenden Geste auf die Glastür am Ende des kleinen Flurs, überlegte es sich dann aber anders und drückte sich an den Polizisten vorbei, um selbst zu öffnen.

Schließlich betraten die drei ein völlig überheiztes Wohnzimmer, in dem zwei Männer saßen. Der eine trug einen verwaschenen Jogginganzug und las gerade Zeitung. Er legte das Blatt aus der Hand, stand höflich auf und begrüßte die Fremden. Unverkennbar handelte es sich bei ihm um den Hausherrn. Im Gegensatz zu seiner Frau wirkte Herr Gerder ruhig. Heerse ging deshalb davon aus, dass er die Wohnung von Lea Bauer nicht betreten hatte. Was nicht für den anderen Mann galt, der dem Hauptkommissar eine zittrige Hand reichte und nervös blinzelte.

»Das ist Herr Balter, der Heizungsableser«, klärte ihn Frau Gerder auf. »Wir haben die Ärmste gefunden. Frau Bauer gab mir gestern den Zweitschlüssel und bat mich, den Ableser in die Wohnung zu lassen. So machen wir das schon seit Jahren. Ich bin Hausfrau, deshalb kann ich es mir besser einrichten.« Ein vorwurfsvoller Blick folgte in Balters Richtung. »Heutzutage kommt ja keiner mehr pünktlich. Da muss man sich den ganzen Tag freihalten. Das war auch so, als wir auf die Anlieferung unserer Küche gewartet haben. Ich ...«

»Ich denke nicht, dass das die Polizei interessiert«, schaltete sich zu Heerses Erleichterung Herr Gerder ein und unterbrach seine aufgeregte Ehefrau.

»Ja, natürlich«, sagte diese, bat alle, Platz zu nehmen, und schenkte rundherum Kaffee ein. Dann eilte sie zum Wohnzimmerschrank und kam mit einer Flasche Schnaps zurück. Herr Balter nahm das Angebot gerne an, und auch das Ehepaar Gerder gönnte sich einen Schluck gegen die Aufregung. Heerse wusste auch ohne einen Blick auf das Etikett zu werfen, was die drei da gerade tranken. Der Geruch war durchdringend und unverkennbar. Trotzdem klärte ihn die Gastgeberin auf: »Das ist ein Topinambur, der einzige Schnaps, den ich im Haus dulde. Der ist wirklich besser als jede Medizin!«

Wäre der Gerichtsmediziner hier gewesen, hätte der den dreien sicherlich einen Vortrag über Alkohol, dessen Wirkungsweise auf die Leber und andere Organe halten können, ganz zu schweigen von den Beeinträchtigungen, bis der Körper die giftige Substanz abgebaut hat. Aber wen interessierte das schon in so einem Augenblick?

»Frau Bauer wusste also, dass heute die Heizung abgelesen wurde, und hat Ihnen den Schlüssel gegeben?«, begann Heerse die Befragung.

Frau Gerder nahm sofort Haltung an und richtete sich kerzengerade in ihrem Sessel auf. »Ja, genau so war es!«

»Sie kannten Frau Bauer gut?«, fuhr Heerse fort.

Frau Gerder wackelte unschlüssig mit dem Kopf. »Wer kennt schon einen anderen Menschen wirklich«, antwortete sie scharfsinnig. »Allerdings haben wir uns oft unterhalten.

Sie hat mir die Haare gemacht, privat.« Sie fuhr sich automatisch mit der Hand an den Kopf, und es war ihr anzusehen, dass ihr mit einem Mal aufging, dass sie sich in Zukunft eine andere Friseurin suchen musste. Etwas, das ihr sichtlich Sorge bereitete.

Schuldbewusst sah sie zu dem Hauptkommissar und hoffte, der habe ihre Gedanken nicht erraten, bevor sie sagte: »Sie war nett, hat nie Lärm gemacht, sich immer an den Treppenhausdienst gehalten.«

»Gab es einen Freund?« Dieses Mal stellte Maren die Frage, was Frau Gerder veranlasste, den Hauptkommissar mit großen Augen anzusehen. Offensichtlich störte sie die Einmischung der Geschlechtsgenossin.

»Beantworten Sie bitte die Frage«, entgegnete Heerse höflich, aber bestimmt, bevor Maren, die bereits verärgert die Lippen zusammenkniff, etwas sagen konnte.

»In letzter Zeit nicht, zumindest ist mir keiner bekannt. Sie lebte zurückgezogen.«

Im Augenwinkel beobachtete Heerse das Gesicht von Herrn Gerder und hätte schwören können, dass der etwas wusste, was seiner Frau entgangen war. Vorerst hakte er jedoch nicht nach, da er es für vorteilhafter hielt, stattdessen den Ehemann später unter einem Vorwand allein zu sprechen.

An Balter gewandt fragte er deshalb: »Sie haben die Wohnung mit Frau Gerder betreten?«

»Ja«, stammelte der und rieb sich mit der Hand über das Gesicht. »Ich gehe bald in Rente, noch zwei Jahre. Ich mache diesen Job schon sehr lange, aber so etwas.«

»Ach Gott!«, rief Frau Gerder besorgt auf und schenkte dem Heizungsableser einen weiteren Topinambur ein.

»Es tut mir leid, dass ich diese Fragen stellen muss«, redete der Hauptkommissar seinem Zeugen gut zu.

»Natürlich, schon gut«, riss sich Balter zusammen, »der Anblick war nur so schrecklich. Das Blut und dann, im Schlafzimmer …«

»Nur gut, dass ich nicht mit hineingegangen bin«, mischte sich erneut Frau Gerder ein und erklärte: »Als wir ins Wohnzimmer kamen und das viele Blut entdeckt haben, hat mich Herr Balter sofort nach draußen geschickt.«

»Das war kein Anblick für eine Frau«, fügte der nun an. »Ich habe gerufen, gehofft, ich würde mich täuschen, dass es vielleicht gar kein Blut wäre oder ...« Er brach ab. »Ehrlich, keine Ahnung, was ich gedacht habe. Aber ich musste doch wenigstens nachsehen, ob jemand Hilfe braucht. Da habe ich die Schlafzimmertür geöffnet und fand sie. Es war furchtbar.« Seine Hand ergriff das Glas, und er stürzte den Inhalt hinunter.

»Haben Sie die Leiche berührt?«, hakte Heerse nach, der sich das allerdings nicht vorstellen konnte.

»Gütiger Himmel, nein!«, rief Balter aus. »Ich habe das Schlafzimmer nicht einmal betreten und habe die Wohnung sofort verlassen.«

Nun wandte sich Heerse erneut an das Ehepaar Gerder: »Wann haben Sie Frau Bauer das letzte Mal gesehen?«

»Gestern, als sie den Schlüssel gebracht hat. Das war so gegen halb acht Uhr.«

»Und wie war sie da?«

Frau Gerder zuckte mit den Achseln. »Wie immer. Sie hat mir erzählt, dass sie sich eine Pizza geholt hat und jetzt einen gemütlichen Abend auf der Couch machen wollte.«

»Haben Sie irgendetwas gehört? Schreie, merkwürdige Geräusche, irgendetwas?«

Offensichtlich wurde den beiden erst jetzt bewusst, dass das schreckliche Verbrechen nur wenige Meter von ihnen entfernt stattgefunden hatte, und zwar während ihrer Anwesenheit.

Frau Gerder griff nach der Hand ihres Mannes, und kalter Schweiß brach ihr aus. »Ich habe das bisher verdrängt. Wissen Sie, die Vorstellung, man sitzt in seinem Sessel, knabbert Chips und ...«

Ihre Stimme versagte, und der Ehemann tätschelte ihr ein wenig unbeholfen den Arm. Vermutlich gab es wenige Momente wie diese, in denen Frau Gerder den Beistand ihres Mannes brauchte.

»Wir haben nichts gehört«, sagte der nun mit rauer Stimme. »Ich wünschte, es wäre anders gewesen, vielleicht hätten wir das arme Mädchen dann retten können.«

»Sie haben sich nichts vorzuwerfen«, beruhigte ihn Heerse.

»Das Haus wurde erst vor zwei Jahren renoviert. Neue Isolierungen, Wärmeschutzfenster, das ganze Programm«, erklärte Herr Gerder trotzdem. »Dann der Fernseher, ich höre nicht mehr so gut. Meine Frau beklagt sich immer, weil wir das Gerät so laut stellen müssen.«

Heerse dachte kurz daran, den beiden zu sagen, dass der Täter die Situation im Haus vermutlich kannte oder zumindest darauf gehofft hatte, hielt sich mit solchen Informationen aber dann doch zurück. Er befürchtete, dass vor allem Frau Gerder, wenn sie sich vom ersten Schock erholt hatte, eher zu einem Problem als zu einer Stütze werden würde. Manchen Menschen half es, schlimme Erlebnisse zu verarbeiten, indem sie sie sich zunutze machten. Frau Gerder würde vermutlich bald überall davon erzählen und die eigene Rolle in diesem Drama ausbauen. Vielleicht wollte jemand ein Interview mit ihr führen, und mit dem Gefühl, ein wenig bedeutender zu sein als gewöhnlich, ließe sie sich dann breitschlagen alles auszuplaudern, was besser unter Verschluss bliebe.

Darum äußerte er sich dazu nicht weiter, sondern sagte stattdessen: »Meine Kollegin wird noch Ihre Daten aufnehmen, Herr Balter. Vielleicht könnten Sie mich, Herr Gerder, währenddessen kurz durchs Haus führen. Ich will einen Eindruck vom Gebäude bekommen.«

Die Ehefrau mischte sich sofort ein: »Das kann ich doch machen, mein Mann ist nicht so gut zu Fuß, das Treppensteigen …«

Aber Herr Gerder war bereits aufgestanden. »Ich erledige das, du musst dich jetzt ausruhen!«, sagte er bestimmt.

Seine Frau rang mit sich, gab aber schließlich nach.

Draußen im Hausflur kam Heerse direkt zur Sache: »Sie haben mir noch etwas zu sagen?«

Gerder nickte. »Sie fragten doch nach den Beziehungen von Frau Bauer. Nun, da gab es etwas. Sie hat es mir mehr oder weniger zufällig anvertraut. Eines Tages, vor etwa sechs Monaten, kam sie früher nach Hause. Ich stand gerade vor unserer Wohnungstür, da lief sie mir völlig aufgelöst in die Arme. Ich glaube nicht, dass sie es mir unter anderen Umständen erzählt hätte, aber in dem Moment brauchte sie wohl jemanden zum Reden. Meine Frau war nicht da, also habe ich ihr meine Hilfe angeboten. Sie hat mich schwören lassen, es niemandem zu erzählen. Sie tat mir leid, deshalb gab ich nach und schwieg. Vermutlich war das ein Fehler gewesen.« Sein Blick verdüsterte sich.

»Was ist vor sechs Monaten passiert, Herr Gerder?«

»Jetzt denke ich, ich hätte das nicht auf sich beruhen lassen sollen«, antwortete Heerses Gegenüber unglücklich. Dann atmete er tief durch und begann zu erzählen.

* * *

Kapitel 3

Doktor Marius Kort wusch sich gerade zum dritten Mal die Hände, das Wasser färbte sich längst nicht mehr rot. Im kleinen Spiegel über dem Waschbecken sah er sich selbst. Sein Gesicht hatte eine ungesunde graue Farbe, und in seinen Augen lag ein gehetzter Ausdruck. Einige Schweißtropfen hatten sich auf der Stirn gebildet. Immer noch hasste er Blut – selbst nach all den Jahren als Praktischer Arzt.

Eine der Helferinnen betrat hinter ihm den Raum. »Ich habe Ihnen einen frischen Kittel gebracht«, sagte sie gut gelaunt. »Der Kleine von Frau Schmidt ist ein richtiger Chaot, was?«

Marius wären andere Worte eingefallen, aber er brummte nur etwas Unverständliches. Er hätte den Zehnjährigen am liebsten angeschrien. So ein Theater wegen eines Splitters. Natürlich war die Mutter schuld. Sie hatte selbst herumgedoktert, bis sich die Hand entzündet und der Junge Schmerzen bekommen hatte. Ein winziger Schnitt, und Marius wäre es ohne Mühe gelungen, den störenden Splitter zu entfernen. Aber nein, das Kind musste ja hysterisch werden, was auch an dem ständigen Gezeter der Mutter lag, die den Jungen regelrecht hochfuhr, anstatt ihn zu beruhigen. Das Kind erinnerte Marius an diese Spielzeugautos, die man mit den Rädern am Boden reiben musste, damit sie anschließend wie Raketen davonschnalzten. Es kam, wie es kommen musste: Marius rutschte mit dem scharfen Skalpell ab, und es floss Blut. Die Wunde war zwar nur oberflächlich, aber das Kind zappelte und schrie, als wollte man es bei lebendigem Leib fressen. Zu allem Überfluss tauchte dann auch noch Marius' Vater auf. Es folgte ein vorwurfsvoller Blick in Richtung des eigenen Sohnes, bevor dem Kleinen und der verzweifelten Mutter gut zugeredet wurde.

Letzten Endes war die Hand verbunden und Frau Schmidts Sohn strahlte, als er von der Arzthelferin sein Tapferkeitsgeschenk erhielt. Dann folgten die Danksagungen der Mutter in Richtung des alten Doktor Kort. Marius wusste auch genau, was die Frau später erzählen würde: »Der Vater, das ist halt noch ein richtiger Arzt. Schade, dass er aufhört! Im Gegensatz zum Sohn kann der wenigstens gut mit Kindern.«

Er verzog verächtlich das Gesicht und dachte: *Ja, das kann er, vor allem mit den Kindern anderer Leute.*

»Herr Doktor?« Die Arzthelferin wunderte sich darüber, dass sich ihr Chef immer noch die Hände wusch.

Der Arzt riss sich zusammen und sagte um einen neutralen Tonfall bemüht: »Ich komme sofort, wo geht es weiter?«

»Da sind zwei Herren von der Polizei, die meinten, es sei dringend. Ein Hauptkommissar Heerse und noch so ein Typ«, fügte sie flapsig an.

Marius ließ sich nichts anmerken, konnte jedoch nicht verhindern, dass ihm übel wurde. Tauchte die Polizei nicht immer dann auf, wenn sie die Geheimnisse eines Menschen entdeckt hatte? Was wussten diese Beamten über ihn?

»Herr Doktor?«, holte ihn seine Mitarbeiterin zurück ins Hier und Jetzt.

»Bringen Sie die Herren in mein Büro, ich komme gleich.«

Nach einer Krankschreibung und dem Telefonat mit dem Labor machte sich der Arzt auf den Weg zu den Beamten. Sein Vater kam ihm im Flur entgegen. Seine Miene verriet, dass er bereits Bescheid wusste. Die Mitarbeiter, davor konnte Marius nicht die Augen verschließen, trugen dem Alten weiterhin alles zu, als sei der noch der Chef.

Aber das wird sich spätestens nach der Praxisübergabe ändern, dachte Marius grimmig.

»Polizei?«, fragte ihn sein Vater mit gesenkter Stimme, und Marius glaubte, so etwas wie Schadenfreude herauszuhören. So als wollte der Alte sagen: »Du bist selbst schuld, wenn du jetzt in Schwierigkeiten steckst.«

»Ja, ist das nicht wunderbar?«, antwortete ihm Marius deshalb voller Sarkasmus. »Dann hast du wieder einmal eine Gelegenheit, alles an dich zu reißen, während ich anderweitig beschäftigt bin.«

Jochen Kort wich unbewusst einen Schritt zurück. Die harschen Worte ärgerten ihn. Eigentlich hatte er Marius vorschlagen wollen, bei dem Gespräch mit den Beamten dabei zu sein, aber dafür war es nun wohl zu spät, denn sein Sohn eilte schon davon.

Im nächsten Augenblick öffnete sich die Praxistür, und ein betagtes Ehepaar betrat den Raum. Als sie den alten Doktor Kort entdeckten, stürmten sie sofort auf ihn zu und verwickelten ihn in ein Gespräch.

Im Büro des Arztes saßen ein geduldiger Hauptkommissar Heerse und ein weniger ruhiger Oberkommissar Müller.

»Warum hast du Maren geschickt?«, fragte der schließlich barsch.

Heerse sah Müller überrascht an und antwortete mit einer Gegenfrage: »Wieso nicht?«

»Weil ich besser geeignet wäre.«

Nun musste sein Chef trotz der ernsten Lage schmunzeln. »Das würde ich die Kollegin Teuber aber nicht hören lassen und auch sonst keinen.«

»So habe ich das nicht gemeint. Aber wenn wir auf der Suche nach einem Kerl sind, der Ärger macht, wäre es dann nicht sicherer, einen Mann zu schicken?«

Natürlich bezog sich der Oberkommissar auf die Aussage von dem Nachbarn, Herr Gerder. Der hatte Hauptkommissar Heerse erzählt, was ihm Lea Bauer, das Mordopfer, vor circa einem halben Jahr unter dem Siegel der Verschwiegenheit anvertraut hatte. Offensichtlich hatte sie Schwierigkeiten gehabt, und der Grund dafür sei ein Mann gewesen. Einzelheiten hatte sie Gerder nicht verraten und seine angebotene Hilfe abgelehnt, denn Lea Bauer hatte sich entschieden, das Problem selbst zu lösen. Der Nachbar war zwar sehr besorgt gewesen, aber kurze Zeit nach ihrem Gespräch hatte ihm die Frau versichert, mittlerweile sei alles wieder in bester Ordnung.

Heerse hatte Maren losgeschickt, den Arbeitsplatz des Opfers dahingehend unter die Lupe zu nehmen. Sie hatten noch kein komplettes Bild von Lea Bauers Privatleben. Die Kriminaltechnik durchkämmte gerade erst die Wohnung, aber im Moment sah es so aus, als hätte sich die Tote meist an ihrem Arbeitsplatz oder in den eigenen vier Wänden aufgehalten. Deshalb lag die Schlussfolgerung nahe, dass die Probleme von Lea Bauer dort entstanden waren, wo sie ihren Beruf ausgeübt hatte.

Nun wandte sich der Hauptkommissar an seinen Mitarbeiter: »Ehrlich gesagt sehe ich das anders«, entgegnete er bestimmt.

Müller wollte etwas erwidern, aber Heerse sprach weiter, bevor er einen Einwand erheben konnte: »Nichts für ungut, aber ich bin davon überzeugt, dass Marens Antennen gut ausgebildet sind. Dass du Befürchtungen hast, beunruhigt mich übrigens.«

»Wie meinst du das?«, fragte der Oberkommissar lahm, obwohl er sich die Frage selbst hätte beantworten können.

Heerse sah den Kollegen eindringlich an. »Jedes Mal, wenn ich meine Leute irgendwo hinschicke, gehe ich ein Risiko ein. Selbst der einfache Gang zu einem Zeugen könnte tödlich enden, wenn der sich am Ende als Schuldiger herausstellt. Aber deshalb können wir nicht die Hände in den Schoß legen und die Arbeit einstellen. Was ich allerdings tun kann, ist, dafür zu sorgen, dass nur die Beamten eingesetzt werden, die zu einhundert Prozent dazu in der Lage sind. Ich weiß, was hinter dir liegt. Aber Maren ist keine Zivilperson, sondern Polizistin. Du bist nicht für sie verantwortlich. Deshalb sage ich das jetzt sehr deutlich: Wenn dich die Vergangenheit noch zu sehr einholt, dann habe ich dafür Verständnis, aber dann gestehe es mir und vor allem dir selbst auch ein.«

Müller schüttelte den Kopf. »Nein, ich komme klar, tut mir leid.«

Ihr Gespräch wurde unterbrochen, als die Tür aufging und ein gut aussehender Mann Ende dreißig den Raum betrat. Seine dunklen Haare waren zerzaust, so als wäre er mehrmals mit den Händen durchgefahren. Außerdem schien er nervös, Heerse fiel das sofort auf. Er war allerdings noch unschlüssig, wie er es werten sollte. Vielleicht gab es dafür einen einfachen Grund. Als Arzt traf man immerhin ständig folgenschwere Entscheidungen. Vielleicht fürchtete der Mann eine Anklage wegen eines Behandlungsfehlers, vielleicht hatte er auch gerade einen Patienten verloren oder war übermüdet wegen eines nächtlichen Einsatzes.

»Ich bin Doktor Kort«, stellte sich der Arzt den beiden Beamten vor. »Man sagte mir, Sie wollten mich sprechen.«

»Ja«, übernahm es Heerse, den Mann aufzuklären, »es geht um eine Ihrer Patientinnen. Die Frau heißt Lea Bauer.«

Es war schwer zu sagen, ob Doktor Kort wirklich nicht wusste, wer gemeint war, oder nur so tat.

»Ich werde im Computer nachsehen«, antwortete er pflichtbewusst. Das Programm vereitelte jedoch zunächst den Zugriff auf die Patientendatei. Kort hämmerte deshalb gereizt auf den Tasten herum, verschwendete aber keine Zeit darauf, die Beamten zu fragen, worum es eigentlich ging. Neugier schien nicht zu den Schwächen des Arztes zu gehören. Das wiederum fand Heerse ungewöhnlich, schließlich war Kort ein Mann der Wissenschaft, da musste man doch schon von Berufswegen neugierig sein. Der Hauptkommissar hätte geschworen, dass von hundert Medizinern mindestens neunundneunzig als Erstes die Frage nach dem Warum gestellt hätten.

»Ja, da habe ich sie«, sagte Kort schließlich.

Heerse wollte gerade den Sachverhalt erläutern, da ging die Tür auf.

Ein weiterer Mann betrat den Raum. Er war viel älter als Marius, aber die Ähnlichkeit zwischen den beiden war trotzdem unverkennbar. Er trug ebenfalls einen weißen Arztkittel, hatte ihn sich aber an einer Seite wegen des Gipsarms nur über die Schulter gelegt.

»Mein Name ist Jochen Kort, Doktor Jochen Kort. Darf ich fragen, worum es geht? Falls Sie Auskünfte über einen unserer Patienten wünschen« – sein Blick wanderte zu Marius am PC – »dann verfügen Sie sicherlich über einen richterlichen Beschluss. Ansonsten können wir Ihnen nicht helfen.«

Hauptkommissar Heerse entging nicht der zornige Ausdruck im Gesicht des Sohnes.

Marius wäre seinem Vater am liebsten an den Hals gesprungen. Immer musste sich der Alte einmischen. Aber dieses Mal war sein Eingreifen auch noch berechtigt. Wie hatte ihm nur der Fehler unterlaufen können, nicht nach dem richterlichen Beschluss zu fragen und die Beamten auf den Datenschutz hinzuweisen? Das musste ihn doch unfähig wirken lassen.

Er unternahm einen Versuch, das Gesicht zu wahren: »Mein Vater hat recht, ein Versehen meinerseits, aber ich habe einen schweren Tag hinter mir.«

Heerse wollte die Situation entspannen und sein Verständnis zum Ausdruck bringen, aber der Vater kam ihm zuvor.

Kort senior schnalzte geringschätzig mit der Zunge. »Ja, ein furchtbarer Tag: ein Splitter in der Hand eines Zehnjährigen.«

»Vater!«, erwiderte Marius scharf.

Der besann sich und wandte sich wieder an die Polizisten: »Nun gut, meine Herren, haben Sie einen Beschluss?«

»Wenn Sie darauf bestehen, liegt der Ihnen in zehn Minuten vor«, entgegnete Heerse etwas schärfer. »Ansonsten wären wir dankbar für Ihre Mithilfe. Frau Lea Bauer wurde heute Morgen tot in ihrer Wohnung aufgefunden, es war Mord.«

»Mord?« Unbemerkt hatte eine Frau den Raum betreten. Sie war sehr blass und schwankte.

Der alte Doktor Kort eilte zu ihr, um sie zu stützen. »Meine Schwiegertochter, Brigitta«, stellte er sie vor. »Was tust du denn hier unten?«, wandte er sich nun an die Frau.

»Ich wollte fragen, ob ihr zum Essen da sein werdet«, antwortete sie mechanisch und sah zu ihrem Mann, der die Kiefer zusammenpresste.

»Geh nach oben, Gitta«, sagte er schließlich ungeduldig. »Vater, bist du so gut und begleitest sie?«

Der Senior wollte schon widersprechen, es war offensichtlich, dass er bei dem Gespräch mit der Polizei dabeibleiben wollte. Doch Marius hatte eine elegante Lösung gefunden den Alten hinauszukomplimentieren.

Jochen Korts Blick wanderte zu Heerse.

»Wir werden uns bei Ihnen melden, wenn wir noch Fragen haben«, sagte dieser und ignorierte den verärgerten Gesichtsausdruck des Seniors.

* * *

Maren Teuber hatte sich mittlerweile quer durch die Stadt bewegt. Ihr erster Besuch hatte dem derzeitigen Arbeitsplatz von Lea Bauer gegolten, der lag im Ortsteil Sandweier. Eine junge Frau Ende zwanzig stellte sich als Chefin von Lea Bauer vor. Sie war geschockt, musste sich setzen und vergoss Tränen der Trauer, als sie vom Tod ihrer Mitarbeiterin erfuhr. »Sie wollen wissen, ob es vor einem halben Jahr einen Vorfall gab?«, fragte die Frau schließlich überrascht, als Maren mit der Vernehmung begann.

»Vor einem halben Jahr war Lea noch überhaupt nicht bei mir. Sie fing erst vor vier Monaten hier an.«

»Und wo hat sie zuvor gearbeitet?«, hakte Maren sofort nach.

»Na bei Jerome.«

»Bei Jerome?« Marens Augen wurden groß. Sie war schon lange genug in Baden-Baden, um zu wissen, wer gemeint war.

»Sie kennen Jerome?«, fragte die Friseurin trotzdem sicherheitshalber nach.

»Ja«, antwortete Maren knapp und dachte: *Wer kennt den nicht?!*

»Dann wissen Sie, dass er der angesagteste Coiffeur in der Gegend ist. Das würde ich auch gerne erreichen.« Sie ließ den Blick verträumt durch ihren Laden streifen. »Ich habe mich vor ein paar Jahren selbstständig gemacht«, begann sie unaufgefordert zu erzählen. »Erst war ich allein, dann konnte ich mir sogar eine Angestellte leisten. Ich habe ein Inserat aufgegeben, und da ist mir Lea in den Schoß gefallen, das war ein richtiger Glücksfall. Sie hat sogar einige ihrer Stammkundinnen mitgebracht.«

»Warum ist sie weg?«, fragte Maren dazwischen. »Ich meine bei Jerome, ist das nicht ungewöhnlich?«

Marens Gegenüber lächelte freundlich. »Eigentlich schon. Die meisten würden für eine Anstellung bei Jerome morden.« Sie hielt sich schnell die Hand vor den Mund und lief rot an. »Entschuldigung, das war wohl unpassend.«

Maren winkte ab. »Sprechen Sie weiter.«

»Natürlich kam es mir komisch vor, dass sich jemand wie Lea bei mir bewirbt, ich kann gerade mal Tarif bezahlen. Sie sagte, ihr wäre der Trubel zu viel, sie bräuchte mehr Ruhe in einem familiären Umfeld.«

»Und haben Sie ihr geglaubt?«

»Zuerst nicht«, gab die Befragte offen zu. »Deshalb habe ich im Geschäft von Jerome angerufen und wurde mit der Geschäftsführerin verbunden. Sie hat mir Leas Geschichte bestätigt und sie mir aufs Wärmste empfohlen. Gleichzeitig hat sie ihr Bedauern ausgedrückt und gesagt, dass sie nur ungern auf Frau Bauer verzichten würden. So in etwa steht es auch in Leas Zeugnis. Wenn Sie es sehen möchten?«

* * *

Maren hatte sich eine Kopie der Personalakte geben lassen, daraufhin mit Heerse telefoniert und sich auf den Weg zu Jerome begeben.

Jerome war der Name, den sich Jörg Acker vor knapp zwanzig Jahren zugelegt hatte, als er seinen ersten eigenen Laden eröffnete. Mittlerweile gab es fünf Zweigstellen, die alle hervorragend liefen, aber nur im Geschäft in Baden-Baden erhielt man Termine direkt beim Meister.

Nachdem Maren in einer der Tiefgaragen geparkt hatte, eilte sie zum Leopoldsplatz. Dort musste sie sich an einer Gruppe Japaner vorbeischlängeln, die sich auch vom Nieselregen nicht abhalten ließen, die Sophienstraße hinaufzumarschieren. Vermutlich würde ihnen die freundliche Dame mit dem bunten Regenschirm, den sie als Erkennungszeichen stets in die Höhe hob, den berühmten Reiherbrunnen zeigen, der bei diesen Temperaturen sicher vom Wasserdampf der heißen Quelle, die ihn speiste, eingehüllt war. Danach folgte garantiert der obligatorische Schlenker Richtung Therme.

Maren hätte sich den ausländischen Besuchern jetzt am liebsten angeschlossen, denn sie war müde und sehnte sich nach Urlaub. In den letzten Monaten war viel passiert, und da Müller eine ganze Zeit ausgefallen war, hatte sie einspringen müssen. Heerse würde ihr sicher ein paar freie Tage bewilligen, aber der neue Fall hätte sie auch zu Hause nicht losgelassen. Also vergaß sie die Touristengruppe und setzte ihren Weg mit hochgezogenen Schultern und tief in den Manteltaschen vergrabenen Händen fort.

* * *

Zur gleichen Zeit

Die Tür hatte sich hinter Jochen Kort und seiner Schwiegertochter Brigitta geschlossen.

Marius atmete geräuschvoll aus, bevor er sagte: »Mein Vater kann nicht loslassen. Einmal Arzt, immer Arzt.«

»Er ist sicher sehr engagiert«, antwortete Heerse verständnisvoll.

»Oh, halten Sie ihn nur nicht für einen Heiligen. Die Menschen bedeuten ihm nichts, nur die Praxis, er ist ein ...« Marius brach ab. »Tut mir leid, Sie haben wirklich keinen guten Tag erwischt. Normalerweise kommen wir trotz unserer Differenzen miteinander aus.« Es war ihm anzumerken, dass ihm die Sache peinlich wurde. Schnell wechselte er das Thema und kam wieder auf Lea Bauer zu sprechen.

»Ich habe die Akte gefunden«, sagte er hastig und stierte auf den Monitor. »Ja, sie war Patientin, kam aber nur sehr selten. Einmal im Jahr eine Grippeimpfung, vor zwei Jahren eine Magen-Darm-Infektion, so etwas eben.« Er schwieg.

»Sonst nichts?«, hakte Heerse nach.

Müller neben ihm rutschte unruhig auf seinem Stuhl hin und her.

Der Arzt schüttelte verneinend den Kopf.

»Wie kommt es dann, dass wir ein nicht eingelöstes Rezept über Antidepressiva in ihrer Wohnung gefunden haben, das von Ihnen vor etwa vier Monaten ausgestellt wurde?«

Marius Kort lief rot an.

»Wir ermitteln in einem Mordfall, wenn Sie uns bewusst Informationen unterschlagen, machen Sie sich strafbar.«

»Schon gut«, beschwichtigte ihn der Arzt. »Ja, Sie haben recht, Frau Bauer kam deswegen vor knapp sechs Monaten in die Sprechstunde. Sie sagte, sie hätte Probleme. Ich fragte natürlich, welcher Natur die wären, aber sie wich mir aus. Schließlich sprach sie von Stress, dem Gefühl, dem Alltag nicht mehr gewachsen zu sein, und Ängsten, die sie plagten.«

»Was für Ängste?«

»Sie wurde nicht konkret. Ich wollte sie an einen Psychotherapeuten überweisen, aber darauf ließ sie sich nicht ein. Sie bat mich, ihr etwas zu geben, das sie zur Ruhe kommen lassen würde. Also verschrieb ich ihr Antidepressiva. Das Rezept, das sie gefunden haben, war das zweite, das ich ihr vor vier Monaten ausgestellt habe. Offensichtlich hat sie es nicht mehr gebraucht, ihr ging es wohl besser.«

»Und warum wollten Sie uns das nicht sagen? Warum haben Sie uns belogen? Wir nennen das Behinderung der Polizeiarbeit. Also?«

Marius Kort sank in sich zusammen. »Weil ich ...« Er zögerte, dann riss er plötzlich den Kopf hoch und erwiderte erregt: »Was glauben Sie denn? Eine Frau kommt zu mir, spricht davon, Angst zu haben, und wird dann ermordet in ihrer Wohnung aufgefunden. Und alles, was ich getan habe, war, ihr Antidepressiva zu verschreiben. Das sieht doch so aus, als hätte ich als Arzt versagt.«

Heerse fasste nach: »Was genau hat sie Ihnen denn erzählt? Fühlte sie sich verfolgt, beobachtet, bedroht?«

»Nein, nichts dergleichen. Ich schwöre Ihnen, davon hat sie nicht gesprochen, das müssen Sie mir glauben. Für mich klang es nach Burn-out-Syndrom. Aber jetzt, wo sie tot ist?« Er rieb sich mit beiden Händen über das Gesicht. »Ich wollte Sie nicht belügen.«

»Das wäre auch sehr leichtsinnig. Für gewöhnlich finden wir die Wahrheit nämlich heraus«, antwortete ihm Heerse freundlich, aber mit einem Unterton, der sein Gegenüber verstehen ließ, wie ernst es dem Hauptkommissar war.

»Ich habe falsch reagiert, war in Panik. Das Letzte, was ich momentan gebrauchen kann, ist der Vorwurf der Pflichtverletzung.«

Heerse ging nicht darauf ein, sondern sagte stattdessen: »Wir brauchen eine Kopie der Patientenakte.«

»Selbstverständlich«, erwiderte Marius Kort.

»Und wir möchten die Arzthelferinnen und Ihren Vater zu Frau Bauer befragen, vielleicht hat sie sich denen gegenüber in irgendeiner Weise geäußert.«

Wieder folgte ein »Selbstverständlich«.

»Und werden Sie meinem Vater erzählen ...« Es war klar, was den Arzt umtrieb.

»Im Normalfall sprechen wir mit Außenstehenden nicht über Zeugenaussagen«, antwortete ihm der Hauptkommissar wahrheitsgemäß.

Nach den Befragungen, die keine neuen Erkenntnisse brachten, verabschiedeten sich die Beamten.

Auf dem Weg zum Auto sagte Müller: »Irgendetwas stimmt nicht mit diesen Doktoren.«

»Ja, und wir müssen herausfinden, ob das im Zusammenhang mit dem Mord steht«, gab ihm Heerse recht. »Wir werden weitere Nachforschungen in diese Richtung anstellen müssen.«

* * *

Als Maren das Friseurgeschäft mit den dunklen Scheiben, auf denen goldene Buchstaben dezent den Namen »Jerome« formten, betrat, hatte sie das Gefühl, die wohlige Wärme eines Hallenbades würde sie empfangen. Es war, als hätte sie ein geheimes Portal in eine andere Welt entdeckt. Im Inneren des von außen unscheinbar wirkenden Geschäfts ging es zu wie hinter der Bühne einer Modenschau. Aus Lautsprechern drang hippe Musik, die jedoch nicht in der Lage war, die Gebläse der vielen Haartrockner zu übertönen. Überall standen Frauen in bunten Kitteln, deren Musterung den berühmten Hawaiihemden nicht unähnlich war. Sie bearbeiteten die Köpfe geduldiger Kundinnen, die es kaum erwarten konnten, mit ihrer Traumfrisur ausgestattet nach Hause zu gehen und allen zu erzählen, dass sie heute bei Jerome gewesen waren. Maren bekam automatisch Kopfschmerzen, als ihr Blick auf eine Frau fiel, der man gerade mit einer Handvoll Rundbürsten die Haare Strähne für Strähne in die Länge zog. Auf dem blank geputzten, schwarzen Plattenboden klackten die Absätze einer Kundin, die zu ihrem Platz geführt wurde. Eine Angestellte huschte herbei und brachte Kaffee, der Geruch von teurem Shampoo und Haarspray kitzelte Maren in der Nase, und irgendwo klingelte ein Telefon.

Der Kommissarin fiel es in diesem Moment leicht zu glauben, Lea Bauer hätte ihren Job bei Jerome tatsächlich aufgegeben, weil ihr der Trubel zu viel wurde.

Eine Blondine mit einem Headset trat auf sie zu. Noch bevor sie sich Maren widmen konnte, wurden die beiden von einem Anruf unterbrochen.

»Neukundin«, sagte die Frau gerade ins Telefon, »da ist ein kurzfristiger Termin schwierig, ich kann Sie aber auf die Warteliste setzen.«

Sie verschwand hinter dem Tresen, machte sich Notizen, und Maren fragte sich, wo denn nun eigentlich dieser Jerome steckte, als hinter ihr eine Stimme erklang.

»Da wage ich nicht Hand anzulegen, so natürlich, wie es fällt.«

Sie drehte sich abrupt um und blickte in ein männliches Gesicht.

Das ist er also, dachte die Kommissarin und musste zugeben, dass Jerome ein äußerst attraktiver Mittvierziger war.

Als der Friseur die fremde Frau von vorne sah, versuchte er nicht einmal zu verbergen, dass sie ihm gefiel. »Ehrlich, was kann man da noch verbessern?« Er griff wie selbstverständlich nach Marens schulterlangen dunklen Haaren, die sie heute ausnahmsweise nicht zu einem Zopf zusammengebunden hatte. »Vielleicht eine Kurpackung«, gab sich der Mann professionell.

Die Kommissarin lächelte charmant, wollte sich vorstellen, als sich eine ebenfalls dunkelhaarige Frau plötzlich vor ihr aufbaute. Automatisch kam der Polizistin das Wort »Furie« in den Sinn, denn hinter den mühsam beherrschten Zügen der Fremden brodelte die Eifersucht, das war unverkennbar.

Gepresst und mit falschem Lächeln Richtung der Kommissarin sagte sie zu Jerome: »Ich glaube nicht, dass die Dame einen Termin hat.«

Mit einem Schlag war Maren davon überzeugt: Wenn Lea Bauer irgendwo Ärger wegen eines Mannes gehabt hatte, musste es hier gewesen sein.

Gelassen zückte die Kommissarin ihren Ausweis: »Kriminalpolizei, ich muss mit dem Verantwortlichen sprechen.«

In Lichtgeschwindigkeit bugsierte man Maren daraufhin durch die langen Reihen Frisierstühle und schob sie eilig in die Büroräume.

»Wieso kreuzen Sie einfach so hier auf?«, schnauzte die Furie, und Maren zog warnend die Augenbrauen nach oben. »Können Sie nicht anrufen und einen Termin ausmachen? Wir haben immerhin ein Geschäft zu führen!«

»Und ich einen Mord aufzuklären«, entgegnete die Kommissarin kalt. »Wer sind Sie und was tun Sie hier?«, fuhr sie in geschäftsmäßigem Ton fort und zückte ihren Organizer für die Notizen.

Die Frau wurde blass. »Mord?«, stammelte sie. »Aber was …?«

Maren Teuber warf ihr einen ungeduldigen Blick zu, und endlich griff Jerome ein.

»Das ist Patrizia Zehner, meine Partnerin.«

»Geschäftlich und privat«, sah sich Patrizia genötigt, geifernd zu ergänzen.

»Können Sie uns sagen, worum es eigentlich geht?«, fragte Jerome höflich und ignorierte die Frau an seiner Seite.

»Lea Bauer wurde heute Morgen ermordet in ihrer Wohnung aufgefunden«, klärte ihn Maren sachlich auf.

Die Veränderung im Gesicht des Mannes war erstaunlich. All die Leichtigkeit war mit einem Schlag daraus verschwunden. Besorgt blickte er zu Patrizia. Interessiert beobachtete die Kommissarin diese Szene und wartete ab.

Auch bei seiner Freundin war eine deutliche Veränderung zu bemerken. Die Furie schien es nie gegeben zu haben, denn jetzt war Patrizia die Liebenswürdigkeit in Person: »Bitte setzen Sie sich doch, ich lasse uns Kaffee bringen.«

Bevor Maren etwas erwidern konnte, hatte Patrizia bereits wie ein General ihre Befehle über das Telefon erteilt und Maren zu einer weißen Ledersitzgruppe geführt.

Der Kaffee kam umgehend und wurde in kleinen Designertassen serviert, die Heerse, wäre er dabei gewesen, sicher einen ironischen Kommentar über Puppengeschirr entlockt hätten.

»Sie müssen meine Reserviertheit entschuldigen«, gab sich Patrizia jetzt handzahm. »Aber Sie können sich nicht vorstellen, was die Leute alles versuchen, um sich einen Termin zu erschleichen.«

Sie seufzte, blickte zu Maren und wartete vergebens auf deren verständnisvolle Reaktion.

»Die arme Lea ist tot. Sie sagten ermordet? Wissen Sie schon, wer das getan hat?«, fuhr sie deshalb fort.

»Warum hat Frau Bauer gekündigt?«, kam Maren direkt zur Sache, ohne auf die Frage der Zeugin einzugehen.

»Ihr war der Stress zu viel«, folgte prompt Patrizias Antwort.

Die Kommissarin blickte zu Jerome, der zustimmend nickte.

»War sie denn eine gute Friseurin?«

»Oh, eine der besten«, beeilte sich Patrizia zu sagen, bevor ihr Partner antworten konnte. »Sie war Expertin für Strähnchen und sehr beliebt bei den Kundinnen.«

»Und bei den Kunden?«, hakte Maren nach.

»Wir sind ein reiner Damensalon«, meldete sich Jerome zu Wort.

»Ist Ihnen jemand bekannt, mit dem Frau Bauer Streit hatte? Vielleicht eine Kollegin?«

»Nein, bestimmt nicht. Wir sind hier wie eine große Familie.«

Maren entging nicht, dass Jerome betreten zu Boden blickte.

»Ich muss trotzdem mit allen sprechen, und ich möchte wissen, wo Sie beide sich gestern Abend aufgehalten haben.«

»Was?«, wollte Patrizia aufbegehren, besann sich dann aber rechtzeitig und lenkte ein. »Selbstverständlich, wir waren ungefähr ab sieben Uhr zu Hause und blieben dort bis heute Morgen.«

Maren blickte zu Jerome, der das bestätigte und höflich sagte: »Sie können für Ihre Verhöre unser Büro benutzen.«

Die nächsten zwei Stunden verbrachte Maren mit den Befragungen. Patrizia hatte ihr noch eine Kopie von Lea Bauers Personalakte ausgehändigt.

Die Angestellten, die nacheinander das Büro betraten, reagierten geschockt über Leas Tod, schwiegen sich aber aus, sobald Maren Fragen über das Verhältnis der Toten zu ihren Arbeitgebern stellte. Bei den meisten hatte die Kommissarin das Gefühl, dass sie tatsächlich nichts wussten. Außerdem kamen sie ihr eingeschüchtert vor. Gleichzeitig entging der Beamtin nicht, dass man die Frauen kaum voneinander unterscheiden konnte. Sie waren von ähnlicher Statur, trugen einen bunten Kittel, der bis über die Knie reichte, und hatten auffälligerweise alle blonde Haare, ob gefärbt oder echt, war nicht zu sagen. Vermutlich war blond gerade schwer angesagt. Lediglich eine der Mitarbeiterinnen hob sich ein wenig von den anderen ab. Sowohl optisch, mit den karottenroten Haaren, als auch was die Reaktion auf Marens Fragen anging.

Die Mitarbeiterin hieß Sybilla, und sie zögerte während des Gesprächs mehrmals, so als hätte sie noch etwas mitzuteilen, würde sich aber nicht trauen, damit herauszurücken.

Am Ende gab Maren ihr eine Visitenkarte und sagte eindringlich: »Es geht um Mord. Jede Kleinigkeit kann für die Ermittlungen wichtig sein, auch wenn sie Ihnen unwichtig erscheint.«

Sybilla nickte und kehrte an ihren Arbeitsplatz zurück.

Als die Befragungen abgeschlossen waren, betraten erneut die Inhaber des Geschäfts das Büro.

»Und? Haben Sie alles erfahren?«, fragte Patrizia lauernd.

»Wir werden sehen«, antwortete ihr Maren unverbindlich.

Sie wusste, dass man ihr etwas verheimlichte. Wenn die beiden nicht reden wollten, würde es andere Wege geben, die Wahrheit ans Licht zu bringen. Von Heerse hatte sie gelernt, nicht unüberlegt vorzupreschen. Deshalb hielt sie sich zurück und würde sich erst einmal mit den Kollegen beraten. Sollten sich die zwei ruhig in Sicherheit wiegen.

Sie verabschiedete sich und enthielt sich eines Kommentars, als ihr Patrizia versicherte, jederzeit der Polizei zur Verfügung zu stehen.

Während Maren wütend ins Freie trat, da sie das sichere Gefühl hatte, gerade für dumm verkauft worden zu sein, wandte sich Patrizia Zehner aufgebracht an ihren Freund Jerome: »Du willst deine Termine absagen?«

»Ich kann heute nicht arbeiten.«

»Bist du verrückt, wie sieht das denn aus?«

Jerome ballte die Hand zur Faust. »Es ist mir egal, wie das aussieht. Die Polizei war hier.«

»Na und?« Patrizias Stimme wurde schrill. »Ist doch klar, dass die Befragungen am Arbeitsplatz des Opfers vornehmen. Das sieht man doch in jedem Krimi.«

»Sie suchen nach ihrem Mörder.«

»Natürlich tun sie das! Oder glaubst du, diese aufgeblasene Kommissarin wollte sich von dir ihre ungepflegten Haare schneiden lassen?«, erwiderte sie ihm boshaft.

»Sie hat schöne Haare«, entgegnete Jerome abwesend.

Ein bitterer Zug legte sich über Patrizias Gesicht, als sie giftig fragte: »Haben sie das nicht alle?«

Sie ging zur Tür, drehte sich aber noch einmal zu ihm um und fauchte, bevor sie den Raum verließ: »Reiß dich zusammen, wir machen weiter wie bisher.«

* * *

Kapitel 4

Am nächsten Morgen

»Heute habe ich Neuigkeiten für dich.« Der Kopf in der Plastikfolie wurde wie schon das letzte Mal auf dem quadratischen Couchtisch platziert. »Sie haben dich gefunden, wissen aber nicht, wer du bist.« Das Rascheln der Zeitung begleitete die vergnügt ausgesprochenen Worte. »Bin mal gespannt, ob dich überhaupt jemand vermisst. Ob sich dein *Mango* wohl vor Kummer grämt?« Das Auflachen, das nun folgte, erinnerte an eine Schar Raben, die krächzend davonstob.

»Aber genug davon, beginnen wir mit unserer Freundschaft. Ehrlich gesagt war ich nie so versessen darauf, allzu viel Zeit mit Frauen zu verbringen. Aber fangen wir da an, wo auch ein guter Psychiater beginnen würde: am Anfang; sozusagen bei meiner ersten Frau, meiner Mutter.«

Irgendwo gurgelte ein Heizungsrohr, und ein Brennkessel nahm mit einer leisen Explosion seine Arbeit auf.

»Ich habe meine Mutter geliebt. Wenn ich an sie denke, denke ich an eine besondere Frau. Und sie hat mich geliebt und liebt mich noch, egal wo auch immer sie gerade ist.«

Ein Sonnenstrahl fiel durch den vergitterten Schlitz direkt unter der Decke, der eher einer Schießscharte ähnelte als einem Fenster. Man konnte kaum noch hinaussehen, so sehr waren die alten Scheiben mit Dreck überzogen. Aber es hätte sowieso nicht gelohnt, einen Blick zu riskieren. Der Keller lag unter der Erde, alles, was man gelegentlich hätte erhaschen können, wären vorbeieilende Schuhe gewesen oder das Stück Rasen vor dem Haus. Genauso unwahrscheinlich war es, dass jemand hineingesehen hätte. Wer würde sich schon flach auf den Boden legen und sein Gesicht an die Scheibe pressen, nur um in einen völlig runtergekommenen alten Partykeller zu blicken? Und was hätte er schon gesehen außer schemenhaften Umrissen.

Nur dieser eine Sonnenstrahl wagte sich hier herein und umgab mit seinem Licht nun den Kopf in der Folie.

»Ja, meine Mutter hat mich geliebt, dessen bin ich mir sicher. Sie ist die einzige Frau, der ich jemals vertraut habe, und keine könnte je ihren Platz einnehmen. Du willst sicher mehr über sie erfahren.« Plötzlich änderte sich die Tonlage. Den ruhig gesprochenen Sätzen folgten nun aufgeregte Wortfetzen. »Sie war schön, ja, schön, dunkle Haare, bis zur Schulter. Sie haben immer geglänzt, richtig gefunkelt. Ihre Augen ... braun und sanft ... Ihr Duft war wie Parfüm, aber sie hat nie welches getragen, es kam von ihr.« Ein lautes Schluchzen übertönte das erneute Klappern der Rohre.

»Sie hat mich geliebt.«

In diesem Augenblick drang, ausgelöst von dem Sonnenstrahl, der begann die gefrorenen Überreste aufzutauen, unter dem Plastik ein knackendes Geräusch hervor, das einem Widerspruch nicht unähnlich war.

»Was? Du glaubst mir nicht?«, begann daraufhin ein bizarres Zwiegespräch. »Sie hat für mich getan, was sie konnte.«

Daraufhin hörte man ein weiteres Knacken, und ein dünnes Eisplättchen rutschte von der umwickelten Stirn des abgetrennten Kopfes auf die Tischplatte.

»Es reicht, ich will nichts mehr hören«, lautete dieses Mal die Antwort auf den undefinierbaren Ton. Schnell griffen zwei Hände nach dem Schädel und verfrachteten ihn wieder in die Tiefkühltruhe, ganz weit nach unten, direkt neben das eingeschweißte Gesicht von Lea Bauer.

* * *

Zur gleichen Zeit, in der Dienststelle der Kriminalpolizei

»Laut vorläufigem Obduktionsbericht traf Lea Bauer ein Schlag auf den Kopf, bevor man ihr die Kehle aufgeschlitzt, die Gliedmaßen abgetrennt und die Gesichtshaut entfernt hat. Der Schlag wurde mit einem stumpfen, glatten Gegenstand ausgeführt, ein Eisenrohr oder Ähnliches. Aufgrund der großen Menge Blut und dessen Verteilung am Tatort muss man davon ausgehen, dass die Verstümmelungen unmittelbar nach Eintritt des Todes erfolgt sind. Der Gerichtsmediziner bestätigt, dass bei Lea Bauer die gleiche Art von Säge verwendet wurde wie bei der toten Frau aus den Schweigrother Matten. Es gibt Wundränder, die zusätzlich auf die Benutzung eines Fleischerbeils und eines scharfen Messers schließen lassen«, klärte Heerse seine Mitarbeiter auf.

»Der gleiche Täter«, warf daraufhin Oberkommissar Müller ein.

»Oder Täterin«, ergänzte Maren.

Als Heerse das skeptische Gesicht seines männlichen Kollegen bemerkte, sagte er: »Wir können nichts ausschließen, womöglich haben wir es sogar mit einem Duo zu tun. Bis jetzt haben wir jedenfalls keinerlei Hinweise auf das Geschlecht des Täters oder der Täter, auch wenn die Statistiken bei solch blutigen Taten gewöhnlich von einem Mann ausgehen.«

»Warum hat er oder sie sich die Mühe gemacht, das Opfer im Wohnzimmer zu zerstückeln und dann im Schlafzimmer wieder zusammenzusetzen?«, sprach Maren einen weiteren Umstand an, der den Ermittlern Rätsel aufgab.

»Und dann setzt er sie nicht einmal richtig zusammen. Geschah das bewusst, oder war es ihm oder ihr egal?«, ergänzte Müller.

»Vielleicht wurde der Mörder oder die Mörderin gestört«, schlug Maren vor.

Heerse seufzte. »Einigen wir uns darauf, dass wir der Einfachheit halber von *dem* Mörder sprechen. Und wenn wir gerade bei offenen Fragen sind, warum fehlt bei Lea Bauer das Gesicht und wo ist der Kopf des ersten Opfers? Wir werden auf diesem Weg nicht weiterkommen. Deshalb widmen wir uns zuerst den Fakten.« Heerse rief eine weitere Datei in seinem Computer auf und gab deren Inhalt an die Kollegen weiter. »In der Dusche von Lea Bauer hat die Kriminaltechnik Blut des Opfers gefunden. Das deutet darauf hin, dass der Täter die benutzten Werkzeuge abgewaschen hat. Außerdem steckte im Abfluss ein kleiner Fetzen Plastik. Ein Hoch auf die Technik, unsere Leute konnten nämlich feststellen, dass es sich um ein Material handelt, das vor allem bei der Herstellung von Regenponchos verwendet wird.«

»Der Täter trug also Schutzkleidung, das war zu erwarten«, folgerte Maren aus dem eben Gehörten.

»Ja, jedes Kind weiß mittlerweile, wie leicht man Spuren am Tatort zurücklassen kann. Wenn jemand einen Menschen zerstückeln will, dann muss er damit rechnen, mit dem Blut seines Opfers in Berührung zu kommen. Er wird sich daher schützen«, führte Müller den Gedanken weiter.

Heerse nickte nachdenklich. »Wer auch immer das getan hat, war gut organisiert. Er muss Schutzkleidung und Werkzeug transportieren und sich vorher zumindest ein wenig über das Opfer schlaumachen. Das ist ein möglicher Ansatz.«

Müller nickte anerkennend. »Du denkst, unser Mörder stammte aus Lea Bauers Umfeld?«

»Die Frau wurde keinesfalls zufällig ausgesucht, das wäre viel zu riskant. Unser Mörder hat gewusst, dass sie allein lebte. Entweder hat er sie sehr intensiv beobachtet oder er kannte sie. Ich sage nicht, dass es ein enger Freund sein muss, sondern einfach jemand, der Lea Bauers Weg gekreuzt hat. Außerdem hat sie ihn eintreten lassen, fühlte sich also nicht bedroht.«

»Warum hat er sie ausgesucht?«, spann Müller den Faden weiter. »War es etwas Persönliches? Rache? Eifersucht?«

»Das gilt es jetzt herauszufinden«, antwortete ihm Heerse. »Wir haben die Aussage des Arztes, dass Lea Bauer nervös und unruhig war, womöglich Angst hatte. Doktor Kort sagt, er sei von einem Burn-out-Syndrom ausgegangen, aber wie glaubhaft ist der Mann? Immerhin hat er uns zuerst belogen.«

»Könnte er ein Verdächtiger sein?«, fragte Maren neugierig.

»Sein Vater gibt ihm für die Mordnacht ein Alibi, aber was heißt das schon?«, antwortete ihr Müller. »Seine Rechtfertigung, warum er uns belogen hat, finde ich dünn.«

»Ja«, gab ihm Heerse recht. »Aber, dass der Arzt Panik hatte, das konnte man ihm anmerken. Fragt sich nur, ob das tatsächlich auf seine Angst vor einer Anzeige wegen fahrlässigem Verhalten zurückzuführen ist oder ob da etwas anderes dahintersteckt. Ihm hätte Lea Bauer sicher, ohne zu zögern, die Tür geöffnet.«

»Was ist mit der Familie des Opfers, wusste die etwas? Normalerweise würde man seine Probleme doch zuerst der Mutter erzählen«, kam Maren eine Idee.

Müller, der es übernommen hatte, mit den Kollegen vor Ort in Kontakt zu treten, gab ihr die Antwort: »Der Vater ist tot, aber Lea Bauers Mutter lebt bei der älteren Schwester in Hannover. Das Verhältnis war jedoch kühl. Die wussten weder etwas von psychischen Problemen noch von schwierigen Männerbekanntschaften. Auch von dem Arbeitsplatzwechsel hatte ihnen Lea nichts erzählt.«

»Was uns zu diesem *Jerome* alias Jörg Acker und seiner Partnerin Patrizia Zehner bringt«, entgegnete Maren und fasste für die Kollegen ihre Recherchen vom Vortag zusammen.

Als sie geendet hatte, fragte Heerse: »Du vermutest, dass da etwas nicht stimmt?«

Maren nickte.

»Gut, da bleiben wir dran. Müller und ich gehen die Zeugenaussagen der Hausbewohner durch. Vielleicht hat doch jemand etwas gesehen. Unser Mörder hatte ein Rohr, eine Säge, ein kleines Beil und Messer dabei, vermutlich auch Gummistiefel und Schutzkleidung. Dafür benötigte er eine größere Tasche oder einen Rucksack, gegebenenfalls müssen wir die Nachbarschaft dahingehend noch mal befragen. Und ich möchte der Pizzeria, in der sich Lea Bauer ihre letzte Mahlzeit gekauft hat, einen Besuch abstatten«, entgegnete Heerse. An Maren gewandt sagte er: »Grabe du noch etwas tiefer, was den Friseur und seine Freundin angeht. Wenn er ein Verhältnis mit Lea Bauer hatte, dann würde es mich wundern, wenn das tatsächlich keine seiner Angestellten bemerkt hat.«

* * *

Es war schon nach 13.00 Uhr, als Anke Derlach heute ihr Elternhaus erreichte. Alle paar Tage kam sie zum Mittagessen vorbei, wenn es ihre Schicht erlaubte. Die Einundvierzigjährige parkte das Taxi in der Einfahrt. Sie fuhr jetzt schon seit sechs Jahren für das Unternehmen, und was anfangs nur ein Aushilfsjob gewesen war, um nach der Scheidung wieder Fuß zu fassen, hatte sich zu einer Dauereinrichtung entwickelt.

Sie fühlte sich wohl mit dieser Arbeit. Man traf immer wieder auf Menschen, ohne gezwungen zu sein, etwas von sich preiszugeben. Im Gegenteil, meist wollte niemand etwas über sie erfahren – die meisten schwatzten nur über sich selbst. Oft verliefen die Fahrten auch stumm, was Anke ebenfalls als angenehm empfand. Die Leute beschäftigten sich gerne mit ihren Smartphones oder hörten über ihre MP3-Player Musik.

Heute jedoch hatte sie die Frau von Doktor Kort gefahren. Brigitta bestellte öfter einen Wagen, wenn sie nicht selbst ans Steuer wollte.

Geld genug hat die ja, dachte Anke ohne Neid.

Sie hegte keine Antipathie gegen Brigitta Kort, auch wenn die ihr gelegentlich auf die Nerven ging. Die Frau konnte ohne Punkt und Komma quasseln, was Anke darauf zurückführte, dass sie letzten Endes ein einsamer Mensch war. Auch heute hatte sie während der ganzen Fahrt darüber philosophiert, wie schwer es doch sei, einen anderen Menschen zu verstehen. Anke vermutete, dass es bei den Korts Eheprobleme gab, aber so deutlich war Brigitta natürlich nicht geworden. Die Tour von Bühl nach Baden-Baden dauerte länger als gewöhnlich, weil auf der B3 ein liegen gebliebener LKW die Fahrbahn blockiert hatte. Trotzdem war Frau Kort mit dem Trinkgeld großzügig gewesen.

»Da bist du ja endlich.« Mit diesen Worten öffnete Vicki Derlach Anke die Tür.

Wie immer schloss sie die resolute Stiefmutter fest in die Arme, so als hätten sie sich Jahre nicht mehr gesehen. »Ich dachte schon, es wäre etwas passiert.« Auch das war typisch für Vicki, die der Meinung war, dass Taxifahren nichts für Frauen sei.

»Alles bestens«, antwortete daraufhin Anke auch wie gewöhnlich.

»Bist dünn geworden«, folgte die nächste Feststellung mit unzufriedener Miene. »Na, wir essen ja gleich«, fuhr Vicki fort und verschwand in der Küche.

Anke hatte selbstverständlich kein Gramm abgenommen, aber sie ließ Vicki ihren Willen, die es sich zur Lebensaufgabe gemacht hatte, sich selbst und alle in ihrem unmittelbaren Umfeld zu mästen wie Schlachtvieh.

»Sie hat Angst, du verhungerst«, hörte sie hinter sich die Stimme ihres Vaters.

Anke drehte sich um und lächelte. Es fiel ihr schwer, gegen die Tränen anzukämpfen, als die zerbrechliche Gestalt auf sie zukam. Ihr Vater hatte im letzten Jahr abgebaut.

Vicki hatte ihn eines Morgens im Wohnzimmer gefunden, gerade noch rechtzeitig. Eine Herzoperation konnte ihn retten, aber danach stand es schlecht um den Fünfundsechzigjährigen. Er war erst seit drei Monaten wieder zu Hause, und Vicki ließ ihn kaum noch aus den Augen.

»Wie geht es dir?«, fragte Anke.

»Furchtbar«, rief er übertrieben, »sie lässt mir weniger Freiheiten als einem Baby.«

Anke grinste. »Sie wird dich aufpäppeln, das schadet dir nichts.«

Ihr Vater lächelte. Dann sagte er unvermittelt: »Du wirst ihr jeden Tag ähnlicher.«

Anke schluckte und spürte den Kloß im Hals. Mit »ihr« meinte er Ankes leibliche Mutter, die vor dreißig Jahren bei einem schrecklichen Unfall ums Leben gekommen war.

»Lass uns in die Küche gehen«, sagte sie leise und hakte sich bei ihm unter.

»Der kleine Marius war heute da. Der Senior hat sich den Arm gebrochen, da muss er die Hausbesuche machen«, plauderte ihr Vater gut gelaunt weiter.

»Was für ein Zufall, ich habe eben seine Frau Brigitta gefahren«, erwiderte Anke.

»Der alte Doktor Kort hätte den Jungen nicht allein großziehen sollen. Kinder brauchen eine Mutter, das war für den Kleinen damals schwer, er …«

Anke versuchte wegzuhören, sie wollte nicht an die Vergangenheit erinnert werden und war deshalb dankbar, als Vicki die Tür aufriss und sie drängte, zum Essen zu kommen.

Wie jeden Mittag saß auch Ankes Halbschwester mit ihren beiden Kindern am Tisch. Sie hatte mit ihrem Mann das Haus gegenüber bezogen und Vicki damit die Möglichkeit gegeben, ihrer Bestimmung als Glucke zu folgen.

Der Tisch bog sich unter den Töpfen und Schüsseln, und wie immer duftete alles köstlich.

»Wenn du bei uns wohnen würdest …«, griff ihre Stiefmutter wieder einmal ihr Lieblingsthema auf.

Anke verzog das Gesicht. »Das hatten wir doch bereits.«

»Mir gefällt nicht, dass du ganz allein irgendwo bist. Dauernd passieren so schreckliche Dinge.«

Ihr Vater schaltete sich ein. »Lass das Mädchen doch essen.«

»Was ist denn passiert?«, fragte eines der Kinder neugierig.

Nicht das erste Mal musste Anke amüsiert feststellen, dass sich Vicki und ihre Nachkommen unglaublich ähnlich sahen. Sie alle hatten runde Apfelgesichter mit roten Backen, und wenn man sie ansah, suchte man auf ihrem Kopf automatisch den braunen Stiel.

»Iss«, beendete Vicki schnell das Thema.

Erst als die Kinder später im Wohnzimmer spielten, kam ihre Stiefmutter noch einmal auf Ankes Wohnsituation zu sprechen. »Du könntest doch eine Zeit lang in dein altes Zimmer ziehen«, sagte sie unschuldig, während sie eine selbst gebackene Schwarzwälder Kirschtorte großzügig aufteilte.

»Warum denn das?«, hakte Anke irritiert nach.

Vicki hielt inne, und ihr üppiger Busen bebte vor Aufregung. »Man hat eine Frau in ihrer Wohnung ermordet, sie lebte allein!«

»Ich weiß«, antwortete ihr Anke ruhig. »Taxifahrer sind immer bestens darüber informiert, was in einer Stadt passiert. Aber woher weißt du es?«

»Ich kenne jemanden, der im Haus nebenan wohnt. Die Ermordete war in deinem Alter«, fügte sie noch unheilschwanger an.

»Mir passiert schon nichts«, wiegelte Anke das Thema ab.

Vicki tat so, als würde sie sich wieder dem Zerteilen der Torte widmen, nur um ein anderes unliebsames Gespräch zu beginnen. »Triffst du dich mit jemandem?«, fragte sie wie nebenbei.

Anke presste die Kiefer zusammen. Nur ihrem Vater zuliebe knallte sie jetzt nicht die Kuchengabel auf den Teller und verließ türschlagend den Raum.

»Das Mädchen ist alt genug«, ermahnte der nun seine Frau.

»Ist ja schon gut, ich dachte nur, vielleicht solltest du mal etwas verändern?«

»Und was?«, fragte Anke trotzig.

Vicki spitzte den Mund, und das breite Apfelgesicht rötete sich ein wenig mehr. »Vielleicht ein paar blonde Strähnchen. Ich habe gehört, bei Jerome tragen alle Angestellten blond!«

»Wer ist *Jerome?*«, fragte ihr Vater ohne großes Interesse.

»Das habe ich dir doch erzählt. Jerome ist einer dieser Spitzenfriseure.«

»Was ist ein Spitzenfriseur?«

»Ach«, überging sie die Frage ihres Mannes und bedeutete ihm mit einer ungeduldigen Handbewegung, seinen Kuchen zu essen, während sie sich wieder an Anke wandte, »ich könnte mir vorstellen, dass dir das steht. Seit Jahren immer die gleiche Frisur, manchmal muss sich eine Frau auch ein bisschen aufpeppen.«

Anke schlang ihr Tortenstück herunter und sah auf die Uhr. Sie hätte noch Zeit gehabt, aber mit einem Mal war ihr Vickis Fürsorge zu viel. »Ich muss los«, sagte sie, statt auf den Vorschlag ihrer Stiefmutter zu reagieren.

»Jetzt schon? Warte, ich will dir noch etwas für heute Abend mitgeben.«

Als Anke die große Tasche mit den vielen Plastikschüsseln entgegennahm, deren Inhalt eine hundertköpfige Hochzeitsgesellschaft gesättigt hätte, tat es ihr leid, so kurz angebunden gewesen zu sein. »Ich weiß, du meinst es gut, aber ich komme zurecht«, sagte sie deshalb versöhnlich.

»Du bist für mich wie ein eigenes Kind, das ist dir doch klar.«

Anke nickte, verstaute das Essen im Wagen und lenkte schließlich, erleichtert darüber, dass das Familientreffen beendet war, ihr Taxi aus der Einfahrt.

Sie wusste, dass ihr Vater Vicki vor allem geheiratet hatte, um ihr eine Mutter ins Haus zu holen. Vicki hatte sich immer Mühe gegeben, und sie waren stets gut miteinander ausgekommen, aber Anke war trotzdem auf Distanz geblieben. Vermutlich lag das in ihrer Natur – hatte ihr nicht ihr Ex-Mann vorgeworfen, gefühlskalt zu sein? Ihre Gedanken verdüsterten sich.

»Dann ist es also meine Schuld, wenn du mit anderen Weibern vögelst. Am Ende behauptest du noch, ich hätte dich dazu getrieben, was?«, war damals ihre Antwort auf seine Vorwürfe gewesen. Hatte er vielleicht recht gehabt?

Nein, besann sie sich. Ihr Ex-Mann führte nur eine lange Liste von Arschlöchern an, denen man im Leben nun einmal unweigerlich begegnete. Die Zeiten, dass sie sich von ihrer gescheiterten Ehe hatte herunterziehen lassen, waren endgültig vorbei.

Während sie zur Zentrale fuhr, dachte sie an die tote Frau. Lea Bauer hieß sie, das wusste mittlerweile die halbe Innenstadt. Die Frau stand auch in der Kartei des Taxiunternehmens, Anke hatte sie erst vor Kurzem zum Bahnhof gefahren.

»Wenn eines unerwartet kommt, dann der Tod«, sagte sie leise zu sich selbst und erinnerte sich an Marius Kort, den ihr Vater vorhin erwähnt hatte.

Automatisch hatte sie das Bild eines blassen Kindes vor Augen, das verloren gewesen war, genau wie sie selbst.

* * *

Ungefähr zur selben Zeit

Als Hauptkommissar Heerse zusammen mit Müller das italienische Lokal betrat, in dem Lea Bauer am Abend vor ihrem Tod eine Pizza abgeholt hatte, stieg ihm der verlockende Duft von Oregano, Basilikum und Knoblauch in die Nase. Automatisch knurrte sein Magen. Widerwillig dachte er an die Brotbox in seinem Büro, in der sich eine

Handvoll Radieschen und ein trockenes Vollkornbrot mit Magerquark befanden.

»Wir sollten eine Kleinigkeit essen, das wird das Personal freundlich stimmen und gesprächiger machen«, schlug er deshalb spontan vor und kämpfte das schlechte Gewissen, das er wegen der zusätzlichen Kalorien hatte, damit nieder, dass er schließlich alles dem Job zuliebe tat.

Müller sah seinen Chef ungläubig an, sagte aber nur: »Wenn du meinst.«

Da das Mittagsgeschäft schon vorbei war, hatten sie freie Tischwahl. Sie setzten sich in eine Ecke und studierten die Speisekarte. Müller klappte sie bereits nach einer halben Minute wieder zu, da er sich schnell für eines seiner Leibgerichte, Spaghetti Bolognese, entschieden hatte. Heerse jedoch hielt die Karte immer noch, und zwar mit ausgestreckten Armen und zusammengekniffenen Augen. Sein Kollege beobachtete das Szenario amüsiert und fragte sich, wann der Chef denn nun endlich die Brille aufsetzen würde. Der vorhersehbare lange Seufzer blieb nicht aus, und Heerse fummelte ungehalten das Etui aus der Tasche.

»Denen sollte mal jemand sagen, dass die Speisekarte total unleserlich ist«, schimpfte er vor sich hin und entschied sich dafür, nur um seinen Ärger leichter zu vergessen, auch noch eine Vorspeise zu nehmen.

Die bestellten Gerichte kamen zügig und schmeckten ausgezeichnet, was den Hauptkommissar versöhnte. Nach dem Essen bat der Beamte darum, mit dem Inhaber sprechen zu dürfen.

Ein kleiner, drahtiger Mann trat aufgeregt an ihren Tisch. Offenbar rechnete er mit einer Beschwerde und machte bereits ein bedauerndes Gesicht.

»Si, Signori, ich bin Antonio, der Besitzer«, sagte er mit italienischem Akzent, »was kann ich für Sie tun?«

Heerse zückte unauffällig seinen Dienstausweis und bat den Mann, sich zu ihnen zu setzen.

»Es geht um diese Frau«, erklärte er dem Restaurantbesitzer und legte ein Foto von Lea Bauer auf die weiß-rot karierte Tischdecke.

Antonio ließ sich mit einem betroffenen Kopfschütteln auf den Stuhl fallen.

»Ich habe schon gehört, dass man sie ermordet hat. Das hat sich hier sofort herumgesprochen.« Der italienische Akzent war verschwunden und machte einem perfekten Hochdeutsch Platz.

Der Restaurantbetreiber bemerkte die erstaunten Gesichter der Beamten und lächelte. »Oh, ich habe italienische Wurzeln, wurde allerdings in Deutschland geboren. Der Akzent ist für die Gäste.« Er machte eine ausladende Handbewegung. »Das alles hier ist das, was die Menschen von einem italienischen Restaurant erwarten. Pizza, Pasta, Knoblauch und Gewürze. Eine gute Qualität zu vernünftigen Preisen und das Gefühl, in einer italienischen Taverne mitten in Napoli zu sitzen.«

»Und ich muss sagen, das ist Ihnen wirklich gelungen, es hat hervorragend geschmeckt«, ging Heerse höflich darauf ein.

Antonio deutete zum Dank eine kleine Verbeugung an.

»Erinnern Sie sich an die Frau?«, kam Heerse nun zu dem eigentlichen Grund ihres Besuchs zurück.

»Ja, natürlich. Sie kam öfter vorbei. Manchmal hat sie hier gegessen, aber meistens nahm sie sich etwas mit nach Hause oder hat es sich liefern lassen.«

»Man kann bei Ihnen auch bestellen?«

»Si!«, fiel Antonio ins Italienische zurück. »Aber natürlich«, fügte er an, »unser Lieferdienst wird sogar sehr gerne in Anspruch genommen. Vor allem jetzt in der kalten Zeit, da bleiben die Menschen lieber zu Hause.«

»Wer hat Frau Bauer an jenem Abend bedient?«

»Das war ich.«

»Und ist Ihnen etwas an ihr aufgefallen? War sie vielleicht nervös oder aufgeregt, irgendwie anders als sonst?«

Antonio schüttelte den Kopf. »Nein, sie war nett wie immer.«

»Was ist mit Ihren Mitarbeitern? Wer war außer Ihnen zu der Zeit noch im Lokal?«

Der Gastwirt dachte nach. »Unsere Kellner, die beiden Köche und der junge Mann, der die Lieferungen macht.«

Heerse kam eine Idee, und er fragte: »Wurde an diesem Abend viel ausgeliefert?«

Der italienische Gastwirt überlegte kurz, sagte dann: »Nein, eigentlich nicht. Ich glaube, wir hatten vorgestern nur zwei Zustellungen. Einmal fuhr unser Fahrer um ungefähr Viertel nach acht los, und dann gab es eine zweite Tour eine Stunde später.«

»Gut, dann würde ich jetzt gerne mit allen sprechen.«

Die Vernehmungen der Mitarbeiter dauerten nicht allzu lange, keinem der Angestellten war etwas aufgefallen. Bei einem dampfenden Espresso warteten die beiden Beamten schließlich auf die Rückkehr des jungen Mannes, der für die Auslieferungen zuständig war.

»Mittags ist immer viel los, da bestellen die Firmen und Büros in der Umgebung. Aber er wird bestimmt bald zurück sein«, erklärte ihnen der Besitzer.

Kurz darauf betrat Thomas Niehm auch schon das Restaurant. Er trug eine Jacke mit dem Schriftzug der Pizzeria und war ein gut aussehender junger Mann um die zwanzig.

»Sie wissen, warum wir hier sind?«, begann Heerse das Gespräch und bat den Zeugen, Platz zu nehmen.

»Ja, es geht um die Frau, die vorgestern ermordet wurde.«

»Scheint ja kein Geheimnis zu sein«, kam Müller nicht umhin zu bemerken.

Thomas Niehm zuckte mit den Schultern. »Wir haben am nächsten Tag die Einsatzwagen gesehen und« – er verzog das Gesicht zu einem müden Lächeln – »die Frauen in der Straße sprechen seither über nichts anderes.«

»Wann haben Sie Frau Bauer das letzte Mal gesehen?«

»Ich?«, rief der Zwanzigjährige verblüfft.

»Sie kennen Frau Bauer doch?«, bohrte Heerse nach.

»Vom Sehen, ja«, antwortete Niehm unsicher.

»Sie war vorgestern Abend hier und hat eine Pizza mitgenommen«, fügte Heerse an.

»Kann sein, aber ich achte nicht auf die Gäste. Ich bin nur zum Fahren hier.«

»Das heißt, dass Sie die Straßen umso besser kennen, oder?«, fragte Heerse freundlich.

Thomas Niehm entspannte sich. »Das kann man wohl sagen. Wissen Sie, die Lieferungen müssen schnell zum Kunden, sonst ist das Essen nicht mehr heiß«, sagte er nun und war ganz in seinem Element. »Ich weiß, wo es Abkürzungen gibt und welche Umleitungen bestehen.«

»Vermutlich achten Sie mehr auf Ihre Umgebung als andere. Ich denke an die Straße, in der Frau Bauer gewohnt hat. Die ist ja gerade hier um die Ecke. Wie oft sind Sie vorgestern da durchgefahren?«

Thomas Niehm zögerte. Sein Eifer war wie weggeblasen, er wirkte plötzlich verstockt. »Weiß nicht mehr.«

»Wir haben die Unterlagen Ihres Chefs angesehen. Es hat in der Nacht zwei Lieferungen gegeben, und für beide hätten Sie sowohl auf der Hin- wie auch auf der Rückfahrt die Route vorbei an Lea Bauers Haus nehmen müssen. Ist doch so?«

»Kann schon sein«, antwortete der junge Mann zurückhaltend.

»Was verheimlichen Sie uns?«

Thomas Niehm lief rot an und sah auf seine Hände. »Ich habe nichts bemerkt.«

»Sicher?«, fasste Heerse nach.

»Ja, und dafür gibt es auch einen Grund. Ich habe eine Abkürzung genommen.«

»Wie das?«, fragte Müller überrascht, der sich einbildete, den Straßenverlauf gut genug zu kennen, um zu wissen, dass das eigentlich unmöglich war.

Ihr Zeuge rutschte unruhig auf seinem Stuhl hin und her.

»Ich bin über den Leopoldsplatz gefahren. Ich weiß, dass das verboten ist, und der Chef würde echt sauer werden, wenn das rauskommt. Der ist da sehr korrekt. Aber so bin ich viel schneller, und wen stört das schon? Bei der Kälte ist doch eh kein Schwein zu Fuß unterwegs. Und mein Motorroller behindert niemanden.«

»Wir sind nicht von der Verkehrspolizei«, fuhr ihn Müller unwirsch an. »Aber es gibt gute Gründe, warum Durchfahrtsrechte beschränkt werden.«

»Ich weiß, aber ich bin ja nicht der Einzige, der …«

»Aber vielleicht sind Sie bald der Einzige ohne Führerschein«, blaffte Müller erneut, und Thomas Niehm verstummte.

»Sie sind also jedes Mal diese Abkürzung gefahren?«, übernahm Heerse nun das Gespräch in der Hoffnung, doch noch irgendetwas Brauchbares zu erfahren.

»Das erste Mal, das war so gegen halb neun, da nicht. Aber auf dem Rückweg und später.«

»Und gab es um halb neun etwas Ungewöhnliches vor dem Wohnhaus von Lea Bauer oder in der Straße selbst? Ist Ihnen jemand aufgefallen? Ein Spaziergänger, vielleicht mit Tasche oder Rucksack? Ein Fahrzeug? Irgendetwas?«

Thomas Niehm schüttelte den Kopf. Er hatte genug von der Unterhaltung mit den Polizisten. Vor allem der jüngere mit seinen Drohungen ging ihm mächtig auf die Nerven.

»Alles könnte wichtig sein«, versuchte es der Hauptkommissar erneut.

Wieder folgte ein Kopfschütteln.

Somit verabschiedeten sich die Beamten, und Müller wies Thomas noch einmal mit strengem Blick an, künftig die Verkehrsregeln zu beachten.

»Alles in Ordnung?«, fragte Antonio seinen jüngsten Mitarbeiter, nachdem die Polizisten verschwunden waren.

Thomas wirkte verwirrt. »Ich denke schon«, reagierte er

mit grüblerischer Miene und machte sich daran, dem Chef das Geld für die Abrechnung auszuhändigen.

Das Gespräch mit Heerse und Müller hatte ihn zwar geärgert, aber nichtsdestotrotz hatte er langsam das Gefühl, an jenem Abend tatsächlich etwas bemerkt zu haben. Nur was? Er kam einfach nicht darauf, womöglich täuschte er sich auch. Er verfluchte die Polizisten, die ihn so durcheinandergebracht hatten.

Antonio riss den jungen Mann aus seinen Gedanken, als er ihm einen Extrazwanziger in die Hand drückte. »Hier, für dich, das war heute wieder gute Arbeit.«

Thomas Niehm nahm den Schein entgegen, der Ärger verflog, und er verschwendete keine weitere Zeit damit, über die Befragung nachzudenken. Sollte es in der Mordnacht wirklich etwas Ungewöhnliches in der Straße gegeben haben, dann würde es ihm irgendwann schon wieder einfallen.

* * *

Kapitel 5

Die nächsten drei Wochen bestanden für die Ermittler vor allem aus Laufarbeit. Sie klapperten noch einmal die Nachbarschaft von Lea Bauer ab und erweiterten ihre Befragungen auf die anliegenden Wohnhäuser und Stammkundinnen der Friseurin. Jedoch schien es keinen Hinweis auf Motiv und Täter zu geben. Auch die unbekannte Frau, deren Überreste man in den Schweigrother Matten gefunden hatte, konnte bislang nicht identifiziert werden.

Über Jörg Acker alias Jerome war ebenfalls nichts Neues ans Licht gekommen. Außer zahllosen Gerüchten über Affären gab es keinen Hinweis auf eine intime Beziehung zwischen ihm und dem Opfer, und auch die Überprüfung von Doktor Marius Kort brachte keine neuen Erkenntnisse.

Mittlerweile rückten die Weihnachtsfeiertage immer näher, und es schien, als läge der schreckliche Mord an Lea Bauer bereits endlos lange Zeit zurück. Niemand sprach mehr davon, und die Zeitungen widmeten sich anderen Themen.

Auch die fünfunddreißigjährige Heidi Maurer hatte sich heute in das Weihnachtsgetümmel gestürzt. Inzwischen beschlich sie das Gefühl, sämtliche Geschäfte der Baden-Badener Innenstadt betreten zu haben und daher mittlerweile das Doppelte ihres eigenen Körpergewichts an Geschenken mit sich herumzutragen. Die Weihnachtsbeleuchtung, die Festbuden und der allgegenwärtige Duft von Glühwein und Bratwürsten hob ihre Laune kurzzeitig, obwohl es dafür eigentlich keinen Grund gab. Müde schleifte sie ihre Einkäufe zur Tiefgarage, setzte sich in ihren Wagen und fuhr nach Hause. Die ganze Fahrt über dachte sie daran, dass sie ihrem Lebensplan bereits fünf Jahre hinterherhinkte. Eigentlich hatte sie vorgehabt, mit dreißig Mutter zweier Kinder zu sein und in einem schönen Einfamilienhaus zu leben. Natürlich mit einem Partner, der nicht nur in der Lage war, die kleine Familie zu ernähren, sondern sich auch als liebevoller Ehemann und Vater auszeichnete. War das denn zu viel verlangt?

Offensichtlich ja, dachte sie zornig.

Jetzt würde sie die Feiertage wieder bei den Eltern mit einer einfältigen Schwägerin und ihrem langweiligen Bruder verbringen. Mit dem Vorsatz, nächstes Jahr müsse sich etwas ändern, betrat sie schließlich frustriert die Doppelhaushälfte, die sie angemietet hatte und die eigentlich für eine Person viel zu groß war. Aber da sie einen gut bezahlten Job hatte, konnte sie sich diesen Luxus erlauben.

Zur Entspannung öffnete sich Heidi eine Flasche Rotwein und trank das erste Glas zügig im Stehen. Gerade als sie nachschenken wollte, klingelte es an der Tür. Überrascht sah sie auf die Uhr. Es war zwar erst halb acht, aber normalerweise bekam sie um die Zeit nie unangemeldeten Besuch. Erst vermutete sie ein Anliegen der Nachbarn, aber die waren ja gerade im Skiurlaub. Sie verzog das Gesicht und dachte ein wenig gehässig daran, dass diese Familie von nebenan nicht so glücklich war, wie sie vorgab. Sie hatte oft genug den lauten Streit des Ehepaars durch die recht dünnen Wände gehört. Meist ging es um Geld, deshalb auch jetzt der Urlaub in der Nebensaison, bevor das Weihnachtsgeschäft richtig losging.

Die Klingel wurde erneut gedrückt, Heidi vergaß ihre schadenfrohen Überlegungen und eilte neugierig zur Tür. Bevor sie öffnete, fuhr sie sich noch durch die dunklen, schulterlangen Haare und fragte schließlich über die Gegensprechanlage, wer denn da sei. Die Antwort überraschte sie zwar, machte sie jedoch nicht misstrauisch.

Darum kam der Angriff wenig später für Heidi auch völlig unerwartet. Der Schlag erwischte sie am Hinterkopf, trotzdem fiel sie nicht sofort um, sondern taumelte nur nach vorne. Sie reagierte, so schnell es ihr in dem benommenen Zustand möglich war, und griff nach dem erstbesten Gegenstand, den sie zu ihrer Verteidigung fand. Es war die Rotweinflasche. Die verfehlte jedoch ihren Zweck, und der Inhalt spritzte über die Einrichtung, während die Flasche selbst an der Wand zerbrach. Der zweite Schlag, der Heidi an der Schläfe traf, zwang sie in die Knie; sie keuchte, wollte um Gnade flehen, aber die Worte auszusprechen, war ihr nicht mehr vergönnt, denn ein scharfes Messer durchschnitt ihr die Kehle.

Heidi klappte zusammen. Sie griff an ihren Hals, um die Wunde zu verschließen, aber zu schnell floss das Blut aus dem Körper der Frau. Der Ohnmacht folgte der Tod. Die dunkelrote Pfütze neben Heidis Kopf wurde immer größer. Sie dehnte sich in alle Richtungen aus, doch noch bevor sie die Schuhspitzen der Gummistiefel erreichen konnte, trat Heidi Maurers unangemeldeter Gast einen Schritt zurück.

Die Schutzkleidung aus dünnem Plastik verursachte beim fein säuberlichen Aufreihen der mitgebrachten Werkzeuge ein Rascheln. Das Geräusch erinnerte an ungeduldige Kinderhände, die unter dem Weihnachtsbaum ihre Geschenke aufrissen. Schließlich lag alles auf dem geschmackvollen Couchtisch, den bislang stets Dekoschalen aus venezianischem Glas und Stummelkerzen mit Erdbeerduft geziert hatten. Die Sägeblätter würden sicherlich Kratzer auf dem weichen Holz der Tischplatte hinterlassen, aber was spielte das jetzt noch für eine Rolle?

Es galt zu tun, was getan werden musste, und es war eine abscheuliche Arbeit. Jeder, der etwas anderes vermutet hätte, hätte damit falschgelegen. Das Zerteilen des Körpers konnte keine verborgenen Leidenschaften befriedigen oder etwa auf irgendeine Weise dunkle Sehnsüchte stillen.

Nein, dieser Schritt war nichts weiter als eine Notwendigkeit. Ein Handwerk, das man nicht einmal sonderlich gut beherrschen musste. Natürlich wäre es leichter gewesen, die Gliedmaßen wie ein professioneller Chirurg zu amputieren, aber es ging nicht darum, den leichtesten Weg zu gehen. Und grobe Arbeit hatte noch niemandem geschadet. Ebenso war es keine Schande, bei dem, was man tat, zu schwitzen. Selbst wenn das Sägeblatt im geschwungenen Hüftknochen stecken blieb und sich kaum noch vor und zurück bewegen ließ, hieß es durchhalten und das Angefangene zu Ende bringen. Lief es im Leben nicht immer so? Erst die Arbeit, dann das Vergnügen? Freute man sich nicht auch, wenn hochstehendes Gras gemäht und das Unkraut gezupft war und man anschließend auf einen Garten aus gleichmäßigem Grün und geometrisch angelegten Beeten blicken konnte? Nichts anderes wurde auch hier gemacht.

Mit einem letzten Hieb löste sich der rechte Fuß vom Bein, und die Zerstückelung endete. Der Leichnam von Heidi Maurer konnte wie ebenjener Garten endlich im Sinne des späteren Betrachters arrangiert werden.

Wieder raschelte das Plastik, als nun eine geeignete Stelle für die Präsentation gesucht wurde.

Ein begeisterter Ruf wurde ausgestoßen. Das Schlafzimmer war perfekt. Heidi Maurer war allem Anschein nach eine dieser hoffnungslosen Frauen gewesen, die glaubten, eine verwunschene Prinzessin zu sein. Zumindest erweckte das überdimensionale Himmelbett in ihrem Schlafzimmer diesen Eindruck. Und obwohl rosa doch ganz gewiss nicht die Farbe war, die die angesagten Wohndesigner momentan für das private Gemach einer stilvollen modernen Frau empfahlen, hatte es eine dominante Rolle an den Wänden eingenommen. Gut, dass der Leichnam nicht hier zersägt worden war. Das rote Blut hätte sich mit dem Rosa unangenehm gebissen. Und auch die kleine Rosenbordüre an den wallenden Vorhängen des Himmelbetts wäre dann nicht mehr so schön zur Geltung gekommen.

Die Zeit gebot es, zügig zum großen Finale zu kommen und nun zu genießen, was so viel anstrengende Vorarbeit erfordert hatte.

Am Ende erklang wie auch beim letzten Opfer ein Flüstern, das der Toten gute Nacht und angenehme Träume wünschte.

* * *

»So, wie es hier aussieht, hat sie versucht, sich zu wehren«, sagte einer der Kriminaltechniker mit belegter Stimme.

Auch Heerse sah die zerbrochene Rotweinflasche und den umgestürzten Beistelltisch. »Ein Kampf?«, fragte er, nur um etwas zu sagen. So hatte er zumindest das Gefühl, Kontrolle über das zu haben, was gerade passierte.

»Ich glaube nicht«, mischte sich jetzt der Gerichtsmediziner ein, der gerade aus dem Schlafzimmer trat.

»An Armen und Händen gibt es dafür keine Anzeichen, wenn überhaupt war es ein hilfloser Versuch, dem Mörder zu entkommen. Bis jetzt konnte ich Schläge auf den Kopf feststellen. Mehr nach der Autopsie.«

Heerse nickte und sah auf die Tüten voller Geschenke, die achtlos in der Küche abgestellt worden waren.

»Es muss Familie geben«, schloss er daraus und wollte sich nicht vorstellen, wie die Angehörigen dieses Weihnachtsfest durchleben würden.

Maren stand bleich an der Wand im Schlafzimmer und hörte nicht, was ihr Vorgesetzter gerade sagte. Sie hatte den Blick auf das Himmelbett gerichtet, stierte regelrecht dorthin, so als könnte sie sich auf diese Weise gegen das Grauen abhärten, das hier stattgefunden hatte. Wie auch bei Lea Bauer fehlte dem Opfer das Gesicht. Die Leichenteile von Heidi Maurer waren ebenfalls ins Bett gelegt und ihr Körper nachgebildet worden. Wieder hatte der Täter sie entgegen der menschlichen Anatomie zusammengesetzt.

Maren dachte an eine Puppe, der man alle Gliedmaßen herausgerissen und dann wie eine Handvoll Runen in die Luft geworfen hatte, darauf hoffend, sie würden nach dem Aufprall auf dem Boden irgendwie wieder ein Ganzes bilden. Die abgetrennte Gesichtshaut zerstörte jedoch das Puppenbild, das geholfen hätte, den Anblick erträglicher zu machen. Denn das rohe Fleisch und das zerfranste Gewebe entgingen den Augen der Beamtin nicht. Und ihre Nase erfasste den Eisengeruch, den das Blut des Opfers verströmte. Die Kommissarin vergaß keinen Augenblick die Realität – wer das getan hatte, musste ein Monster sein.

Maren zitterte am ganzen Körper und schreckte zusammen, als ihr eine Hand auf den Arm gelegt wurde.

Jemand sagte: »Meine Liebe, Sie sollten sich vielleicht eine Pause gönnen.«

Die Beamtin erkannte die Frauenstimme.

»Doktor Calliditas«, begrüßte die Kommissarin die ehemalige forensische Psychiaterin und Ärztin der Psychiatrie.

Die einundachtzigjährige Clara Calliditas schob sich die schwarzumrandete Brille in die blond gefärbten Haare, und es schien, dass ihre schlanke Gestalt noch schmaler wurde, als sich beim Anblick der Leiche ihr Körper versteifte.

Heerse tauchte neben ihr auf, während Maren das Zimmer verließ.

»Geht es denn?«, fragte der Hauptkommissar ein wenig besorgt seine alte Freundin, die ihn schon in anderen Fällen mit ihrem Wissen unterstützt hatte.

»Ich bin selbst schuld«, sagte sie ein wenig atemlos. »Ich habe ja darauf bestanden, den nächsten Tatort zu sehen.«

»Zumindest hatten Sie recht. Er hat wieder zugeschlagen«, entgegnete Heerse.

»Es ist frustrierend, in solchen Dingen richtigzuliegen«,

antwortete ihm die Ärztin, bemüht, ihre Stimme fest klingen zu lassen.

Heerse hatte die erfahrene Psychiaterin nach dem Mord an Lea Bauer aufgesucht. Sie kannte den Fall und die letzten Tatortfotos. Der Hauptkommissar war ein wenig in Sorge gewesen, Doktor Calliditas tatsächlich den neuen Tatort in Augenschein nehmen zu lassen. Aber sie hielt sich gut, zückte ihr Notizbuch und begann das Bett zu umrunden, nachdem sie sich versichert hatte, dass die Kriminaltechnik fertig war.

»Die Leichenteile sind nicht so angeordnet wie bei dem letzten Opfer«, stellte sie sachlich fest und notierte sich genau die Positionen der einzelnen Gliedmaßen.

»Denken Sie, das hat etwas zu bedeuten?«, hakte Heerse nach.

»Der Kopf liegt auf dem Kissen und ist vom Torso abgetrennt. Der wiederum schließt anatomisch korrekt daran an. Die Arme, Beine, Hände und Füße jedoch werden wahllos an den Rumpf angelegt. Das Ganze geschieht, trotz der falschen Positionierung, äußerst sorgfältig. Er bettet sie regelrecht zur Ruhe. War das Laken über sie gelegt, als man sie fand?«, richtete sich die Ärztin an den Hauptkommissar.

Der nickte. »Ja, bis zum Kinn.«

»Diese Geste ist fast schon liebevoll: Er deckt sie zu wie ein kleines Kind.«

»Das passt aber nicht zu dem Abschlachten im Wohnzimmer«, presste Heerse zwischen den Lippen hervor.

Clara Calliditas blickte ihn an. »Sie sehen das falsch. Das eine geht nur, wenn das andere zuvor stattgefunden hat.«

Heerse stöhnte, und die Ärztin verzog das Gesicht. »Sie wissen, dass ich nur Vermutungen anstellen kann. Womöglich mache ich Ihnen die Arbeit damit noch schwerer«, entgegnete sie entschuldigend.

»Nein, ich habe Sie um Ihre Einschätzung gebeten, bitte fahren Sie fort.«

Doktor Calliditas betrachtete noch einmal die verstümmelte Leiche, bevor sie sagte: »Was hier im Schlafzimmer passiert ist, ist das, was uns Aufschluss geben kann.«

Der Hauptkommissar reagierte darauf mit ungläubiger Miene.

»Ich denke, die Leiche zu platzieren, ist das eigentliche Ritual. Darauf kommt es an. Ich vermute das deshalb, weil er sein Opfer nicht dort aufbahrt, wo er es zerstückelt hat. Er schafft die Frauen fort. Weg von dem Ort, wo er die Sauerei veranstaltet hat, wenn Sie so wollen.«

»Heißt das jetzt, er ist besonders reinlich oder so was?«, fragte Heerse gequält.

»Nein, das heißt nur, er schafft sie von der Sauerei weg«, antwortete ihm die Ärztin bestimmt. »Er legt sie sorgfältig aufs Bett und vertauscht absichtlich die Gliedmaßen.«

»Und warum nimmt er das Gesicht mit?«

»Ja, warum?«, überlegte Doktor Calliditas laut. »Vermutlich geht es darum, die Frauen auf irgendeine Weise zu besitzen, sogar über ihren Tod hinaus. Es könnte aber auch als Demütigung zu verstehen sein, mehr im Sinne von Beherrschen und Unterdrücken. Oder ein Ausdruck von Hass gegenüber dem weiblichen Geschlecht.«

»Sie denken also auch an einen Mann als Täter?«

Doktor Calliditas erwiderte: »Das ist kurzsichtig, Heerse, und das wissen Sie auch. Gerade Frauen verstehen sich darauf, sich gegenseitig äußerst intensiv zu hassen.«

»Könnte es auch ein Pärchen sein?«

»Sie denken einer für das Grobe, der andere für die Feinarbeit?«, ging Clara Calliditas darauf ein.

»Ja, vielleicht sogar ein gemischtes Pärchen«, führte Heerse seine Idee weiter aus.

»Im Moment spricht auch da nichts dagegen«, antwortete ihm die Ärztin.

Heerse war unzufrieden. Nach seinem Geschmack waren das zu viele Optionen, das ließ auch sein Mienenspiel erkennen. »Glauben Sie, wer auch immer das getan hat, kennt die Frauen?«

»Persönlich? Das ist schwer zu sagen. Aber ich kann mir nicht vorstellen, dass er sie völlig willkürlich ausgesucht hat.«

Heerse schwieg und sah sich in dem sehr weiblich eingerichteten Schlafzimmer um. »Bei Lea Bauer hat es völlig anders ausgesehen«, sagte er mehr zu sich selbst. »Das kann es also nicht sein.«

»Aber beide Frauen lebten allein«, warf Doktor Calliditas ein.

Heerse ging zu der Schminkkommode, auf der auch ein Bilderrahmen stand, der eine Aufnahme von Heidi Maurer zeigte. Der Hauptkommissar starrte auf das Foto und wusste plötzlich, was die beiden Opfer gemeinsam hatten. »Sie sehen sich ähnlich«, murmelte er und fuhr lauter fort: »Ist es das? Sucht er sie nach ihrem Aussehen aus?«

Auch Doktor Calliditas, die auf Heerse zuging, betrachtete die Fotografie. »Stimmt, die beiden hatten fast die gleiche Frisur und dunkle Augen, etwa das gleiche Alter, dieselbe Statur. Aber viele Frauen sehen so aus.« Sie hielt kurz inne, runzelte die Stirn und bemerkte: »Ihre Kommissarin, Frau Teuber, ist zum Beispiel ein ähnlicher Typ.«

»Sie halten das also nicht für den gemeinsamen Nenner?«

»Doch, das wäre durchaus die Verbindung, nach der wir suchen. Aber wenn Haarfarbe und Körpergröße die einzigen Auswahlkriterien des Mörders sind, dann wird es verdammt schwer werden, ihm näher zu kommen.«

Heerse widersprach nicht, denn auch sein Instinkt sagte ihm, dass sie noch weit von der Lösung des Falls entfernt waren.

* * *

Am nächsten Morgen

In dem ehemaligen Partykeller war es an diesem Morgen eisig. Einen Heizkörper gab es nicht, und die einfachen, zugigen Glasfenster direkt unter der Decke ließen die Kälte großzügig in den Raum strömen. Die Sonne versteckte sich hinter Wolken, sodass nur wenig Licht in das vom dunklen Holz beherrschte Untergeschoss drang. Bei diesen Temperaturen musste jedenfalls nicht damit gerechnet werden, dass der Kopf in Folie auftauen würde.

Das Gesicht, wie gewohnt ausdruckslos mit starren, trüben Augen, hatte die typische graublaue Färbung angenommen, die Leichen in Kühlräumen so eigen war.

Als nun gesprochen wurde, entstanden in dem kalten Keller kleine Nebelschwaden, so als würde jemand eine Zigarette rauchen.

»Ich hätte einen Heizer mitbringen können, aber ich denke, so fühlst du dich wohler, liebste Freundin.« Eine Hand wurde ausgestreckt und berührte das vereiste Plastik. Offensichtlich war das Tastergebnis zufriedenstellend.

»Wir sprachen das letzte Mal über meine Mutter, heute möchte ich mit dir über die Frauen im Allgemeinen reden. Deute ich dein Schweigen als Missfallen?«, spöttelte die Stimme in Richtung des Schädels.

»Vermutlich willst du nur nicht hören, was ich über dich und deinesgleichen zu sagen habe. Aber zu spät, du bist nun mal hier. Jedenfalls bin ich zu dem Schluss gekommen, dass mich Frauen nicht wirklich mögen. Sie sagen, sie finden mich nett, plaudern über alles Mögliche mit mir, aber am Ende kümmert es sie einen *Scheißdreck*, wie es wirklich um mich steht.«

Die nächsten Sätze wurden verächtlich ausgespien. »Deshalb habe ich beschlossen, sie ebenfalls nicht mehr zu mögen. Und wenn sie mich benutzen wollen, bitte, dann benutze ich sie genauso.« Es folgte ein vergnügtes Kichern. »Seither fühle ich mich besser.«

Eine ganze Weile war es danach still. Irgendwann knarrte der polyesterbezogene Sessel, als die Person im Raum aufstand, mit langsamen Schritten zu der Kühltruhe ging und sie öffnete. Der Deckel knarzte, als er mit einem Ruck aufgerissen und nach hinten geklappt wurde.

Der rechteckige Kasten war gut gefüllt. Mehrere Fertiggerichte zum Aufwärmen in der Mikrowelle, ein überdimensionaler Karton Pommes frites und die Familienpackung Pizzas lagen obenauf. Darunter drängten sich Aufbacktorten und zwei gefrorene Hähnchen sowie eine Vorratstüte Erbsen. Erst wenn man alles vorsichtig beiseiteschob, entdeckte man zwei flache Plastiktüten. Der Inhalt war vakuumiert worden und auf den ersten Blick einer großen Scheibe Fleisch nicht unähnlich. Erst beim zweiten Hinsehen erkannte man die platt gedrückten Gesichter der Frauen, die darin aufbewahrt wurden.

Langsam balancierten zittrige Hände die Überreste von Lea Bauer und Heidi Maurer aus der Kühltruhe und breiteten sie vorsichtig vor dem Kopf auf dem Tisch aus.

»Wie findest du sie?«

Zärtlich strichen Finger über die hart gefrorenen Konturen. »Sie werden immer bei mir bleiben, ein Teil von mir werden.«

Dann folgte ein gehässiger Blick zu dem Kopf. »Aber das gilt nicht für dich, deine Zeit ist begrenzt.«

* * *

Etwas später

Brigitta hatte sich fest vorgenommen, sich künftig keine Gedanken mehr über ihre Beziehung zu machen. Alles war in bester Ordnung, das hatte ihr auch ihr Schwiegervater versichert. Und schließlich war Marius Arzt, da stand er eben gelegentlich unter Strom und zog sich von der Familie zurück, alles ganz normal.

Wie aufs Stichwort betrat Marius die Küche, deren glänzend weiße Oberflächen den Eindruck erweckten, sie sei eben erst geliefert worden.

»Morgen«, brummte er mürrisch und ließ sich an der Theke nieder.

Wie jeden Tag schob ihm Brigitta seinen Kaffeebecher vor die Nase. Er nippte daran und sah durch sie hindurch.

»Wo warst du denn?«, fragte sie ihren Mann und versuchte nicht genervt zu klingen.

Marius hob den Kopf und ärgerte sich bereits, überhaupt in die Küche gekommen zu sein, anstatt sich direkt ins Schlafzimmer zurückzuziehen. Heute Vormittag war keine Sprechstunde, was ihm ein wenig freie Zeit verschaffte.

Er spürte Brigittas ungeduldigen Blick und antwortete: »Ich war im Keller.«

»Warum?«

»Ich habe darüber nachgedacht, eine Sauna einzubauen«, log er.

In Wahrheit hatte er nur versucht, dort seinem Leben zu entfliehen, ohne das Haus verlassen zu müssen. In den letzten Wochen war ihm seine Familie unerträglich geworden. Die Kinder liebte er von ganzem Herzen, aber je älter sie wurden, desto mehr glichen sie ihrer Mutter – und manchmal konnte er es deshalb nicht ertragen, sie um sich zu haben. Was war nur aus ihnen geworden? Brigitta schien ihm doch zu irgendeinem Zeitpunkt in der Vergangenheit die Richtige gewesen zu sein. Aber er hatte Bedürfnisse, die sie ihm nie erfüllen würde. Ein Wunder, dass er ihr überhaupt die beiden Kinder hatte machen können. Und mit einem Mal erkannte er, welches Problem zwischen ihnen bestand: Sie waren sich fremd.

»Eine Sauna, das ist ja eine Überraschung«, rief sie begeistert.

Ihn wunderte nicht, dass ihr die Idee gefiel; Gott, wie er diese Oberflächlichkeit leid war.

Unwillkürlich kam ihm Bella in den Sinn. Während Brigitta über irgendein Fachgeschäft referierte, das sich wunderbar als Saunalieferant eignete, versuchte sich Marius vorzustellen, von Bella mit einem Handtuch trocken getupft zu werden. Er bildete sich ein, das sanfte Kitzeln zu spüren, wenn der Babypuder die empfindliche Haut zwischen den Beinen berührte. Er glaubte sogar, das Geräusch zu hören, das entstand, wenn Bella den Klettverschluss der Windel öffnete.

»Und was wollte die Polizei schon wieder? Geht es immer noch um diese Lea Bauer?«, riss ihn Brigitta, die offensichtlich das Thema Sauna hinter sich gelassen hatte, aus seinen Träumen.

Marius reagierte genervt: »Nein, es ging um eine andere Frau.«

Sofort veränderte sich Brigittas Gesichtsausdruck, und Furcht war darin zu erkennen.

»Eine Patientin?«, hauchte sie, und er wusste, was sie dachte. Offensichtlich traute sie ihm ein Fehlverhalten zu.

Sein Ärger wuchs, und gehässig sagte er: »Nein! Also reg dich ab, du bist in keinen Skandal verwickelt. Ich habe weder einen Behandlungsfehler gemacht noch mich durch unsittliches Verhalten in den Fokus der Behörden gebracht. Es geht lediglich um einen weiteren Mord.«

»Wer?«, fragte sie und überging seinen aggressiven Tonfall.

»Heidi Maurer, die Frau arbeitete in der Apotheke um die Ecke. Wir haben die Tage noch wegen eines Rezepts telefoniert«, antwortete er müde.

Das Gleiche hatte er auch der Polizei erzählt.

»Alles nur Routinefragen«, war ihm daraufhin von dem Hauptkommissar versichert worden.

Aber trotzdem beschlich Marius das Gefühl, dass es weit mehr als nur Routine gewesen war. Während des ganzen Gesprächs hatte er den Eindruck gehabt, belauert zu werden. Mittlerweile war er verunsichert. Kamen die Beamten wirklich zu jedem, mit dem das Opfer zu tun gehabt hatte? Immerhin gab es unzählige Arztpraxen, deren Patienten ihre Rezepte in der Apotheke von Heidi Maurer einlösten. Was glaubte die Polizei, von ihm zu wissen?

»Vielleicht sollten wir anlässlich der neuen Sauna eine Party geben. Wir haben schon ewig niemanden mehr eingeladen«, wechselte Brigitta das Thema.

Augenscheinlich schien die Sauna doch interessanter als der Mord an Heidi Maurer. Marius glaubte sogar sich zu erinnern, dass seine Frau die Apothekerin nicht leiden konnte, irgendwann hatte sie einmal eine entsprechende Bemerkung fallen lassen.

»Was hältst du davon? Natürlich nur im kleinen Kreis«, fuhr Brigitta unbeirrt fort.

»Und wo soll das stattfinden?«, knurrte er unwirsch.

Ihre Augen leuchteten. Es war anzunehmen, dass sie sich schon seit längerer Zeit mit dem Gedanken getragen hatte, eine Feier auszurichten.

»Ich dachte, im Keller. Wenn wir eine Sauna einbauen, wäre es doch schön, auch gleich die restlichen Räume zu renovieren. Der alte Partykeller deiner Eltern könnte einen Anstrich vertragen.«

»Nein!«, blaffte er bestimmt. »Ich habe nicht vor, das ganze Haus umzubauen, bloß weil du eine Party geben willst. Und überhaupt, wenn ich eine Sauna einbauen lasse, dann ist das sicher kein Grund, gleich ein Richtfest zu veranstalten.«

Sie sah ihn gekränkt an, und er bekam ein schlechtes Gewissen. Versöhnlicher sagte er deshalb: »Lass uns das auf den Sommer verschieben, dann stellen wir ein Zelt auf und können umso mehr Leute einladen.«

Brigitta nickte und schluckte die Widerworte herunter. Wie immer vermied sie auch heute einen Streit, so hatte sie es sich von ihrer Mutter abgeguckt. Die hatte ihr den guten Ratschlag mit auf den Weg gegeben: »Wenn du versorgt sein willst, dann lass ihn entscheiden.«

Als wohlerzogene Tochter hatte sie die letzten Jahre die Worte der Mutter stets beherzigt, aber so langsam kamen ihr Zweifel. Sie war nicht dumm, natürlich bemerkte sie, dass sich ihr Mann ihr immer mehr entzog. Ja, mit Marius'

Vater kam sie gut aus, dem gefiel ihre Zurückhaltung und die Fügsamkeit – aber Marius?

Sie erinnerte sich an ihre Mutter. Letzten Endes hatte die doch ein Leben lang unter einem herrischen Ehemann und ihren Magengeschwüren gelitten. Sie war früh gestorben, während sich Brigittas Vater bester Gesundheit erfreute und heute die Haushälterin tyrannisierte, die ihm Brigitta besorgt hatte und die sich dafür fürstlich bezahlen ließ.

»Ich lege mich noch eine Stunde hin. Sorge dafür, dass die Kinder ruhig sind«, hörte sie ihren Mann sagen.

»Ja, sicher«, antwortete sie automatisch und sparte sich die Erklärung, dass die beiden erst am späten Nachmittag von der Schule kommen würden.

* * *

Hauptkommissar Rolf Heerse saß mit Unbehagen im Wohnzimmer der Familie Maurer. Die Angehörigen waren bereits gestern informiert worden. Die Mutter hatte die schreckliche Nachricht so schwer getroffen, dass sie in die Klinik eingeliefert werden musste und jetzt unter starken Beruhigungsmitteln stand. Der Hauptkommissar hoffte, dass er genug von den anderen Familienmitgliedern erfahren würde, um der Mutter eine Befragung zu ersparen.

Heidis Vater wirkte wie ein Geist, er saß steif in einem abgewetzten Ohrensessel. Ein Möbelstück, an dem er vermutlich zum Ärger seiner Frau festgehalten hatte, denn es passte nicht zu der neu aussehenden Couchgarnitur.

Außerdem waren noch der Bruder Serge der Verstorbenen und dessen Frau Sabine anwesend. Letztere schien die Einzige zu sein, die momentan noch klar denken konnte.

Die Befragung verlief mühsam. Der Vater reagierte nur mit einem Nicken oder Kopfschütteln, und der Bruder konnte ihnen ebenfalls keine brauchbaren Informationen liefern.

Irgendwann sagte der Vater: »Ich will mich jetzt hinlegen!« Er schien die Polizisten überhaupt nicht wahrzunehmen, sondern stand auf und verließ ohne Gruß das Zimmer.

Sabine stupste ihren Mann am Arm und sagte: »Bring Papa nach oben!«

Kurze Zeit später waren die Beamten mit der Schwägerin allein.

»Wer hat sie denn gefunden?«, fragte die nun neugierig.

»Der Zeitungsausträger. Die Haustür stand offen, aber es brannte kein Licht, das kam dem Mann verdächtig vor. Auf sein Rufen blieb die Antwort aus, also hat er vernünftigerweise die Polizei verständigt.«

Sabine Maurer nickte. »War es wie bei der anderen Frau? Die Beamten, die gestern hier waren, haben uns zwar kaum etwas gesagt, aber es war ja offensichtlich kein missglückter Einbruch, wie es im Fernsehen immer heißt. Deshalb dachte ich gleich an diesen Mord vor ein paar Wochen. Vor den anderen wollte ich nichts sagen, aber …« Sie verstummte, unsicher, ob es womöglich unangebracht war, solche Fragen zu stellen.

Hauptkommissar Heerse war schon zu oft in solchen Situationen gewesen, um nicht zu erkennen, dass sich Sabine Maurer und das Opfer nicht besonders nahe gestanden hatten. Für die Familie selbst war das natürlich bedauerlich, aber für die Polizei die beste Möglichkeit, einen realistischen Blick auf Heidi Maurer zu erhalten.

Er beschloss, der Frau entgegenzukommen. »Sie haben recht, das war kein missglückter Raubüberfall. Ihre Schwägerin wurde brutal ermordet.«

»Ach je«, seufzte Sabine, und ihr Mitleid war echt, wenn auch nicht besonders tief.

»Wie war Ihr Verhältnis zu Heidi?«, tastete sich Heerse langsam vor.

Die Frau verzog den Mund. »Sie mochte mich nicht besonders.«

Von oben hörten sie ein lautes Schluchzen, und Sabine senkte die Stimme, als sie jetzt weitersprach: »Für meine Schwiegereltern ist mit Heidis Tod eine Welt zusammengebrochen. Ob die sich je wieder davon erholen werden?«, schweifte sie ab.

»Warum mochte Sie Ihre Schwägerin nicht?«

Sabine blinzelte und erinnerte sich daran, dass sie dem Hauptkommissar noch eine Antwort schuldig geblieben war. »Ich vermute, weil sie mich für dumm hielt.«

Die beiden Beamten sahen die Frau verblüfft an.

Sabine rang sich ein Lächeln ab. »Heidi war so. Sie hat studiert, einen tollen Job in der Apotheke, ein Haus, die teuersten Klamotten, einmal die Woche Kosmetikerin, alle zwei Wochen einen Termin in Jeromes Salon, Urlaub auf den Malediven, Skifahren in was weiß ich wo …« Sie schlenkerte ungeduldig ihre Hand zum Zeichen, dass es noch viele solcher Dinge gab, die sich Heidi hatte leisten können.

»Ich und Serge leben da viel bescheidener. Wir haben drei Kinder. Ich muss Ihnen wahrscheinlich nicht sagen, dass ich mir die Haare selbst färbe und im Sommer allenfalls eine Dauerkarte fürs Schwimmbad drin ist. Wissen Sie, ich mag mein Leben. Aber Heidi war so ein Typ Mensch, der einem immer das Gefühl gegeben hat, man wäre nicht gut genug. Nein«, sagte sie schließlich und blickte Heerse nun direkt an, »wir standen uns weiß Gott nicht nahe.«

»Hatte Heidi denn einen Freund? Wir haben in ihrer Wohnung nichts gefunden, was darauf hindeutet, gab es jemanden?«, stellte nun Maren eine Frage.

Sabine schüttelte den Kopf und antwortete: »Tja, das war wohl das Einzige, was ihr nicht gelungen ist.« Die Schadenfreude konnte sie nicht ganz aus ihrer Stimme verbannen. »Früher war ihr keiner gut genug, und in den letzten Jahren wurde die Auswahl kleiner und sie immer älter.«

Während Maren verstehend nickte, wunderte sich Heerse wieder einmal darüber, wie unromantisch das weibliche Geschlecht sich gegenseitig und die Suche nach Liebe betrachtete.

»Sie hat natürlich versucht jemanden zu finden, allerdings im Geheimen. Sie hat nie darüber gesprochen«, fuhr Sabine gehässig fort, erinnerte sich jedoch im gleichen Moment an die traurigen Umstände, die zu diesem Gespräch geführt hatten, und machte ein betroffenes Gesicht. »Das hätte ich jetzt vermutlich nicht sagen sollen.« Sie sah verunsichert zu der Kommissarin.

»Im Gegenteil«, beeilte die sich, die Zeugin zu beruhigen. »Wir sind auf der Suche nach einem Mörder und brauchen Ihre Hilfe. Die nächsten Angehörigen stehen meistens zu sehr unter Schock, um uns ein objektives Bild des Opfers zu geben. Das ist jedoch wichtig für die Ermittlungen, darum ist jetzt nicht der Zeitpunkt für Zurückhaltung. Wir müssen alles über Heidi erfahren. Helfen Sie uns, den zu finden, der ihr das angetan hat.«

Maren befürchtete schon, zu dick aufgetragen zu haben, aber Sabine Maurer fühlte sich ganz offensichtlich geschmeichelt und hatte nun keine Hemmungen mehr. »Wenn ich helfen kann«, entgegnete sie. »Was wollen Sie denn wissen?«

»Sie sagten, Heidi hat versucht jemanden kennenzulernen. Wie?«, hakte Maren erneut nach. Die Kriminaltechnik hatte sich bereits den Computer des Opfers vorgenommen. Dort hatte es keine Hinweise auf Partnersuche über ein Onlineportal gegeben.

»Sie ging zu diesen Singlepartys«, antwortete Sabine nun verschwörerisch. Auch wenn sie sich sehr bemühte, gelang es ihr nicht, die Genugtuung zu verbergen, die es ihr bereitete, die Schwägerin von dem Podest zu stürzen, auf das sie ihre Familie all die Jahre gestellt hatte.

»Ich habe früher gekellnert. Eine meiner ehemaligen Kolleginnen, zu der ich noch Kontakt habe, hat Heidi regelmäßig auf den Partys gesehen. Speeddating, Single-Abende, Ü-30-Partys, so was eben. Ich hatte geplant, ihr das eines Tages vor den Latz zu knallen, wenn sie mal wieder so hochnäsig zu mir ist. Wäre ihr sicher peinlich gewesen. Jetzt spielt das wohl alles keine Rolle mehr, oder?«, fügte sie nachdenklich an. »Meinen Sie, der Mörder ist ihr dort begegnet?«

»Wir bräuchten den Namen des Lokals«, ignorierte Heerse die Frage der Zeugin.

»Der Schuppen heißt *Labrios,* die machen ständig solche Veranstaltungen. Eigentlich ist das wenig spektakulär. Lediglich eine große Halle in einem Industriegebiet von Bühl, aber die Leute kommen von überallher. Da ist es immer gerammelt voll. Ist eigentlich komisch, dass Heidi da niemanden gefunden hat.« Sie zuckte mit den Schultern. »Sie war immer schon wählerisch.«

»Wer war wählerisch?«, unterbrach Serge, der nun wieder ins Wohnzimmer zurückkam, das Gespräch.

»Deine Schwester«, antwortete ihm Sabine offen.

Er ließ sich auf den Sessel fallen, auf dem zuvor sein Vater gesessen hatte. »Ja, das war sie, meine kleine Schwester war etwas Besonderes«, sagte er leise und legte die Hände vors Gesicht. Das leichte Beben seiner Schultern verriet, dass er weinte.

Sabine eilte schnell zu ihm und legte ihm liebevoll einen Arm um die Schulter. Ihr Blick wanderte zu Maren, so als wollte sie sagen: »Sehen Sie, was ich meine. Die haben Heidi regelrecht vergöttert.«

Die Beamten verstanden und waren sich sicher, dass ihnen der Bruder nichts Aufschlussreiches mehr würde mitteilen können. Deshalb verabschiedeten sie sich höflich und machten sich auf den Weg zum Labrios, in der Hoffnung, von den Betreibern etwas über Heidi Maurer zu erfahren.

Im Auto sagte Heerse: »Das war gute Arbeit. Du hast sie zum Sprechen gebracht.«

Maren tat so, als würde ihr das Lob nichts bedeuten, reckte aber automatisch stolz das Kinn nach vorne und sagte verlegen: »Ich hatte einen guten Lehrer!«

* * *

Kapitel 6

Am späten Abend

Wie hatte sie sich nur dazu überreden lassen können, diesen Abend im Labrios zu verbringen? Es war wirklich unglaublich, mit welcher Hartnäckigkeit Miriam anderen ihren Willen aufzwingen konnte.

Anke Derlach rollte mit den Augen, als sie daran dachte, und zog am Strohhalm ihres Orangensafts. Die Musik war ohrenbetäubend, aber wenigstens spielte man Titel aus den Neunzigern, die Anke alle kannte. Miriam war wieder einmal auf der Tanzfläche verschwunden und schien sich im Gegensatz zu Anke prächtig zu amüsieren. Diese Singlepartys waren einfach nichts für sie.

»Wie willst du denn sonst einen Mann kennenlernen?«, hatte ihr Miriam vorgehalten, und in dem Moment war die Kollegin aus der Taxizentrale sehr überzeugend gewesen. Aber jetzt stellte sich der Abend als Reinfall heraus. Während Anke an der Bar hockte und sich gegen die Typen wehren musste, die nur hier waren, um eine schnelle Nummer zu schieben, und noch dazu optisch nicht einmal die Bezeichnung Katastrophe verdient hätten, vergnügte sich Miriam mit denen, die was taugten. Und zu allem Überfluss hatte es die Kollegin auch noch irgendwie gedeichselt, dass Anke den Chauffeur spielte, sodass sie ihren Kummer nicht einmal im Alkohol ertränken konnte.

Unwillkürlich dachte sie an ihre Stiefmutter. Vielleicht hatte Vicki recht, und ein paar blonde Strähnen könnten nicht schaden. Miriam war eine Blondine und wurde gerade von zwei eifrigen Tänzern umschwärmt, die beide nicht schlecht aussahen.

Allerdings war Miriam eine geübte Jägerin, nie um eine provozierende Antwort verlegen, immer charmant und doch noch geheimnisvoll genug, damit die Männer das Gefühl hatten, einer besonderen Frau gegenüberzustehen. Abgesehen davon sah sie für ihre vierzig noch fantastisch aus. Warum diese Frau überhaupt allein war, blieb Anke ein Rätsel.

»He, zum Fahren verdonnert?«, riss sie plötzlich eine Stimme aus den Gedanken.

Zu ihrer Überraschung war derjenige, der das Wort an sie richtete, auf den ersten Blick ein netter Typ.

»Ja«, sagte sie prompt, und noch während sie sich überlegte, was sie Witziges anfügen konnte, hatte sich der Fremde schon auf den Hocker neben sie gesetzt.

»Ich darf doch?«, fragte er leichthin und vermittelte nicht das Gefühl, ein »Nein« zu erwarten.

»Du sitzt ja schon«, sagte sie schnippisch und bemerkte sofort, nachdem sie den Satz ausgesprochen hatte, dass der weder lustig noch selbstbewusst klang, sondern einfach nur abweisend.

Der Mann machte tatsächlich Anstalten aufzustehen. »Ich wollte nicht unhöflich sein«, stammelte er entschuldigend, und Anke hätte sich am liebsten selbst geohrfeigt.

»Nein, so war das nicht gemeint. Ich bin nur aus der Übung«, beschwichtigte sie ihn und kam sich auch dabei blöd vor.

Er lächelte charmant, viel zu charmant, und Anke, die sich nun einmal nicht vorstellen konnte, dass jemand, der so aussah wie ihr Gegenüber, echtes Interesse an ihr haben könnte, wurde misstrauisch.

»Ich sollte vielleicht gleich sagen, dass ich nicht für Sex zur Verfügung stehe«, stellte sie deshalb vorsichtshalber klar.

Sein Lächeln wurde breiter, als er daraufhin entgegnete: »Grundsätzlich nicht oder nur heute Abend?«

Anke lief rot an, und er bemerkte ihre Verlegenheit.

»Schon gut.« Er lachte fröhlich. »Tut mir leid, ich wollte dich nicht ärgern. Ich versichere dir, du hast nichts von mir zu befürchten außer ein harmloses Gespräch. Und wenn du einverstanden bist, dann spendiere ich dir noch eine Runde.« Er sah zweifelnd auf ihr fast leeres Glas, in dem sich eine unappetitliche Mischung aus getauten Eiswürfeln und Orangensaftresten gebildet hatte. »Was auch immer das ist, an dem du da seit zwei Stunden herumnuckelst.«

Sie musste nun ebenfalls lachen und erwiderte mit gespieltem Entsetzen: »Du hast mich beobachtet?«

»Du bist mir aufgefallen«, erwiderte er ernst, und Anke spürte ein Kribbeln in der Magengegend. Schnell überging sie seine Bemerkung und sagte: »Einen Orangensaft würde ich annehmen.«

Der Fremde orderte die Getränke und stellte sich als Axel vor. Es folgte der unvermeidliche Austausch über den beruflichen Werdegang und natürlich den Familienstatus. Axel war Tierarzt, Mitte vierzig und noch nie verheiratet gewesen, sehr zum Leidwesen seiner Mutter. »Sie hat immer von Enkeln geträumt.« Und schelmisch fügte er an: »Natürlich von ehelichen.«

»Für Männer ist es ja nie zu spät«, sagte Anke gerade fröhlich, als ihr Gespräch jäh unterbrochen wurde.

Miriam tauchte wie aus dem Nichts auf und drängte sich zwischen die beiden.

»Hallo, wen haben wir denn da?«, begrüßte sie Axel auf eine Art, die Anke als nuttig beschrieben hätte.

Der Mann stellte sich Miriam höflich vor, machte allerdings keine Anstalten, sie ebenfalls auf ein Getränk einzuladen. Jedoch gab Ankes Freundin nicht so schnell auf.

»Du musst mich unbedingt vor einem Typen retten«, sagte Miriam jetzt flehentlich zu Axel. »Der belagert mich schon den ganzen Abend. Ich will ihn nicht vor den Kopf stoßen«, sagte sie unschuldig mit verführerischem Augenaufschlag. »Aber wenn er mich mit dir tanzen sieht, weiß er, dass ich bereits anderweitig vergeben bin.« An Anke gewandt fuhr sie fort: »Du hast doch nichts dagegen, oder? Ich bringe ihn dir gleich zurück.«

Mit Mordlust in den Augen beobachtete Anke, wie Miriam nach Axels Hand griff und ihn zum Aufstehen anhielt.

»Klar«, war das Einzige, was sie darauf erwidern konnte, ohne sich lächerlich zu machen. Außerdem hätte jedes weitere Wort, das ihr über die Lippen gekommen wäre, für eine saftige Strafe wegen grober Beleidigung gereicht.

Axel, der ein wenig verloren wirkte, ließ sich schließlich von Miriam auf die Tanzfläche ziehen, und Anke ließ ihren Zorn an demjenigen aus, der sie als Nächster anrempelte.

Ein Mann hatte sich neben sie geschoben, um seine Bestellung über die Theke zu rufen.

»He, kannst du nicht aufpassen?«

Der Mann drehte sich um, bereits eine Entschuldigung auf den Lippen, als er stockte. »Wir kennen uns doch?«, sagte er sofort.

»Marius?«, rief Anke überrascht. Und ohne darüber nachzudenken, dass ihn ihre Frage womöglich in Verlegenheit bringen könnte, entschlüpfte ihr ein »Was machst du denn hier?«.

Ihm war die Situation nun doch peinlich, und er begann zu stammeln: »Ich bin einem Freund zuliebe …«

Anke winkte ab: »Vergiss es, die haben hier gute Musik. Ich hörte, du übernimmst bald die Praxis.«

Er zuckte mit den Schultern, nahm die Flasche Bier entgegen, die ihm die Bedienung über den Tresen reichte, und trank einen Schluck.

Dass er nur eine Flasche geordert hatte, ließ Anke vermuten, dass es keinen Freund gab, aber ihr war das gleichgültig.

»Ja, die Praxis … Wenn man bedenkt, dass ich das eigentlich nie machen wollte.«

Sie nickte voller Verständnis und konnte sich gut vorstellen, woran Marius gerade denken musste.

Schnell sagte sie deshalb: »Und ich hänge immer noch beim Taxifahren fest, ist doch komisch. Aber ich mache es gern. Wie geht es deinem Vater?«

»Viel zu gut«, antwortete ihr Marius, bemüht, unbeschwert zu klingen.

Anke lachte, sie wusste, dass der alte Kort ein ewiger Besserwisser war.

In dem Moment begann ein neuer Song, und plötzlich waren auch die beiden Tänzer zurück. Miriams Aufmerksamkeit galt sofort Marius. Der aber verabschiedete sich schnell und verschwand in der Menge.

»Wer war das?«, hakte Ankes Freundin sofort neugierig nach.

»Wir waren auf der gleichen Schule.«

Miriam, die mit den Augen Marius verfolgte, entschuldigte sich mit der Ausrede, auf die Toilette zu müssen, und nahm die Fährte ihrer neuen Beute auf. Zumindest empfand es Anke so, als sie beobachtete, wie sich die Blondine katzengleich an den Hindernissen in Form von Menschen und Stehtischen vorbeilavierte, ihr Ziel fest im Blick.

Anke drehte sich zu Axel und erwischte ihn dabei, wie er sie anstarrte.

Er zuckte zusammen. »Entschuldigung, das wollte ich nicht, aber mir gefällt es, wie du dein Haar trägst.«

Sie lächelte. »Du stehst also nicht auf Blondinen?«

»Oh, nein. Das kann man von mir wirklich nicht behaupten.«

Anke, die sich langsam für den Mann erwärmte, hätte gerne noch mehr über ihn erfahren, aber da kam Miriam zurück und drängte plötzlich zum Aufbruch. Sie schob Unwohlsein und Schwindel vor, und Anke konnte nicht anders, als die Freundin nach draußen zu begleiten.

Hastig verabschiedete sie sich deshalb von Axel und versprach, nächste Woche wieder hier zu sein. Plötzlich freute sie sich darauf, einen weiteren Abend im Labrios zu verbringen. Schon auf dem Parkplatz bedauerte sie ein wenig, dass sie mit Axel keine Telefonnummern ausgetauscht hatte. Aber erstens war von ihm kein entsprechender Vorschlag gekommen und zweitens hätte sie ihn ja sowieso niemals angerufen.

»Ein komischer Typ«, meckerte Miriam, als die beiden Frauen im Auto saßen.

»Wer?«, stellte sich Anke dumm.

»Na, dieser Axel, wer sonst?«

»Ich dachte, du meintest meinen alten Schulkameraden.«

Sie sah kurz zum Beifahrersitz und erkannte Miriams enttäuschten Blick. Das konnte nur bedeuten, dass ihr dieses *Wild* entkommen war.

»Mit dem habe ich doch gar nicht gesprochen«, murrte die Freundin und bestätigte damit Ankes Vermutung.

»Und was stört dich an Axel?«, fragte sie daraufhin und tat so, als würde sie die Meinung der Freundin interessieren. In Wirklichkeit kannte sie die Antwort längst und dachte: *Außer dass es dich ärgert, dass er sich für mich entschieden hat.*

Miriams Stimme hatte nun einen besorgten Tonfall: »Mit dem stimmt was nicht, das kannst du mir glauben. Ich kenne die Männer, und der ist nicht hasenrein. Lass dich nicht auf den ein.«

»Vermutlich hast du recht«, lenkte Anke ein, sonst würde Miriam keine Ruhe geben. Allerdings dachte sie überhaupt nicht daran, sich in dieser Hinsicht Vorschriften machen zu lassen. Diese Entscheidung würde sie selbst treffen.

* * *

Am nächsten Morgen

»Bei diesem Fall haben die Opfer gleich mehrere Verbindungen«, begann Kommissarin Maren Teuber das zusammenzufassen, was sie bisher erfahren hatten. »Lea Bauer und Heidi Maurer hatten beide Kontakt zu Marius Kort, die eine als Patientin, die andere beruflich über die Apotheke. Außerdem arbeitete Lea für den Friseur Jerome, während Heidi dort Kundin war. Bisher gibt es jedoch keine Hinweise, dass sich die Frauen privat gekannt haben.«

»Was ist mit Antonios Pizzeria?«, warf Müller ein. »Lea Bauer war öfter Gast dort, und die Apotheke, in der Heidi Maurer gearbeitet hat, bestellt jeden Freitag für die Angestellten in dem Lokal das Mittagessen.«

»Ist das jetzt alles nur ein Zufall?«, wandte sich Maren an ihre Kollegen.

Heerse, der bisher geschwiegen hatte, gab einen unzufriedenen Laut von sich. »Die Pizzeria ist sowohl von der Apotheke als auch von Lea Bauers Wohnung aus schnell zu erreichen, und außerdem liefert Antonio hervorragende Qualität. Also könnte diese Übereinstimmung auch ein Zufall sein. Trotzdem müssen wir das im Auge behalten. Aber was den Friseur angeht …« Er verzog missbilligend das Gesicht. »Ich habe meiner Frau gegenüber Jeromes Namen erwähnt, und sie wusste sofort, wer gemeint war. Offensichtlich versucht die halbe Stadt, bei dem Mann einen Termin zu bekommen. Aber ausgerechnet Heidi Maurer gehörte zu den Auserwählten, während Lea Bauer dort gearbeitet hat. Dieser Zufall ist dann schon ungewöhnlicher. Die gestrige Befragung hat nichts ergeben?«

»Nein«, bestätigte Maren. »Die Friseurin, die Heidi Maurer immer bediente, wusste nichts über ihre Kundin zu berichten, und angeblich wäre Frau Maurer auch nie vom Chef persönlich frisiert worden. Der konnte oder wollte sich nicht an Heidi Maurer erinnern, und seine Partnerin, Frau Zehner, behauptete, nur gelegentlich ein paar Worte mit der Kundin gewechselt zu haben. Ich bleibe dabei, da stimmt etwas nicht.«

»Und das gilt meiner Meinung nach auch für Doktor Kort«, warf Müller ein.

»Ja«, gab ihm Heerse recht, »auch da bleiben wir dran. Leider war die Befragung in diesem Single-Treff erfolglos.« Er suchte nach dem Namen, und Müller und Maren halfen ihm aus, indem sie gleichzeitig »Labrios« sagten.

»Ja, *Labrios*«, nahm er den Faden wieder auf, »also dort konnte sich niemand an Lea Bauer oder Heidi Maurer erinnern. Lediglich die Bedienung, die mit der Schwägerin befreundet ist, bestätigt, dass sie Heidi öfter bei den Ü-30-Partys gesehen hat. Allerdings konnte die sich nicht an irgendwelche Begleiter erinnern. Auf dem Parkplatz gibt es Kameras, im Lokal selbst leider nicht. Die Betreiber haben uns die Aufzeichnungen zur Verfügung gestellt. Die Kollegen sehen sie bereits durch, sie reichen allerdings nur sechs Monate zurück, und die Aufnahmen betreffen lediglich den hinteren Teil des Geländes. Außerdem hat sich der Klub bereit erklärt, ab morgen am Eingang ein Plakat aufzuhängen. Ein Aufruf an die Gäste, ob sich jemand an die beiden Frauen erinnern kann, mit der Bitte, sich gegebenenfalls bei uns zu melden. Bei dem Durchlauf, den der Laden hat, kommen wir so vermutlich am schnellsten voran. Außerdem berichten die Medien ab heute über den Mord an Heidi Maurer, parallel dazu gibt es einen weiteren Aufruf an die Bevölkerung wegen der Frauenleiche, die wir in den Schweigrother Matten gefunden haben, vielleicht bringt das dieses Mal etwas.«

Vor ihm lag der Obduktionsbericht. »Ihr habt ihn gelesen?«, richtete er sich fragend an seine Mitarbeiter.

Die nickten.

»Dann wisst ihr, dass unser Mörder bei Heidi Maurer noch besser organisiert war. Der Gerichtsmediziner bestätigt, dass der Täter dieses Mal verschiedene Sägen mit feinen und groben Sägeblättern verwendet hat, um die unterschiedlich dicken Knochen besser durchtrennen zu können. Zudem benutzte er wieder ein Fleischerbeil und scharfe Messer. So wie es aussieht, lernt er bei jedem Mord dazu, was die Zerteilung der Leichen für ihn immer einfacher werden lässt.«

»Wenn man die Technik beherrscht, braucht man nur halb so viel Kraft, das ist wie beim Holzhacken«, ergänzte Müller, und Maren verzog angewidert das Gesicht.

Heerse wollte gerade etwas einwerfen, als das Diensthandy der Kommissarin klingelte. Da sie und ihre Kollegen in den letzten Wochen großzügig ihre Visitenkarten an mögliche Zeugen verteilt hatten, hielt es die Polizistin in Erwartung einer wichtigen Information für notwendig, sofort abzunehmen.

Mit einem breiten Grinsen legte sie kurz darauf auf und blickte triumphierend zu ihren Kollegen.

»Ja, ich wusste es«, sagte sie stolz. »Das war Sybilla, eine Angestellte aus Jeromes Laden. Ich hatte von Anfang an den Eindruck, sie könnte uns weiterhelfen. Offensichtlich ist sie heute bereit, ihre Aussage zu ergänzen. Ich treffe mich mit ihr in einer halben Stunde, vielleicht wissen wir dann endlich mehr.«

»Das hört sich gut an«, sagte Heerse anerkennend. »Mach dich auf den Weg.«

* * *

Die rothaarige Angestellte aus Jeromes Salon hatte sich für ein Lokal in der Nähe ihres Arbeitsplatzes entschieden. Maren war pünktlich und sah sich im Gastraum suchend um. In einer Nische hob sich eine blasse Hand und winkte ihr hektisch zu.

»Ich bin froh, dass Sie mich angerufen haben, vielen Dank!«, begann die Kommissarin das Gespräch, als sie an den Tisch in der dunklen Ecke trat.

Sybilla entspannte sich ein wenig. Man merkte ihr an, dass sie nur schweren Herzens ein Treffen mit der Polizei vereinbart hatte.

»Ich habe die ganze Zeit mit mir gerungen«, sagte sie schließlich und bestätigte Marens Eindruck. »Vermutlich ist es nicht besonders klug von mir, jetzt etwas loszutreten, aber wo es doch schon zwei Morde sind ... Als Sie gestern wegen der anderen Frau, dieser Heidi Maurer, wieder im Salon aufgetaucht sind, da dachte ich, ich sollte doch mit Ihnen sprechen. Alles sei wichtig, haben Sie damals zu mir gesagt, und daher ...«

Sie seufzte so laut, dass sich die Bedienung, die gerade vorbeieilte, neugierig zu den beiden Frauen umdrehte.

Dann nippte Sybilla nervös an ihrem Tee. »Ich riskiere nur ungern mein Zeugnis, aber ich glaube, ich bin das Lea irgendwie schuldig.«

Maren bemerkte, dass die junge Frau versuchte, das Unvermeidliche hinauszuzögern, und deshalb wie die sprichwörtliche Katze um den heißen Brei herumschlich.

»Lea hat mir mal aus der Patsche geholfen. Ich habe bei einer echt wichtigen Kundin die Strähnchen versaut. Lea hat es noch hingekriegt und die Chefs haben zum Glück nichts bemerkt. Das hätte sonst keine in dem Laden für mich getan. Die wären alle mit dem größten Vergnügen zur Zehner gelaufen, um zu petzen.«

»Ich habe den Eindruck, Sie arbeiten nicht gerne bei Jerome.«

Sybilla warf übertrieben den Kopf hin und her. »Na ja, ich betrachte diesen Job als Sprungbrett. Ich will ins Ausland, nach Paris. Das ist mein Traum. Ein gutes Zeugnis von Jerome wird mir dabei helfen. In drei Monaten läuft mein Vertrag aus, und ich bin weg, aber das wissen *die* nicht.«

»Wären *die* denn sauer?«, hakte Maren vorsichtig nach.

»Oh ja, die Zehner erwartet, dass man um eine Vertragsverlängerung bettelt, die nimmt es mir bestimmt übel. Ihm wird es egal sein, ich bin ja nicht sein Typ.«

»Und was soll das bedeuten?«

Sybilla hob kurz die Hände, schnaufte laut und sagte:

»Ich komme wohl nicht länger drum herum. Also sage ich es, wie es ist. Jerome ist bei den Frauen beliebt und umgekehrt, und die Zehner kann ihre Eifersucht kaum unter Kontrolle halten.«

»Und wie passt da Lea Bauer hinein?«

»Jetzt kommen Sie aber, Sie sind doch Polizistin«, erwiderte Sybilla belustigt. »Sie haben ihn doch kennengelernt. Sagen Sie nicht, Ihnen ist entgangen, dass er auf Sie steht. Sie sind genau sein Typ. Dunkle Haare, dunkle Augen, schlank. Glauben Sie mir, er würde Sie jederzeit und überall dazwischenschieben, auch ohne Termin. Und das meine ich ganz wörtlich, sorry!«

Maren spürte, dass ihre Wangen heiß wurden.

»Was denken Sie denn, warum keine der Angestellten dunkle Haare hat, außer der Zehner? Die sucht das Personal schon danach aus.«

»Das ist nicht Ihr Ernst«, erwiderte Maren fassungslos.

»Natürlich ist es das.«

»Aber Lea Bauer war dunkelhaarig.«

Sybilla grinste schief. »Ja, die hat der Boss auch selbst eingestellt, als die gute Patrizia zwei Wochen ihre kranke Mutter in Oberbayern besucht hat. Die hat ihm deswegen vermutlich ein Riesentheater gemacht.«

»Und?«, forschte Maren nach, »hatte Jerome ein Verhältnis mit Frau Bauer?«

Sybilla überlegte kurz und antwortete: »Anfangs war ich mir nicht sicher, aber nach dem, was da ablief, wäre es schon möglich gewesen.«

»Was genau ist denn nun passiert?«

Sybilla trank erneut von dem Tee und warf dann einen flehenden Blick zu Maren. »Meinen Sie, es wäre möglich, denen nicht zu erzählen, woher Sie Ihre Informationen haben?«

Maren hatte zwar Verständnis für die junge Frau, hätte ihr aber auch gerne eine Standpauke wegen Behinderung der Polizei gehalten. Denn offensichtlich hielt Sybilla die ganze Zeit Informationen zurück. Trotzdem entschloss sich die Kommissarin dazu, einen ruhigen Ton anzuschlagen. Gegen den eigenen Arbeitgeber auszusagen, war in einer Zeit der unsicheren Jobs ein Risiko und konnte die Existenz bedrohen. Daher versprach sie der Zeugin: »Solange es nicht absolut erforderlich ist, werden wir Sie da raushalten.«

Die Friseurin gab sich einen Ruck. »Es hat Streit gegeben. Die wissen nicht, dass ich alles mit angehört habe. Das ist etwa ein halbes Jahr her. Ich war nach Feierabend noch mal im Laden, weil ich meinen Geldbeutel vergessen hatte. Die Tür stand offen. Ich bin schnell reingeschlüpft und wollte mich gar nicht bemerkbar machen, da habe ich die drei gehört.«

»Jerome, Frau Zehner und Lea Bauer?«, fragte Maren.

»Ja«, entgegnete Sybilla mit unglücklichem Gesichtsausdruck.

»Worum ging es bei dem Streit?«

»Die Frage lautet wohl eher: Um wen ging es.« Sie sah die Kommissarin vielsagend an. »Die Zehner hat Lea als Schlampe und Nymphomanin und so weiter beschimpft. Jerome wollte Patrizia beruhigen, aber die hat ihre Klappe nicht gehalten. Da ist Lea wohl der Geduldsfaden gerissen, und sie hat der Chefin ein paar sehr unangenehme Wahrheiten an den Kopf geworfen. So was wie *krankhaft eifersüchtig* und dass sich alle über sie das Maul zerreißen würden. Und dann sagte sie noch, dass jede andere tausendmal besser zu Jerome passen würde als Patrizia. Tja, das hätte sie mal lieber für sich behalten.« Sybilla machte eine dramatische Pause, woraufhin Maren sie drängte weiterzuerzählen.

»Die Zehner ist ausgerastet, hat Lea eine geknallt und sich dann auf sie gestürzt. Ich dachte schon, jetzt muss ich eingreifen und dass ich doch noch in den Mist hineingezogen werde, aber Jerome ging dazwischen. Ich hörte noch, wie Patrizia brüllte: ›Das wirst du mir büßen.‹ Dann bin ich schleunigst abgehauen.«

Maren machte keinen Hehl daraus, dass sie wütend war. »Das hätten Sie uns gleich sagen müssen. Wie …«

»Es tut mir leid«, jammerte Sybilla und sah die Polizistin mit großen Augen an. »Ich fühle mich deshalb auch echt mies, aber je mehr Zeit verging, desto schwieriger wurde es, etwas zu sagen, und wenn nicht auch diese andere Frau gestorben wäre …« Sie brach ab und machte ein schuldbewusstes Gesicht.

Maren riss sich nur mühsam zusammen, ersparte Sybilla aber weitere Vorwürfe und fragte: »Wie ging es dann mit Frau Bauer weiter?«

Sybilla antwortete prompt: »Kurz nach dem Streit hieß es, Lea würde uns verlassen. Die Zehner lobte sie in den höchsten Tönen, und keiner ahnte, was da wirklich los war. Ich vermute, die haben sich irgendwie geeinigt …«

Sybilla sah auf ihre Hände und schluckte schwer. »Andererseits ist das ja vermutlich alles nur ein Zufall.« Flüsternd sprach sie weiter: »Oder denken Sie, die Zehner hat Lea getötet?«

Nach dem, was Maren da eben gehört hatte, hielt sie das durchaus für möglich. Aber gegenüber ihrer Zeugin sagte sie lediglich unverbindlich: »Momentan tragen wir nur die Fakten zusammen. Daraus irgendwelche Schlüsse zu ziehen, wäre voreilig.«

Sybilla schien mit der Antwort zufrieden und sichtlich erleichtert, ihre Aussage hinter sich gebracht zu haben. Sie sah auf die Uhr und erschrak. »Ich muss zurück, meine Pause ist vorbei. Ich hoffe doch, dass ich jetzt keinen Ärger bekomme«, wandte sie sich ein letztes Mal an die Polizistin.

Maren schüttelte den Kopf. »Rufen Sie mich an, wenn Ihnen noch etwas einfällt, aber dieses Mal sofort!«

Die Friseurin lächelte zaghaft und verließ eilig das Lokal, während Maren ihr Handy zückte und umgehend Hauptkommissar Heerse von dem eben geführten Gespräch berichtete.

* * *

Im Friseursalon »Jerome«

»Sie hatten Streit mit Frau Bauer, handfesten Streit«, ging Hauptkommissar Heerse Patrizia Zehner an.

Sie saßen in dem Büro des schicken Salons. Anfangs hatte Patrizia versucht, den Beamten mit ihrer überheblichen Art die Stirn zu bieten, aber Heerse hatte die Frau schnell auf den Boden der Tatsachen zurückgeholt.

»Es war kein Streit, nur eine Meinungsverschiedenheit«, zischte sie jetzt ungehalten.

»Eine Meinungsverschiedenheit?«, hielt der Hauptkommissar dagegen. »Die Frau hat mit Jerome, Ihrem Partner geschlafen, das war wohl mehr als nur eine Meinungsverschiedenheit.«

Heerses Bluff war ein voller Erfolg. Als hätte er ein geheimes Codewort ausgesprochen, veränderte sich Patrizias Gesichtsausdruck. Ihre Augen verengten sich, und die Körperhaltung verriet, dass sie am liebsten nach vorne gesprungen wäre und dem Polizisten die Augen ausgekratzt hätte. »Sie hat mit Jerome geschlafen? Wer sagt das?«, zischte sie wütend.

Heerse zuckte nur mit den Schultern, was die Frau vollends in Rage versetzte.

»Diese hinterhältige Bitch, also doch!«

»Wollte sich Herr Acker wegen Lea Bauer von Ihnen trennen?«, goss Heerse weiter Öl ins Feuer.

Patrizia sprang nun tatsächlich auf, und Müller, der ihr am nächsten stand, befürchtete schon, sie zurückhalten zu müssen.

»Das würde er nicht wagen«, schrie die Frau außer sich. »Mich verlassen?« Ihre Stimme war so schrill, dass man sie vermutlich auch draußen im Salon hören konnte. »Niemals, eher würde ich ihn umbringen, ihn und diese verlogene Schlampe.«

Hauptkommissar Heerse hatte selten erlebt, dass ein Zeuge bei einem Verhör so dermaßen die Kontrolle verlor.

Patrizia Zehner stand mit hochrotem Kopf vor ihm und bemerkte noch nicht einmal, wie ihr Tränen des Zorns über die Wangen liefen. Sie schrie immer noch, während ihr der Speichel über das Kinn tropfte. »Vorher bringe ich die beiden um!« Dann verstummte sie abrupt.

Das Gesicht des Polizisten sprach Bände. »Sie sind es gewesen«, schien sein durchdringender Blick zu bedeuten.

Mit einem Mal wurde Patrizia Zehner klar, was sie gerade eben gesagt hatte. Panik ergriff die Frau. »Aber ich habe es nicht getan«, stammelte sie jetzt verzweifelt.

Heerse verzog keine Miene, sondern starrte die Zeugin unumwunden an. Das wiederum schürte erneut Patrizias Zorn. »Hören Sie, ich habe nichts mit Leas Tod zu tun. Sie haben mich in eine Falle gelockt«, ereiferte sie sich erneut. Dieses Mal galt ihr Hass dem Hauptkommissar.

»Ich denke, ich habe Sie vor Beginn unseres Gespräches hinreichend über Ihre Rechte und Pflichten aufgeklärt«, fiel ihr Heerse ins Wort.

Patrizia Zehner blähte die Backen auf und wollte etwas darauf erwidern, aber ihr fehlte die Kraft. Es stimmte, der Beamte hatte sie belehrt, das Wort Anwalt war gefallen, woraufhin sie hysterisch kreischend erwidert hatte: »Einen Anwalt? Wie sieht das denn aus? Dann haben wieder alle einen Grund, über mich herzuziehen! Ich habe nichts zu verbergen.« Diese unüberlegte Reaktion bereute sie jetzt.

»Frau Zehner«, setzte der Hauptkommissar erneut an und erinnerte die Frau daran, dass das Gespräch noch längst nicht vorbei war. »Haben Sie Lea Bauer getötet?«

»Was?«, schrie Patrizia. Aber dieses Mal war die Wut der Angst gewichen.

»Haben Sie …«, begann Heerse seine Frage zu wiederholen.

»Nein.« Patrizia sah hilflos zu Müller, dann zu Maren Teuber. »Ich war das nicht. Das würde ich nie tun.«

»Gerade haben Sie vor drei Beamten eine eindeutige

Morddrohung ausgesprochen. Eine richtete sich gegen Lea Bauer, die man bereits brutal ermordet hat. Sie glaubten, die Frau wollte sich in ihre Beziehung drängen, ihnen Herrn Acker ausspannen. Da sind Ihnen die Nerven durchgegangen, Sie sind zu ihr nach Hause gefahren und haben dem ein Ende gesetzt.«

Im Raum war es einen Moment mucksmäuschenstill, dann besann sich die Friseurin offensichtlich darauf, noch einen Trumpf im Ärmel zu haben, und schnappte: »Ich habe ein Alibi, das wissen Sie doch. Ich war mit Jerome zusammen, als man Lea ermordet hat.«

»Wirklich?«, hakte Heerse ruhig nach.

Patrizias Augen weiteten sich. »Warum? Was meinen Sie damit?«

»Könnte es nicht sein, dass Herr Acker Ihnen nur aus Gefälligkeit ausgeholfen hat?«

»Das hat er nicht.«

»Wenn es zur Anklage kommt, dann entscheiden sich die Menschen oft um. Vor dem Richter nehmen sie es dann mit der Wahrheit genauer.«

»Vielleicht war ich mal schnell beim Zigarettenautomaten«, räumte Patrizia unerwarteterweise ein, »aber sicher hätte die Zeit nicht gereicht, jemanden umzubringen«, blaffte sie.

Heerse hatte das Gefühl, Patrizia Zehner würde sich selbst immer tiefer hineinreiten, und war tatsächlich versucht, eine Verhaftung vorzunehmen.

»Was wird die Spurensicherung in Ihrer Wohnung finden, wenn wir einen Durchsuchungsbeschluss vorliegen haben?«

»Gar nichts!«, schnauzte sie. »Denken Sie, ich wäre so blöd, Spuren in meiner eigenen Wohnung zu hinterlassen?« Die Worte sprudelten so schnell aus Patrizias Mund, dass sie erst danach bemerkte, wie verdächtig das eben geklungen hatte. »Ich habe nichts getan, das schwöre ich Ihnen«, ruderte sie schnell zurück, um die Situation noch zu retten.

Heerse holte geräuschvoll Luft. »Sie sollten uns jetzt alles erzählen, was zwischen Ihnen und Lea Bauer vorgefallen ist, bevor ich mich gezwungen sehe, den Haftrichter anzurufen.«

Endlich setzte sich Patrizia Zehner wieder auf das weiße Ledersofa. Ihre Gesichtszüge waren verkrampft, und die Kiefermuskeln zuckten.

Es war schwer zu sagen, ob ihre Anspannung eine Folge der Wut oder der Panik war.

»Ich war es nicht«, begann sie schließlich zu sprechen. Ihre Stimme überschlug sich. »Ich war wütend, das gebe ich zu, aber Lea hat mich dermaßen provoziert.« Sie hob den Blick, und es wirkte, als würde sie Zustimmung suchen.

Heerse hakte freundlich nach: »Erzählen Sie uns bitte, wie genau Sie Frau Bauer provoziert hat. Ging es um Herrn Acker?«

Patrizia verzog das Gesicht, und dabei entstanden so tiefe Falten, dass man sie für einen kurzen Augenblick für eine alte Frau hätte halten können.

»Nennen Sie ihn Jerome, so nennen wir ihn alle«, antwortete sie, und plötzlich schwang Zärtlichkeit in ihrer Stimme mit. »Er ist mein Leben, ich liebe ihn nun mal. Das kann man nicht mit Vernunft erklären, aber ohne ihn bin ich nichts.«

Maren fiel es schwer, bei den Worten der Frau nicht genervt mit den Augen zu rollen.

Patrizia jedoch war der kritische Blick der Polizistin nicht entgangen. »Das können Sie nur verstehen, wenn Sie einmal richtig geliebt haben«, sagte sie deshalb in Marens Richtung.

Die enthielt sich eines Kommentars, und Heerse bat Patrizia weiterzusprechen.

»Aber Jerome, so großartig er ist, hat eine Schwäche, und das sind die Frauen.« Bevor der Eindruck entstehen konnte, Jerome wäre ein treuloser Weiberheld, relativierte Patrizia ihre Aussage. »Es ist nicht seine Schuld. Die Frauen nutzen seine Gutmütigkeit aus. Er ist weich, kann niemanden zurückweisen, und diese kleinen Biester spüren das. Sie sind wie die Zecken. Die bemerkt man auch immer erst, wenn sie sich schon vollgesaugt haben.«

Ihr Blick wurde finster, was Heerse veranlasste, eine Frage einzuwerfen: »Und Lea Bauer war so eine *Zecke?*«

»Ja, natürlich war sie das! Sie hat sich den Job im Salon erschlichen, als ich nicht hier war, und danach ist sie um Jerome herumgeschwänzelt wie eine läufige Hündin.«

»Hatten die beiden eine Affäre?«, hakte der Hauptkommissar nach.

»Ich weiß es nicht. Er hat mir geschworen, es wäre nichts gewesen. Ich habe die beiden zur Rede gestellt, es gab Streit, und ja, ich habe dieser Schlampe eine geknallt. Aber danach ist sie äußerst lebendig aus dem Salon spaziert. Jerome hat mit ihr gesprochen, und wir haben uns geeinigt. Sie hat gekündigt, und wir haben sie abgefunden.«

»Hat sich Herr Acker auch nach Frau Bauers Kündigung noch mit ihr getroffen?«

»Nein, er hat mir geschworen, dass da nie etwas gelaufen ist, und …« Die Wut gewann wieder die Oberhand. »… falls doch, dann bin ich froh, dass dieses Miststück tot ist. Aber ich war es nicht!«

»Was ist mit Heidi Maurer, die war doch Kundin in Ihrem Salon?«

»Ja, das habe ich Ihrer Kollegin doch bereits gesagt.«

Jetzt war es an Maren, der Frau auf den Zahn zu fühlen. »Sie war dunkelhaarig, genau wie Frau Bauer. Das ist doch der Frauentyp, der Herrn Acker gefällt, oder?«

»Ja und? Ich bilde mir nicht ein, die einzige Schwarzhaarige auf der Welt zu sein, aber Jerome würde sich nie mit einer Kundin einlassen. Natürlich wird er auch von dieser Seite regelmäßig bedrängt, aber er ist Profi genug, Abstand zu halten.«

Maren bezweifelte das, nachdem sie den Friseur selbst schon erlebt hatte. »Wurde er denn von Heidi Maurer bedrängt?«

»Würde mich nicht wundern«, gab Patrizia kalt zurück.

Heerse rang immer noch mit sich und fragte nun nach ihrem Alibi für den Mord an Heidi Maurer.

»Ich war mit Jerome zusammen, die ganze Nacht. Ich bin nicht einmal zum Zigarettenautomaten gegangen.«

Trotz seinem Gefühl, dass diese Frau zu vielem fähig wäre, verzichtete Heerse auf eine Verhaftung. Die Alibis würden es vorerst schwer machen, ihr die Morde nachzuweisen. Deshalb musste er als Nächstes mit Jerome reden. »Wo ist Ihr Partner im Moment?«

»In einer unserer Filialen. Soll ich ihm etwas ausrichten?«

»Ja, sagen Sie ihm, er möchte sich doch umgehend bei mir melden.« Heerse reichte ihr seine Visitenkarte.

»Was wird denn jetzt?«, fragte Patrizia unsicher, versuchte aber das Gesicht zu wahren, indem sie aufstand und demonstrativ die Arme vor der Brust verschränkte.

»Ich wäre Ihnen dankbar, wenn Sie sich weiter zu unserer Verfügung halten, wir haben sicher noch Fragen an Sie«, antwortete Heerse höflich.

»Ja, selbstverständlich«, entgegnete sie spöttisch und ließ sich, als die Beamten endlich das Büro verlassen hatten, erschöpft auf die Couch fallen. Keine Sekunde später sprang sie hektisch auf und griff nach ihrem Handy.

Als sich Jerome meldete, rief sie aufgeregt: »Wo bist du? Die Polizei war hier.«

»Im Laden?«, fragte er begriffsstutzig.

»Ja, im Laden«, schnauzte sie genervt zurück. »Wo steckst du, verdammt noch mal? Die wollen auch mit dir sprechen.«

»Keine Sorge, ich bin bald zurück.«

»Du bist bei ihr, stimmts?«, fauchte sie in das Smartphone. »Du bist schon wieder bei ihr, während ich dich hier brauche.«

»Hör auf damit, ich komme, so schnell ich kann!« Damit beendete er das Gespräch.

Im gleichen Augenblick klopfte es an der Tür, und eine der blonden Angestellten trat ein.

»Frau Zehner, Ihr nächster Termin ist da«, verkündete das Mädchen schüchtern.

»Was stehst du dann hier herum? Setze die Kundin auf einen Stuhl und bringe ihr Kaffee. Himmelherrgott, muss ich denn alles selbst machen?«

Mit diesen Worten scheuchte sie die Angestellte aus dem Zimmer und ballte wütend die Faust. »Ich lasse mich von niemandem verarschen«, zischte sie aufgebracht und atmete tief durch. »Von niemandem! Merkt euch das, ihr Lea Bauers dieser Welt.«

* * *

Kapitel 7

Am Abend

Es war nach neunzehn Uhr, und Anke Derlach, die eine Taxifahrt nach Ettlingen gemacht hatte, war auf dem Rückweg Richtung Baden-Baden. Da sie keinen Fahrgast hatte, beschloss sie spontan an einem Supermarkt zu halten und noch schnell etwas fürs Abendessen zu besorgen. Das Einkaufscenter, das ihr auf den ersten Blick nicht besonders groß erschienen war, entpuppte sich jedoch schnell als kniffliges Labyrinth. Deshalb dauerte es eine Weile, bis sie alles zusammenhatte. Zu ihrer Erleichterung fand sie schließlich auch die Fleischtheke. Vor der hatte sich eine kleine Schlange gebildet, und Anke stellte sich geduldig hinten an. Neben ihr tuschelten zwei Frauen. Sie kicherten und waren nicht gerade besonders leise, deshalb konnte Anke jedes Wort hören.

»Der ist echt süß für einen Metzger«, sagte gerade die Kleinere mit einem anzüglichen Lachen.

»Ja, und ich bin mir sicher, dass er keinen Ring trägt«, sagte die andere kichernd.

Anke, die bisher keine freie Sicht auf das Objekt der Begierde gehabt hatte, wurde nun doch neugierig und verrenkte ein wenig den Hals, so als wollte sie den Preis für das gemischte Hackfleisch entziffern. Dabei glitt ihr Blick hinter die Theke.

Sie erkannte ihn sofort. Das war Axel, den sie erst gestern im Labrios kennengelernt hatte und der offensichtlich ein Lügner war. Von wegen Tierarzt. Was hatte er ihr noch für

Lügen aufgetischt? Gut möglich, dass er nicht einmal als Single lebte. Sie beobachtete mit versteinertem Gesicht, wie er mit einem Hackbeil die Koteletts zerteilte. Jedes Mal, wenn die Klinge zwischen die Rippenknochen fuhr und mit einem dumpfen Schlag auf dem Brett landete, zuckte sie unwillkürlich zusammen. Er musste gespürt haben, dass ihn jemand beobachtete, denn nun hob er den Kopf. Ihre Blicke trafen sich. Seiner überrascht, ihrer zutiefst enttäuscht.

»Anke?«, rief er unsicher, aber sie gab ihm keine Antwort, sondern drehte sich einfach um und ging davon.

Wieder ein Lügner, dachte sie unglücklich und bemerkte nicht einmal, dass ihr Name gerufen wurde.

»Jetzt warte doch«, riss sie seine Stimme aus ihren Gedanken.

Er berührte sie am Arm, und endlich blieb sie stehen.

»Was ist? Läuft das Tierarztgeschäft so schlecht, dass du noch in der Metzgerei aushelfen musst?«, fragte sie kalt.

»Oh, verstehe«, antwortete er verärgert. »Ein Metzger ist wohl nicht gut genug für dich.«

»Ein Metzger wäre mehr als nur gut genug für mich, aber für einen Lügner gibt es in meinem Leben keinen Platz.«

»Nur weil ich in diesem Punkt die Unwahrheit gesagt habe, bin ich noch lange kein Lügner. Ich kann es dir erklären.«

»Ach ja? Da bin ich aber gespannt.«

»Das hat nichts weiter zu bedeuten. Aber ich habe ein paar Mal die Erfahrung gemacht, dass mein Beruf die Frauen abschreckt. Jede zweite ist doch heute irgendwie Vegetarierin oder Veganerin.«

»Und das ist ein Problem?«

»Für mich nicht, aber wenn die hören, dass ich als Metzger arbeite, habe ich nicht einmal die Gelegenheit zu zeigen, wer ich privat bin. Deshalb halte ich mich anfangs zurück.«

»Oder du hoffst, der Tierarzt kommt bei den dummen Weibern besser an?«, erwiderte Anke gereizt.

»Wenn es dir doch sowieso egal ist, was ich beruflich mache, dann sei doch nicht sauer.«

Sie starrte auf seine blutverschmierte Metzgerschürze und sagte tonlos, ohne auf seinen Kommentar zu reagieren: »Und das Schlimmste ist, dass meine Freundin auch noch recht gehabt hat. Sie hat mich vor dir gewarnt.«

»Du meinst die blonde Bit…« Er verkniff sich die Beschimpfung und fuhr fort: »Die, die unbedingt mit mir tanzen wollte?« Sein Gesicht verzog sich verächtlich. »Glaube mir, die ist keine Freundin von dir. Die hat bei mir regelrecht über dich hergezogen. Und weil ich sie abblitzen ließ, bin ich jetzt derjenige, mit dem etwas nicht stimmt.«

»Und das soll ich dir glauben. Weil du ja so ehrlich bist?«, kam Ankes Antwort, und der Sarkasmus war deutlich aus ihrer Stimme herauszuhören.

»Dann glaube doch, was du willst«, schnauzte Axel daraufhin zurück. »Du magst mich nicht, dann sage das doch gleich, anstatt so ein Fass aufzumachen, weil ich meinen Beruf verheimlicht habe.«

Anke hätte sich gewünscht, er wäre nicht so grob geworden, jetzt ließ es ihr Stolz nicht zu einzulenken, deshalb schleuderte sie ihm ein »Du hast recht, ich mag dich nicht!« entgegen und ließ ihn stehen, ohne sich noch einmal umzudrehen.

Seinen zornigen Blick und den leisen Fluch, der ihm über die Lippen kam, bemerkte sie deshalb nicht mehr.

Anke wagte keinen Blick zurück. Sie ließ ihren gefüllten Einkaufskorb einfach in einer Ecke des Geschäfts stehen und quetschte sich an der Kasse an den Kunden vorbei, die ihre Waren bereits auf das Band gelegt hatten. Sie wollte nur noch hier raus. Am liebsten hätte sie sich Luft gemacht und all die Enttäuschung und Wut, die sie im Moment empfand, den meckernden Menschen entgegengeschrien, die ihr, vor lauter Angst, sie könnte sich vielleicht vordrängen, den Ausgang versperrten.

»Mein Gott, ich will nur vorbei«, rief sie einmal unwirsch, als eine ältere Frau ihr entschlossen das breite Hinterteil samt Einkaufstrolley und Schirm wie eine Barriere in den Weg schob.

Die Antwort ihrer Kontrahentin fiel entsprechend unfreundlich aus, aber schließlich gelangte Anke doch nach draußen und rannte zu ihrem Taxi.

Kaum dass sie den Wagen auf die Hauptstraße gelenkt hatte, meldete sich Miriam über Funk. »Wo bist du gerade?«

»Auf dem Weg nach Hause«, knurrte Anke.

Miriam schien die schlechte Laune der Freundin nicht zu bemerken, sondern fuhr fröhlich fort: »Ich habe noch einen Fahrgast für dich. Die Frau heißt Claudia Wesel.«

»Ich bin im Feierabend«, antwortete Anke wenig freundlich.

»Du kennst die Regeln«, erinnerte sie Miriam ein wenig gönnerhaft.

Ja, die kannte Anke. Sie durfte ihr Taxi auch für Privatfahrten benutzen und mit nach Hause nehmen, wenn es nicht im Einsatz war; dafür wurde von ihr eine gewisse Kulanz erwartet, was die Arbeitszeiten anging.

»Gib mir die Adresse«, lenkte sie deshalb ein. »Weiß man schon, wo es hingehen soll?«

Miriam klang höchst zufrieden, als sie sagte: »Ins Labrios nach Bühl. Wir könnten uns da später treffen, wenn du sowieso schon dort bist. Heute spielt eine Band.«

»Einmal pro Woche reicht mir«, erwiderte Anke kurz angebunden.

»Aber vielleicht ist der Typ von gestern wieder da. Wie heißt er noch gleich?«, tat sie so, als hätte sie Axels Namen vergessen.

»Wir sehen uns morgen«, schnauzte Anke in den Funk und ließ keinen Zweifel daran, dass das Gespräch beendet war.

* * *

Claudia Wesel hatte am Fenster gestanden und auf den bestellten Wagen gewartet. Sie kam deshalb sofort auf das Taxi zugelaufen und ersparte Anke, erst noch klingeln zu müssen.

Umständlich schob sich die Kundin auf die Rückbank und legte vorsichtig den Gurt um sich, offensichtlich besorgt, dass ihr neues Kleid zerknittert werden könnte. Beim Einsteigen wehte Anke ein Schwall süßes Parfüm entgegen, und im Rückspiegel konnte sie erkennen, dass das dunkle Haar ihres Fahrgastes vom Haarlack glänzte.

Da will es ja jemand wissen, dachte sie automatisch und erinnerte sich an ihren eigenen enttäuschenden Besuch im Labrios am Vortag.

»Ich bin so aufgeregt«, fing die Kundin an zu erzählen, als sie noch einmal das Fahrziel nannte.

»Wirklich?«, antwortete Anke, der nichts Besseres einfiel und der der Sinn kaum nach einer Unterhaltung stand.

Aber Claudia Wesel schien zu glauben, sich gerade auf der Couch eines Psychologen niedergelassen zu haben. Etwa eine halbe Stunde später erreichten sie den Klub Labrios in Bühl, und die Taxifahrerin kannte inzwischen alle Einzelheiten von Claudias gescheiterter Ehe und dem Versuch, einen Neuanfang zu wagen, indem sie sich mit ein paar Freundinnen auf den Singlemarkt schmeißen wollte. Anke brummte gelegentlich zustimmend, hörte aber kaum zu, sondern hing ihren eigenen Gedanken nach.

Eigentlich gab es keinen Grund, Trübsal zu blasen. Immerhin war die Sache mit Axel völlig unverbindlich gewesen. Sie hatten sich nur unterhalten, nicht einmal sehr lange, kein Kuss, kein Sex, also warum sich aufregen? Andererseits hasste sie dieses Gefühl, immer das Opfer zu sein. Erst die Lügen ihres Ehemanns, dann die vielen Enttäuschungen, die danach folgten. Schnelle Bettgeschichten, auf die sie sich eingelassen hatte, in der Hoffnung, es könnte mehr daraus werden – was sich allerdings immer als völlige Fehleinschätzung ihrerseits herausgestellt hatte, und dann nach langer Zeit ein neuer Versuch, der ihr gleich den nächsten Lügner bescherte.

Während der anschließenden Heimfahrt war sie unkonzentriert, und im Nachhinein hätte sie nicht beschwören können, alle Verkehrsregeln beachtet zu haben.

In ihrer Wohnung knallte sie die Schlüssel auf die Ablage und schlüpfte ungeduldig aus den Schuhen, die sie wenig damenhaft in eine Ecke schleuderte. Mit hängenden Schultern holte sie schließlich ein altes Kindheitsfoto aus der Schublade ihres Nachttisches, das sie melancholisch betrachtete.

»Du fehlst mir, Mama«, flüsterte sie traurig, schloss die Augen und versuchte sich an eine glückliche Vergangenheit zu erinnern.

* * *

Etwa zur gleichen Zeit

Kaum dass die Wohnungstür aufging, rannte Patrizia Zehner auch schon in den Flur. Sie hatte sich nicht einmal die Mühe gemacht, die hochhackigen Winterstiefel gegen die warmen Hausschuhe zu tauschen, nervös wie sie war. Jerome hatte es nicht für nötig gehalten, sich bei ihr zu melden. Er war direkt zur Polizei marschiert, um seine Aussage zu machen, und sie war daher völlig ahnungslos, was das Verhör anging.

»Wo warst du denn? Was hat die Polizei gesagt? Warum bist du nicht in den Salon gekommen?«, bombardierte sie ihn mit Fragen.

Er sah sie an, und zwischen seinen Augenbrauen bildete sich eine Unmutsfalte.

»Darf ich wenigstens den Mantel ausziehen?«, gab er daher gereizt zurück.

Sie riss sich zusammen, murmelte eine Entschuldigung und schwieg. Dafür starrte sie ihn fragend an.

»Alles in Ordnung«, sagte er schließlich und ging an ihr vorbei ins Wohnzimmer, um sich aus der Flasche Weißwein zu bedienen, die Patrizia bereits geöffnet hatte.

Dann setzte er sich auf einen der breiten, übergroßen Sessel und rutschte, wie es seine Art war, langsam ein Stück nach unten.

»Was wollten die von dir wissen?«, hakte Patrizia nach.

Sie war hinter ihm ins Zimmer getreten, und das Klackern ihrer Absätze auf den Holzdielen ging ihm auf die Nerven.

»Setz dich hin oder zieh diese Krawallmacher aus. Mir langt es für heute, ich brauche meine Ruhe.«

»Ach, du brauchst deine Ruhe?«, fuhr sie ihn an. »Mich hat man doch behandelt wie eine Verbrecherin. Das war regelrechte Polizeischikane, und dann war ich auch noch ganz allein im Geschäft, weil du …«

Sie brach ab, als sie seinen zornigen Blick bemerkte.

Er wollte nicht streiten und sah auch ein, dass seine Freundin tatsächlich ein wenig Verständnis verdient hatte. Deshalb erbarmte er sich und begann ihr die Einzelheiten des Gesprächs mit Hauptkommissar Heerse wiederzugeben.

»Auf dem Revier waren alle sehr höflich zu mir. Es gab sogar Kaffee.«

»Oh, dieser Heerse ist ein raffiniertes Aas, dem kann man nicht über den Weg trauen. Er lächelt dir ins Gesicht, obwohl er schon den Haftbefehl in der Tasche hat.« Patrizia presste die Lippen zusammen, was ihrer Aussage wohl mehr Gehalt geben sollte, sich aber äußerst ungünstig auf ihre Optik auswirkte.

Jerome trank einen großen Schluck Wein und entgegnete müde: »So kam er mir nicht gerade vor.«

»Du hast ja keine Ahnung, der Mann ist gefährlich.«

Jerome lachte unwillkürlich auf. »Jetzt übertreibst du

aber. Vermutlich ist er froh, wenn er sich noch in seine Pension rettet, ohne vorher an Langeweile zu sterben.«

»Du hast die Menschen ja schon immer unterschätzt. Du hältst auch jedes notgeile Weib für die Jungfrau Maria«, gab sie zornig zurück.

»Nicht das schon wieder«, versuchte er eine weitere Szene zwischen ihnen zu vermeiden. »Willst du jetzt wissen, was die mich gefragt haben, oder nicht?«

Sie lenkte ein. »Tut mir leid, bitte sprich weiter.«

»Sie wollten alles über den Streit zwischen Lea und dir erfahren. Ich habe die Geschichte genau so wiedergegeben, wie wir es besprochen hatten. Die Ohrfeige hast ja du der Polizei gegenüber zugegeben, also konnte ich die nicht leugnen.«

»Ich hatte keine Wahl, die waren darüber bereits informiert. Wenn da eine unserer Angestellten dahintersteckt, dann kann sich diejenige warm anziehen«, schimpfte sie ungehalten.

»Lea wird es einer Freundin erzählt haben. Ihr Frauen könnt doch nie etwas für euch behalten. Also was hast du erwartet?«

»Wir haben sie großzügig abgefunden, dafür hätte sie den Mund halten müssen.«

»Wie auch immer«, überging er das Thema, da er es nicht für nötig befand, über etwas zu diskutieren, das ohnehin nicht zu ändern war. »Am Ende hat der Hauptkommissar noch nach deinen Alibis gefragt, die ich alle brav bestätigt habe.«

»Sonst nichts?«

»Was denn noch?«, entgegnete Jerome verblüfft.

»Mich haben sie gefragt, ob du mit Lea ein Verhältnis hattest und mich verlassen wolltest. Jetzt interessiert mich brennend, wie du diese Frage gegenüber der Polizei beantwortet hast.«

»Du fängst schon wieder damit an«, antwortete Jerome gepresst.

»Womit?«, reagierte Patrizia gereizt.

»Mit deiner verdammten Eifersucht. Wir haben das doch alles längst durchgekaut.«

Sie ignorierte seine Antwort und fragte stattdessen erneut: »Was hast du der Polizei geantwortet? Wolltest du mich verlassen?«

»Herrgott!« Er wurde laut und sprang auf. »Ich will zu Hause meine Ruhe.«

»Und ich lass mich nicht verarschen!« Sie erhob sich nun ebenfalls. Der Streit war vorprogrammiert.

»Keiner tut das«, schnauzte Jerome. »Die wollten deine Alibis überprüfen, und ich habe sie bestätigt, das war alles.«

»Vergiss nicht, dass nicht nur du mein Alibi bist, sondern ich auch deines«, schrie sie hysterisch.

»Fragt sich nur, wer von uns beiden dringender eines benötigt!«, brüllte er zurück.

Dem klatschenden Geräusch der Ohrfeige folgte Schweigen.

Jerome sah sie fassungslos an und hielt sich automatisch die Hand an die Wange.

»Du saublöde Kuh«, fuhr er Patrizia an. Er stellte das Weinglas beiseite, dessen Inhalt über seinen Ärmel geschwappt war, als sie ihm ins Gesicht geschlagen hatte.

»Das wollte ich nicht«, rief sie unglücklich.

Aber Jerome schenkte ihr keine Beachtung mehr. Er stürmte aus dem Wohnzimmer und schnappte sich im Gang seinen Mantel.

»Wo willst du hin?«, fragte sie mit zittriger Stimme, während sie ihm in den Flur folgte. »Bitte geh nicht«, jammerte sie und wollte ihn aufhalten. Aber er schüttelte ihre Hand ab.

»Du gehst wieder zu ihr, stimmts? Jetzt hast du wenigstens einen Grund.« Fing sie an zu kreischen, als Jerome ohne eine Antwort die Tür hinter sich zuschlug.

Ihre Fäuste trommelten gegen die Wand, und sie schrie: »Das kannst du mir nicht antun, nicht schon wieder!« Dann gingen die Schreie in ein Schluchzen über, und Patrizia sank langsam auf die Knie. Ein Heulkrampf schüttelte die Frau am Boden. »Ich liebe dich doch, warum tust du mir das an?«

Jerome, der sich erst wieder beruhigen konnte, als er die kalte Abendluft auf seinem Gesicht spürte, marschierte mit schnellen Schritten los und war sich bewusst, dass das nicht mehr länger so weitergehen konnte.

* * *

In der Nacht

Claudia Wesel hatte einen erfreulichen Abend gehabt. Der Mann, der ihr so charmant an der Bar einen Sekt spendiert hatte, war sehr sexy gewesen und hatte ihr zum Abschied sogar einen Kuss auf die Wange gehaucht. Sicher, sie war schon Ende dreißig, da durfte man eigentlich keine märchenhaften Filmromanzen mehr erwarten, aber diese Begegnung heute Abend kam dem trotzdem überraschend nahe. Deshalb beschloss sie, künftig öfter auszugehen, anstatt sich vor Kummer über eine gescheiterte Beziehung zu verkriechen.

Sie hatte die hohen Pumps bereits abgestreift und dabei einen erleichterten Seufzer ausgestoßen, so wie man es tat, wenn ein durchdringender Schmerz endlich nachließ. Gerade wollte sie sich auch aus dem Kleid befreien, das so eng saß, dass ihr das Atmen schwergefallen war, als es an der Tür klingelte. Immerhin war es schon nach Mitternacht, deshalb eilte sie beunruhigt zur Gegensprechanlage.

Das kleine Häuschen mit den paar Quadratmetern Garten bewohnte sie alleine. Sie hatte es von den Eltern geerbt, und so war es ihr nach der Scheidung auch geblieben.

»Hallo, wer ist da?«, sprach sie unsicher in den Hörer.

Die Antwort, die von der anderen Seite der Tür kam, ließ sie erleichtert ausatmen, und mit einem Lächeln erwiderte sie »Na wenn das so ist …«, während sie ohne Argwohn auf den Türöffner drückte.

Claudia begrüßte den späten Gast, und ihre Augen glänzten, als sie sagte: »Es war ein so schöner Abend.«

»Ach wirklich?«, folgte die Antwort, die die Frau so lange in Sicherheit wiegte, bis sie das Messer in der Hand ihres Gegenübers entdeckte.

»Und ich verspreche dir, er wird noch viel schöner werden«, waren die letzten Worte, die Claudia Wesel in ihrem Leben hören sollte.

In der nächsten Sekunde bohrte sich die Klinge durch den dünnen Stoff des Korsagenkleides direkt in ihr Fleisch. Das Messer wurde zurückgezogen, und Claudia schrie auf, hob die Arme zur Abwehr, nur um damit den Weg für einen weiteren Angriff zu ebnen. Die lange, scharfe Klinge wurde rücksichtslos in die nackte Achselhöhle der Frau gestoßen. Claudia blieb die Luft weg, der Schmerz betäubte ihre Sinne, unterdrückte den Fluchttrieb und machte sie bewegungsunfähig. Das Zurückreißen des Messers trieb eine neue qualvolle Welle des Schmerzes durch ihren Körper. Das Blut schoss aus der Wunde unter Claudias Arm und durchtränkte ihr Kleid. Dann folgten weitere Stiche. Dieses Mal direkt in den Rumpf, manche oberflächlich, andere so voller Wut ausgeführt, dass jeder von ihnen für sich allein schon tödlich gewesen wäre.

Die Gegenwehr hatte längst aufgehört. Claudia war tot, lag am Boden, und das gelegentliche Zucken ihres Körpers war nur die Reaktion auf das niedersausende Mordwerkzeug. Dann endlich hörte es auf.

* * *

Einige Zeit später, in der gleichen Nacht

Es war das erste Mal, dass der Kopf mitten in der Nacht aus seiner eisigen Ruhestätte geholt wurde. Ärgerlicherweise ging es um diese Zeit nicht ohne künstliches Licht. Die trübe Glühbirne an der Decke flackerte gelegentlich und schuf dadurch eine unwirkliche Stimmung in dem alten Partykeller, die nicht gewünscht war. Was jetzt nämlich verzweifelt gesucht wurde, war die Illusion von Abgeklärtheit, die nur das harte Tageslicht liefern konnte.

»Du willst meine Freundin sein? Dann sag mir, warum ich es auf diese Weise getan habe. Das wollte ich nicht, denn dadurch hat sich alles verändert.«

Im Keller war es wie gewöhnlich kalt. Auf dem Tisch lag ein weiteres, in Plastik eingeschweißtes Gesicht. Es war noch weich und warm, da es nicht wie die anderen bereits einen Platz in der Tiefkühltruhe gefunden hatte. »Ich weiß nicht, ob ich es behalten soll«, richtete sich die Stimme Hilfe suchend an den Schädel in der Folie. »Sie sieht nicht so aus wie die vor ihr. Zu viel Angst liegt in ihren Zügen, das ist nicht das, was ich gesucht habe. So will ich sie nicht in Erinnerung behalten. Angst verdirbt nur alles.«

Trotz des Unwillens, die Gesichtshaut von Claudia Wesel aufzubewahren, legten sich von der Kälte bereits steife Finger auf die Überreste und versuchten sie zu streicheln.

»Sie ist mir zufällig begegnet«, folgte nun eine Rechtfertigung. »Sie war plötzlich da, und ich dachte an den Streit, die Enttäuschung, all die Ungerechtigkeiten. Es war wie ein Drang, ich musste es einfach noch einmal tun. Aber es entglitt mir. Ich stach immer wieder zu. Das Töten selbst wurde plötzlich bedeutend. Bin ich jetzt ein schlechter Mensch?«

Vergebens wanderte der Blick zu dem gefrorenen Kopf.

»Du bist mir keine Freundin, du kannst mir nicht einmal eine so einfache Frage beantworten. Du bist wie all diese Menschen da draußen, dich interessieren nur deine eigenen

Probleme. Aber was ist mit mir? Denkt auch einmal jemand an mich? Jedes Wort, das ich sage, soll ich vorher gründlich abwägen, aber wie steht es denn umgekehrt?«

Wieder flackerte die Glühbirne an der Decke, und das unrhythmische Aufblitzen des Lichts erweckte den Eindruck, der Schädel würde hämisch grinsen.

Mit einem Tritt wurde er an die Wand geschleudert. Ein Knirschen ließ vermuten, dass er dabei Schaden nahm. Ohne Eile bewegte sich die Person im Keller nun darauf zu und hob den Kopf in die Höhe. Direkt an ihn gewandt zischte die Stimme: »Das passiert, wenn man mir keine Wahl lässt.«

* * *

Am nächsten Morgen

»Ich habe dich gestern Nacht gar nicht kommen hören«, begrüßte Brigitta Kort ihren Mann, als der verschlafen die Küche betrat.

Die Kinder rannten an ihm vorbei, hatten nur einen kurzen Gruß für ihren Vater übrig und verschwanden Richtung Schule durch die Tür.

»Sind wieder mal spät dran, was?«, sagte er, anstatt seiner Frau eine Antwort zu geben.

»Du kennst sie ja«, reagierte Brigitta mit einem verständnisvollen Lächeln, und Marius stellte wieder einmal fest, dass seine Frau eine sehr liebevolle Mutter war. Was auch immer sich zwischen ihnen abspielte, die Kinder hätten es nicht besser treffen können.

»Wann bist du denn gekommen?«, ließ sie jedoch sehr zu Marius' Verdruss das Thema »Gestern Nacht« nicht ruhen.

»Spät«, entgegnete er knapp. Als er bemerkte, dass sie erneut zum Sprechen ansetzen wollte, wurde ihm klar, dass er einer Antwort nicht ausweichen konnte, und erklärte:

»Die Jungs wollten nach dem Tennis noch einen Absacker, es ist etwas ausgeartet, und schon war es früher Morgen. Ich wollte dich nicht wecken, deshalb habe ich im Arbeitszimmer geschlafen.«

»Wo wart ihr denn?«, hakte sie neugierig nach.

»In Bühl. Erst in ein paar Kneipen, dann in irgendeinem Klub. Nichts Besonderes.«

»Und du bist noch gefahren?«, stellte sie eine weitere Frage, und Marius hatte den Eindruck, das Gespräch nähme langsam die Züge eines Verhörs an.

»Ich hatte nur zwei Bier, keine Sorge.«

»Und die Praxis?«

»Was soll damit sein?« Langsam wurde er ungeduldig. »Ich hatte doch keine Bereitschaft.«

»Dein Vater sagt, ein Arzt hat immer Bereitschaft.« Brigitta sprach die Worte ohne Vorwurf aus. Sie wiederholte lediglich, was sie vom Schwiegervater schon tausendmal gehört hatte. Auch Marius kannte die Sprüche des Alten, aber dass ihn Brigitta nun damit konfrontierte, nahm er ihr übel.

Unbeherrscht schlug er mit der flachen Hand auf die Arbeitsplatte. »Herrgott, wenn du dir mit meinem Vater so einig bist, dann hättest du vielleicht ihn heiraten sollen. Wessen Frau bist du eigentlich?«

Brigitta zuckte zusammen, und Tränen stiegen ihr in die Augen. So hatte sie es nicht gemeint, und schon tat ihr leid, überhaupt etwas gesagt zu haben. Aber dann änderte sich ihre schuldbewusste Miene, und Wut flackerte in Brigittas Augen auf. »Und wessen Mann bist du?«, fuhr sie ihn an.

Marius war verblüfft. Nicht verärgert oder genervt, sondern nur verblüfft. Seine Frau hatte sich noch nie gegen ihn behauptet.

Sie wusste seinen Gesichtsausdruck nicht zu deuten, fuhr aber, nachdem der Anfang erst einmal gewagt war, aufgebracht fort: »Du verbringst deine Nächte weiß Gott wo, kommst nach Hause, schläfst im Arbeitszimmer, und heute Morgen finde ich deine Kleider von gestern in der Waschmaschine. Du hast mitten in der Nacht Wäsche gewaschen, da frage ich mich doch, warum?«

Sie sah ihn herausfordernd an, als sie zornig weitersprach: »Hast du eine Affäre? Ist es deshalb? Soll ich ihren Geruch in deinen Kleidern nicht bemerken?«

Er atmete durch und streckte die Hand nach ihr aus. »Es tut mir leid«, sagte er sanft und zog seine Frau zu sich. »Ich weiß, ich bin manchmal ungerecht. Das ganze Theater mit der Praxis und meinem Vater kostet mich so viel Kraft. Gestern war eine Gelegenheit, mal rauszukommen. Letzten Endes war es sogar ein langweiliger Abend, aber er hat mir gutgetan.«

Sie wollte sich aus seiner Umarmung befreien und nach der Wäsche fragen, doch er hielt sie fest und erklärte: »Allerdings gestehe ich, dass ich geraucht habe. Ich weiß, du hasst das, deshalb habe ich alles in die Maschine gestopft, denn ich habe gestunken wie ein Aschenbecher.«

Er spürte, dass sie in seinen Armen erleichtert ausatmete und sich entspannte. Sie löste sich ein wenig von ihm und drückte ihm einen Kuss auf den Mund.

»Ich liebe dich«, sagte sie sanft, »und ich habe Angst, dich zu verlieren. Du bist in letzter Zeit so verändert.«

»Hör auf, dir Sorgen zu machen, alles ist gut. Und wenn erst einmal die Praxis übergeben ist, dann wird sich einiges ändern, versprochen.«

Sie war versöhnt, und als es jetzt an der Wohnungstür klopfte und die Stimme seines Vaters erklang, war Marius ausnahmsweise einmal froh, von dem Alten gestört zu werden.

Er hatte sich, was Brigitta anging, elegant aus der Affäre gezogen – aber das, was gestern Abend passiert war, durfte sich nicht wiederholen. Künftig musste er wieder überlegt und geplant handeln. Sonst wäre es ihm eines Tages nicht mehr möglich, zu verbergen, wer er wirklich war.

* * *

Am Abend in Claudia Wesels Haus

Der Gerichtsmediziner hatte bereits das Bettlaken zurückgeschlagen. Wie bei den anderen Opfern bot sich den Beamten das Bild einer zerstückelten Frauenleiche. Abgetrennte Gliedmaßen, in falscher Reihenfolge an den Torso angelegt, und ein Schädel ohne Gesichtshaut – und doch gab es dieses Mal einen Unterschied.

Hauptkommissar Heerse und Müller standen in Claudia Wesels Schlafzimmer, das nur aus Schränken zu bestehen schien. Die Schubladen quollen über, ließen sich kaum schließen, jeder freie Zentimeter war für Schuhe oder Taschen verwendet worden, am Spiegel hingen unzählige Halsketten, und auf der Frisierkommode stapelten sich Tiegel und Parfümflaschen. Der Begriff »vollgestopft« hätte den Raum treffend beschrieben. Der Rest der Wohnung war hingegen nüchtern und stilvoll eingerichtet und sah aus wie die Vorlage für einen Einrichtungskatalog.

Heerse blickte sich traurig um. Vermutlich war das der Raum, der das wahre Wesen der Bewohnerin wiedergab. Alles außerhalb des Schlafzimmers war nur für mögliche Gäste eingerichtet worden.

Auf dem Nachttisch standen Fotografien. Claudia Wesel glich den anderen Opfern. Sie trug die dunklen Haare schulterlang und hatte braune Augen. Ihr Busen war größer, und sie wirkte dadurch fülliger als Lea Bauer und Heidi Maurer, aber ansonsten entsprach sie dem Opferprofil: alleinstehend, allein lebend und über dreißig.

»Dieses Mal ist er anders vorgegangen«, riss der Gerichtsmediziner den Hauptkommissar aus seinen Überlegungen.

Der Arzt hatte den Torso oberflächlich untersucht und dafür die Stoffreste des Korsagenkleides, die ihn noch umgaben, zur Seite geschoben. »Mehrere Einstiche an Brust und Bauch. Zugefügt von einem Messer mit einschneidiger Klinge, dafür spricht die elliptische Form der Wunden. Das sind mindestens an die zehn Einstiche.« Er drehte den Torso etwas zur Seite. »Hier haben wir noch weitere Verletzungen. Nach der Obduktion weiß ich mehr über die Winkel der Stichkanäle, deren Tiefe und Verlauf, vielleicht verrät uns das etwas über den Angriff und den Angreifer.«

»Was ist mit dem Kopf? Kein Schlag? Kein Aufschlitzen der Kehle?«

Der Gerichtsmediziner verneinte das. »Was nach dem Eintritt des Todes passiert ist, entspricht der Zerstückelung, wie wir sie von den anderen Opfern kennen, aber die Tötung selbst erfolgte nach meiner ersten Einschätzung durch mehrere Stichverletzungen am Oberkörper. Die Kriminaltechnik nimmt sich noch die Blutspuren vor. Aber so wie es aussieht, hat er sie im Flur angegriffen und erstochen, dann ins Wohnzimmer gezogen und dort zerteilt. Anschließend wurden ihre Überreste ins Bett gelegt und die Gesichtshaut entfernt.«

»Wenn der Angriff so erfolgt ist, müsste er aber etwas abgekriegt haben«, hakte Müller nach, der nur ungern an die blutige Schleifspur dachte, die den weißen Fliesenboden im Wohnzimmer wie ein roter Streifen durchzog.

»Ja, falls er nicht bereits Schutzkleidung trug, als er das Haus betrat.«

* * *

»Was halten Sie davon?«, wandte sich Heerse zwei Stunden später an Doktor Clara Calliditas, die sich sofort bereit erklärt hatte vorbeizukommen, um einen Blick auf die Tatortfotos zu werfen. Es war zwar bereits zweiundzwanzig Uhr, aber die betagte Ärztin hatte sich nicht abhalten lassen, sofort ihre Einschätzung abzugeben.

»Ich hätte mir auch den Tatort angesehen«, wandte sie sich an Heerse. »Ich muss nicht mit Samthandschuhen angefasst werden.«

»Ich weiß«, sagte der Beamte müde.

»Trotzdem danke ich Ihnen für Ihre Rücksichtnahme«, entgegnete sie freundlich und ließ sich dann an dem großen Besprechungstisch nieder. Maren brachte der Frau eine Tasse Tee und vermied es dabei, einen Blick auf die Fotos zu werfen, die den verstümmelten Leichnam von Claudia Wesel zeigten.

Zwei Arbeitskolleginnen hatten die Tote gefunden. Nachdem Claudia Wesel am Morgen weder zur Arbeit gekommen noch telefonisch zu erreichen gewesen war, hatten sich die beiden zur Wohnung der Kollegin aufgemacht. Es brannte Licht, aber auf das Klingeln wurde nicht reagiert. Zum Glück konnten die Frauen eine Nachbarin auftreiben, die einen Ersatzschlüssel für Notfälle hatte.

Die Kolleginnen von Claudia Wesel waren noch im Krankenhaus. Heerse würde sie gleich am nächsten Morgen ausführlich befragen, aber nach dem Fund der Leiche hatten die beiden unter Schock gestanden und mussten ärztlich versorgt werden. Sie hatten ihm lediglich mitgeteilt, dass sie am Vorabend mit Claudia im Labrios in Bühl gewesen waren.

»Wenn es der gleiche Täter ist, dann war bei diesem Mord sehr viel Wut im Spiel«, sagte Doktor Calliditas.

»Die Gerichtsmedizin hat uns zwischenzeitlich bestätigt, dass der Tod infolge der Messerstiche eingetreten ist. Vor allem im Brust- und Bauchbereich gab es zahllose Verletzungen, aber auch am Rücken und an der Seite.«

»Er ist also regelrecht über sie hergefallen«, schloss Calliditas aus dem eben Gehörten.

»Woher kommt das auf einmal?«, fragte Heerse nach.

»Es wäre gut möglich, dass ein Ereignis in seinem Alltag das ausgelöst hat. Das würde auch erklären, warum zwischen dem vorangegangenen Mord und diesem nicht einmal eine Woche liegt.«

»Das heißt, irgendetwas hat ihn aus der Bahn geworfen«, mischte sich Müller ein. »Müssen wir jetzt täglich mit einem weiteren Mord rechnen, wenn dieser Irre einen schlechten Tag hat?«, sagte der Oberkommissar aufgebracht.

»Ich denke nicht, dass das zu erwarten ist«, erwiderte die Ärztin ernst. »Außerdem stelle ich nur eine Vermutung an. Möglich, dass es dieses Mal ein Ausrutscher war und er zu seinen alten Ritualen zurückkehrt. Möglich aber auch, dass er sein Vorgehen verändert hat.«

»Sie denken, er weicht ab? Ist das nicht eher ungewöhnlich für einen Serienmörder?«, fragte Maren nach.

»Abweichen würde ich das nicht nennen. In seinen Augen wäre es wohl vielmehr eine Verfeinerung, eine Perfektionierung. Zumindest wenn man der Literatur zu dem Thema glaubt. Danach ist das Einhalten von Ritualen für die meisten Serienmörder zwingend, um das, was sie mit dem Töten erreichen wollen, auch zu bekommen.«

»Das bedeutet also, wir müssen den nächsten Mord abwarten, um zu erfahren, ob er heute die Kontrolle verloren oder sich perfektioniert hat?« Hauptkommissar Heerse hatte diese Frage gestellt, und als die Ärztin nickte, schüttelte er verärgert den Kopf.

»Ich wollte, ich könnte mehr tun. Aber Sie wissen selbst, dass man in solchen Fällen keine hundertprozentigen Aussagen treffen kann. Ich kann Ihnen ein paar Denkansätze liefern, aber leider keine Täterbeschreibung.«

Sie lächelte traurig.

»Wir müssen diesen Mistkerl unbedingt aufhalten, dafür sind wir auch auf Ihre Hilfe angewiesen«, erwiderte Heerse aufrichtig. »Vielleicht hat er bei Claudia Wesel tatsächlich die Kontrolle verloren. So etwas führt dazu, dass Täter Fehler machen – und wenn das passiert, dann erwischen wir sie für gewöhnlich auch.«

* * *

Kapitel 8

Am nächsten Morgen

Die Arbeitskolleginnen von Claudia Wesel taten sich sichtlich schwer, über das Geschehene zu sprechen. Trotzdem bemühten sie sich, der Polizei zu helfen.

»Claudia war so liebenswert«, sagte Tanja Meier gerade. Die Zeugin war ungewöhnlich schlank und wirkte bedingt durch die Ereignisse des Vortages ausgemergelt.

»Wir haben sie überredet, mit uns zu kommen«, fuhr sie fort. »Allein hätte sie sich wohl niemals getraut auszugehen. Aber sie hat sich amüsiert, das konnte man ihr anmerken.« Tanja sah fragend zu ihrer Begleiterin. Eine pummelige Rothaarige, die es offensichtlich gewöhnt war, dass ihre Freundin das Wort führte.

»Ja, stimmt«, gab sie knapp zurück.

»Hatte Frau Wesel denn mit jemandem Kontakt im Labrios?«, fragte Heerse, ohne den Frauen das Gefühl zu geben, er würde sie drängen.

»Ja.« Wieder antwortete Tanja. »Sie hat getanzt, und einmal ist sie mit einem Typen in der Bar verschwunden. Wenn ich es mir recht überlege, war sie eine ganze Weile weg.«

»Haben Sie den Mann gesehen?«

»Nein«, antwortete die Zeugin zu Heerses Enttäuschung. »Ich war auf der Tanzfläche, Claudia kam und sagte, sie sei in der Bar, und dann war sie auch schon fort.«

»Und Sie?«, wandte sich der Hauptkommissar an die andere Kollegin des Opfers.

»Es war, wie Tanja gesagt hat. Wir haben getanzt, Claudia

gab uns kurz Bescheid und …« Sie zuckte mit den Schultern und tupfte sich die Tränen ab.

»Und danach?«, fuhr Heerse geduldig fort. »Nach der Bar?«, fügte er an, als er bemerkte, dass seine Zeuginnen nicht verstanden.

»Oh«, gab wieder Tanja die Antwort. »Sie kam an unseren Tisch, wir hatten mittlerweile ebenfalls jemanden kennengelernt, und hat sich verabschiedet.«

Heerse hob überrascht die Brauen. »Wann war das?«

»So gegen Viertel nach zwölf. Sie sagte, sie sei nun müde, würde sich ein Taxi rufen und nach Hause fahren. Sie war auch mit dem Taxi gekommen, müssen Sie wissen.«

»Ich wollte mit ihr vor der Tür warten«, meldete sich die Rothaarige eifrig zu Wort, so als wollte sie damit sagen »He, ich bin auch noch da!«.

»Und haben Sie das?«, fragte der Hauptkommissar freundlich.

»Nein«, folgte die Antwort. Betreten sah die Frau zu Boden. »Claudia meinte, dass das nicht nötig sei. Ich hätte trotzdem mitgehen sollen, dann wäre das alles vielleicht nicht passiert.« Sie schluchzte laut, und Tanja Meier legte den Arm um ihre Freundin.

»Wir konnten das doch nicht ahnen. Ich gehe schon so lange ins Labrios …« Sie brach ab. Plötzlich bemerkte sie, dass sich das so anhörte, als sei sie bereits seit Ewigkeiten auf der Suche nach einem Partner. Deshalb änderte sie ihre Formulierung. »Ich kenne den Laden, und mir ist noch nie zu Ohren gekommen, dass sich dort Perverse herumtreiben.«

»Sie wissen nicht, ob Frau Wesel tatsächlich in ein Taxi gestiegen ist?«, bohrte Heerse weiter und überging die Überlegungen der Zeugin.

»Nein«, entgegneten dieses Mal beide Frauen synchron.

»Und den Mann, mit dem sie sich unterhalten hat, haben Sie ebenfalls nicht gesehen?«

Wieder folgte ein »Nein«, und der Hauptkommissar ließ sich seinen Ärger über die dürftigen Informationen nicht anmerken. Stattdessen stellte er eine etwas heikle Frage, die ihm aber eventuell Aufschluss geben könnte. »War Frau Wesel der Typ, der einen fremden Mann am ersten Abend mit nach Hause genommen hätte?« Er sah die Empörung auf den Gesichtern der Frauen und sprach schnell weiter. »Ich möchte Ihre Freundin keinesfalls in Misskredit bringen, aber es geht um Mord, und ich bin nicht der Hüter von Moral und Anstand. Eine ehrliche Antwort auf die Frage ist für unsere Ermittlungen sehr entscheidend, das verstehen Sie doch sicher.«

Die Zeuginnen entspannten sich ein wenig.

»Sie war nicht der Typ dafür«, antwortete ihm Tanja, und er glaubte ihr. Sie hatte ihm das gesagt, was sie für die Wahrheit hielt.

»Und was denken Sie?«, wandte er sich an die zweite Frau.

Die zögerte jedoch, und als sie den Hauptkommissar schließlich anblickte, entging ihm nicht, wie schwer es ihr fiel, ihm eine Antwort zu geben: »Sie war nicht der Typ dafür, da gebe ich Tanja recht. Aber das muss nichts bedeuten. Claudia war lange allein und wurde sehr enttäuscht. Wenn dann plötzlich jemand auftaucht, der einem das Gefühl gibt, es könnte doch noch alles gut werden, dann macht man manchmal auch Dinge, für die man eigentlich gar nicht der Typ ist.«

Der Hauptkommissar nickte nachdenklich. »Das ist tatsächlich ein interessanter Aspekt, ich danke Ihnen für die Offenheit.«

Es folgten Fragen nach möglichen Feinden von Claudia Wesel, Probleme am Arbeitsplatz oder in der Nachbarschaft und nach dem Ex-Mann.

Den Zeuginnen war über Differenzen nichts bekannt, und sie wussten nur, dass der Ex-Mann vor acht Jahren einen lukrativen Job im Ausland angenommen hatte. Schließlich verabschiedete sich Heerse von den beiden Frauen und bat sie sich zu melden, falls Ihnen noch etwas einfallen sollte.

Kaum war er wieder allein, rief er nach Müller: »Klappert alle Taxiunternehmen in der Umgebung ab. Ich will wissen, wer sie an dem Abend zum Labrios gebracht hat und ob sie wieder abgeholt wurde. Dann schicke ein paar Beamte zu dem Klub. Die Kollegen müssen das Foto von Claudia Wesel herumzeigen. Sie wurde offensichtlich von einem Mann in die Bar eingeladen, daran sollte sich doch einer der Kellner erinnern. Vielleicht hat dieser Unbekannte sie auch nach draußen gebracht oder sogar selbst nach Hause gefahren. Das Personal am Eingang könnte etwas wissen. Außerdem werden wir uns die Überwachungsbänder des Parkplatzes ansehen.«

»Das mit dem Taxi ist sicher kein Problem, aber auf die Mitarbeiter des Labrios würde ich nicht setzen«, entgegnete Müller besorgt. Sein Chef blickte ihn schlecht gelaunt an, und er beeilte sich zu erklären: »Wenn die am Abend mehrere hundert Gäste abfertigen, stehen die Chancen schlecht, dass sich jemand erinnert.« Und noch bevor Heerse genervt antworten konnte, fuhr Müller fort und sagte: »Aber wir müssen es natürlich versuchen.«

Gerade als Müller den Raum verlassen wollte, stürmte Maren Teuber herein. »Ihr müsst sofort kommen, es geht um die unbekannte Frauenleiche aus den Schweigrother Matten!«

* * *

Heerse und Müller folgten Maren Teuber in einen der Verhörräume. Dort lümmelte sich ein Mann in verwaschenen Jeans, altmodischen Cowboystiefeln und Lederjacke auf dem Stuhl. Auf den ersten Blick wirkte er wie ein Dreißigjähriger, aber beim zweiten Hinsehen erkannte man, dass er den fünfzig näher war als den vierzig. Seine Haare trug er fast bis zur Schulter, allerdings lichtete sich das Haupthaar bereits, und wie es aussah, hatte er sich die Schläfen schwarz gefärbt. Eine laienhafte Friseurleistung, denn einige der grauen Strähnen waren immer noch deutlich zu sehen.

Er machte keinerlei Anstalten, seine fast liegende Haltung zu ändern, als ihm Hauptkommissar Heerse vorgestellt wurde. Dabei wanderte sein Blick anzüglich über Marens Körper.

Müller hätte den Fremden am liebsten an den Haaren in eine aufrechte Position gezogen, aber natürlich hielt er sich zurück.

»Was können wir für Sie tun, Herr …?«, begann Heerse mit neutralem Tonfall das Gespräch.

»Das ist Herr Matthias Gander«, warf Maren ein, die bereits die Personalien des Mannes aufgenommen hatte.

»Meine Freunde nennen mich Mango!« Er sah zu Maren, war sich nicht zu schade, ihr zuzuzwinkern, und fügte an: »Ich habe nichts dagegen, wenn du Schätzchen mich …«

Heerse fuhr dazwischen, auch weil er befürchtete, einer seiner beiden Mitarbeiter würde dem ungehobelten Kerl auf dem Stuhl ansonsten eine verpassen.

»Es reicht!« Wie immer genügte es dem Hauptkommissar, eine bestimmte Stimmlage zu gebrauchen, um sich Respekt zu verschaffen. Er musste nicht schreien, denn Mango, wie er sich selbst nannte, hatte begriffen, dass er keinen Hanswurst vor sich hatte.

»Herr Gander«, fuhr Heerse nun freundlicher, aber immer noch ein wenig eisig fort, »Sie sind hier, um eine Aussage zu machen. Da gelten bestimmte Regeln. Wir begegnen einander mit Höflichkeit. Hier gibt es kein *Schätzchen* und kein *Du*. Mein Name ist Hauptkommissar Heerse, das ist Oberkommissar Müller und das ist Frau Kommissarin Teuber. Alle anderen Anreden wären Beamtenbeleidigung, und das war sicher nicht das, was Sie beabsichtigt hatten.«

Der Mann schien darüber nachzudenken, was ihm gerade gesagt worden war, und beschloss einzulenken. »'tschuldigung!«, nuschelte er und bequemte sich, sich aufrecht hinzusetzen. »Ich will hier niemanden beleidigen. Ich habe eben eine lockere Art.«

Heerse hielt jeden Kommentar auf diese Bemerkung für sinnlosen Spuckeverbrauch, deshalb setzte er sich dem Mann nun gegenüber und sagte lediglich: »Sie wollten eine Aussage machen.«

Mango grinste, und sein Gesicht sah in diesem Moment aus wie eine schrumpelige Pflaume. Es war unverkennbar, dass Herr Gander bislang ein äußerst exzessives Leben geführt hatte. Dabei war ihm sein Aussehen wohl wichtig. Allerdings reichte die Eitelkeit nicht so weit, auch dem Gebiss ordentliche Pflege zukommen zu lassen, zumindest waren die Lücken im Oberkiefer dafür ein Indiz.

»Nicht nur das«, antwortete er dem Hauptkommissar triumphierend und konnte sich im letzten Moment verkneifen, Maren Teuber erneut zuzuzwinkern. »Ich helfe Ihnen bei der Lösung des Falls.«

»Welchem Fall?«, fragte Heerse barsch.

»Na, Ihre unvollständige Frauenleiche aus dem Fernsehen.«

»Und wie können Sie uns helfen?«, mischte sich nun Müller ein und versuchte nicht einmal den Sarkasmus in seiner Stimme zu unterdrücken.

Mango bemerkte das entweder nicht oder es war ihm egal. Er konzentrierte sich sowieso nur auf Heerse, da der, wie er jetzt wusste, der Boss in dem Laden war.

»Ich denke, Sie haben Chrisi gefunden.«

»Und wer ist Chrisi?«, formulierte Heerse seine nächste Frage, ohne sich sein Interesse anmerken zu lassen.

»Na, meine Lebensgefährtin oder wie man da heute sagt«, entgegnete Mango leicht empört, so als müsste das doch jedem klar sein.

»Sie wirken aber nicht so, als würde Sie der Tod Ihrer

Lebensgefährtin besonders erschüttern, immer gesetzt den Fall, sie ist es überhaupt.«

»Was erwarten Sie? Es lief in letzter Zeit nicht mehr so gut zwischen uns.«

Heerse versuchte zu verbergen, wie unsympathisch ihm der Mann war. Ruhig fragte er: »Haben Sie eine Vorstellung davon, was mit Ihrer Lebensgefährtin passiert ist?«

Mango warf überrascht einen Blick von einem zum anderen, bevor er antwortete: »In den Nachrichten sagten sie, man hätte Körperteile gefunden, aber nicht den Kopf, und dass man von einem Verbrechen ausgeht. Mord oder so.«

Mit einem Schnauben brachte Müller, der neben Heerse saß, zum Ausdruck, dass ihm die Wortwahl des Zeugen missfiel.

»Ich wiederhole nur, was die im Fernsehen gesagt haben«, verteidigte der sich schnell.

»Und es macht Sie gar nicht betroffen?«, hakte Heerse ohne Vorwurf in der Stimme nach.

Mango warf wieder einen hilflosen Blick in die Runde. »Ja, natürlich.« Er bemühte sich, zerknirscht zu wirken. »Das hat sie nicht verdient, aber ich kann es ja sowieso nicht mehr ändern. Was ist die blöde Kuh auch einfach abgehauen?«, fügte er in einem genervten Tonfall an.

»Ich denke, wir sollten von vorne anfangen«, entgegnete daraufhin Heerse und forderte den Zeugen auf, mit seiner Aussage zu beginnen.

»Chrisi heißt eigentlich Christina Furtoch. Wir leben beide in Karlsruhe. Vor ein paar Jahren ist sie in meiner Stammkneipe aufgetaucht, einfach so.«

»Wo wohnte sie zuvor?«

»Sie stammte aus Kiel, aber es hat wohl immer Streit mit ihren Alten gegeben, da ist sie abgehauen und in Karlsruhe hängen geblieben.«

»Wie alt war Frau Furtoch damals?«

Mango lachte auf. »Frau Furtoch«, sagte er spöttisch. »Das

hört sich so vornehm an.« Er kramte in seiner Jackentasche und zog ein zerknittertes Foto und sein Handy heraus. »Das ist eine Aufnahme von damals und das« – er zeigte ihnen das Display seines Smartphones – »ist von Silvester letzten Jahres.«

»Sie sieht sehr jung aus.«

»Ja«, bestätigte Mango amüsiert, »als ich sie kennenlernte, war sie bereits zwanzig und musste immer noch in den Bars ihren Ausweis zeigen. Groß verändert hat sie sich nicht.« Nachdenklich betrachtete er das Handyfoto, und für einen Augenblick sah es so aus, als würde er Gefühle für die Frau auf dem Bild hegen, aber dann sagte er ungerührt. »Das war auch ihre Masche.«

»Wieso sind Sie eigentlich so sicher, dass die Tote, die wir gefunden haben, Ihre Freundin ist? Könnte Frau Furtoch nicht auch bei einer Bekannten oder ihren Eltern in Kiel sein?«

Unbeirrt beharrte der Zeuge darauf, dass es Christina Furtoch war, die man vor knapp acht Wochen in den Schweigrother Matten gefunden hatte. »Das Datum ihres Verschwindens passt zu dem, was sie in den Nachrichten gesagt haben. Außerdem wäre sie längst wieder aufgetaucht, wenn sie noch am Leben wäre. Es ist öfter vorgekommen, dass sie abgehauen ist, wenn es Stress gegeben hat, aber nach ein paar Tagen stand sie für gewöhnlich wieder vor meiner Tür.« Umständlich griff er nach einer Plastiktüte, die er unter seinem Stuhl deponiert hatte. »Hier«, sagte er nun wichtigtuerisch, »das wird Ihnen weiterhelfen.«

Heerse warf einen Blick in den Beutel. Sofort war ihm klar, was er da in Händen hielt.

»Das sind Sachen von ihr. Eine Haarbürste, ein benutztes Glas aus ihrer Spüle, ein getragener Pullover. Ich dachte mir, dass Sie die brauchen für den DNA-Abgleich«, erklärte Mango überflüssigerweise.

Als er in die überraschten Mienen der Beamten blickte,

wurde er noch selbstbewusster. »Das habe ich alles schon im Fernsehen gesehen. So läuft das doch, oder?«

»Wo haben Sie die Sachen her?«

»Aus ihrer Wohnung.«

»Sie leben zusammen?«

»Nein, aber ich ...« Er zögerte. »Ich habe ...« Er brach ab und stieß geräuschvoll die Luft aus. »Also schön, ich bin zum Hausmeister dieser verwanzten Bude, in der Chrisi ein Zimmer gemietet hat, und habe ihm einen Schein zugesteckt, damit er mir aufschließt. Ich wollte nicht, dass sich das mit der Identifizierung ewig hinauszögert.«

Heerse unterließ es, den Zeugen wegen der Straftat, die er damit begangen hatte, zu ermahnen. Ihn interessierte im Moment nur die Identität der Frauenleiche aus den Schweigrother Matten. Seltsamerweise sagte ihm sein Bauchgefühl, dass ihnen dieser Mango vermutlich die Lösung brachte.

»Als Sie in der Wohnung waren, gab es keine Anzeichen dafür, dass sich Frau Furtoch dort zwischenzeitlich wieder aufgehalten hätte?«

»Wenn Sie die Bude begutachten, werden Sie verstehen, dass man diese Frage nicht beantworten kann. Der Hausmeister konnte sich jedenfalls nicht erinnern, sie gesehen zu haben, aber der ist auch die meiste Zeit besoffen.«

Heerse unterbrach die Vernehmung und überreichte Maren die Tüte. »Das muss sofort zur Kriminaltechnik. Erkläre denen, worum es geht. Der Gerichtsmediziner hat doch einen Fingerabdruck nehmen können, vielleicht finden die eine Übereinstimmung mit denen auf dem Glas. Das wäre ein Anfang.«

Mango, der aufmerksam Heerses Anweisungen verfolgt hatte, war über den Verlauf des Gesprächs sehr zufrieden. Das brachte er auch dadurch zum Ausdruck, dass er sich bequem zurücklehnte und zustimmend nickte, so als wäre es an ihm, Heeres Vorgehen zu beurteilen.

»Wann haben Sie Frau Furtoch das letzte Mal gesehen?«,

überging der Hauptkommissar mit seiner nächsten Frage das unangebrachte Gebaren des Mannes.

Überraschenderweise nannte ihnen der Zeuge prompt ein exaktes Datum. Es passte zu den Aussagen des Gerichtsmediziners. Neun Tage nach dem Verschwinden von Christina Furtoch hatten sie die Leichenteile in den Schweigrother Matten gefunden.

»Das heißt, Ihre Freundin ist seit mehr als zwei Monaten verschwunden, und Sie waren nicht beunruhigt?«

Mango reagierte genervt: »Ich sagte doch, es lief nicht mehr so gut zwischen uns. Wir hatten Streit, und sie ist abgehauen, und ich war ganz froh, meine Ruhe zu haben. Chrisi ist, war«, verbesserte er sich, »so eine Psychobraut. Ich meine, ich stehe auf ein bisschen verrückt, aber Chrisi …« Er blies die Backen auf, und als er die Luft wieder ausstieß, erinnerte sein Gesicht an ein in sich zusammenfallendes Soufflé. »Die war echt gestört«, beendete er die Beschreibung von Christina Furtochs Charakter.

»Beispiele?«, ließ sich Heerse nicht mit so allgemeinen Aussagen abspeisen.

»Die konnte wegen nichts austicken. Wir waren zum Beispiel mal mit meinen Kumpels am See. Einer hat dann sein Messer rausgeholt.«

Er sah die Gesichter der Beamten und winkte ab. »Nicht, was Sie jetzt denken. Es war völlig harmlos, er wollte nur seine Initialen in einen Baum ritzen, da ist Chrisi total ausgeflippt. Hat ihn angebrüllt, er wäre ein Pflanzenmörder, kam mit so Umweltgequatsche und hat uns total zugetextet. Das ging so weit, dass sie meinen Kumpel angegriffen hat, der musste ihr dann eine knallen, das brachte sie wieder in die Spur.«

»Hat Frau Furtoch Drogen konsumiert?«

»Ja, und gesoffen wie ein Loch. Würde man nicht denken, wenn man sie so sieht. Aber die konnte ordentlich was weghauen. Leider war sie keine von denen, die dann lustig werden. Bei Chrisi schwenkte das schnell in so eine depressive Nummer um.« Er zuckte mit den Schultern. »Echt Psycho eben.«

»Sie erwähnten vorhin, dass Frau Furtoch eine Masche gehabt hätte, wie dürfen wir das verstehen?«

»Ihnen ist ja auch aufgefallen, wie jung Chrisi ausgesehen hat. Viele Kerle stehen dadrauf. Was soll ich sagen?«

»Heißt das, Frau Furtoch hat als Prostituierte gearbeitet?«, hakte Müller sachlich nach.

Mango lachte auf und klang dabei wie ein gluckernder Abfluss. »Sehe ich aus wie ein Scheißzuhälter?«

Da ihm die Beamten nicht widersprachen, entstand ein für ihn peinliches Schweigen, und er redete schnell weiter: »Sie hat so eine Mitleidsnummer durchgezogen, wenn sie Geld gebraucht hat. Dafür hat sie sich irgendwelche verklemmten Würstchen ausgesucht und das kleine arme Mädchen gespielt. Misshandelt von irgendeinem brutalen Kerl. Sie hat sie dann belabert, das konnte sie gut. Ihnen etwas von Vertrauen und Freundschaft vorgeschwafelt: ›Lass mich deine Freundin sein, du kannst mir vertrauen‹, so was in der Art eben. Die Typen dachten, sie würden endlich mal einen Stich landen.«

»Und wie ging das dann aus?«, hakte Müller nach.

»Na, sie hat die Kerle beklaut, bevor die die Hose unten hatten, und ist abgehauen. Denen war das dann so peinlich, dass die nie im Leben die Polizei gerufen hätten.«

Müller und Heerse sahen sich an. Wenn das, was Mango über Christina Furtoch erzählte, der Wahrheit entsprach, dann konnte es gut möglich sein, dass sie in der Nacht ihres Verschwindens an den Falschen geraten war.

»Hatte Frau Furtoch, als sie sie das letzte Mal gesehen haben, zufällig die Haare dunkel gefärbt?«, fragte Heerse.

Auf dem Handyfoto war die Frau blond gewesen.

»Nee, zuletzt hatte sie sich türkisfarbene Strähnen gemacht. War auch wieder so eine Spinnerei von ihr. ›Das Leben muss bunt sein«‹, äffte er den Tonfall einer Frau nach, die klingen sollte, als wäre sie den irdischen Sphären entrückt.

Ein Klopfen an der Tür unterbrach ihr Gespräch. Die Rückmeldung aus der Kriminaltechnik war da. Die hatte einen brauchbaren Fingerabdruck von dem Glas nehmen können, der mit dem der Leiche übereinstimmte. Heerse ließ sich daraufhin sofort die Adresse von Christina Furtochs Wohnung geben und schickte unter Maren Teubers Leitung ein Team los.

Währenddessen hatte Mango die Zeit für eine Zigarettenpause genutzt. Jetzt saßen sie wieder in dem Verhörzimmer, und drei Becher mit dampfendem Kaffee standen auf dem Tisch. Obwohl der Hauptkommissar den Zeugen nicht mochte, sprach er freundlich mit ihm, als er sein Beileid ausdrückte. »So wie es aussieht, handelt es sich bei der Toten tatsächlich um Ihre Lebensgefährtin Christina Furtoch. Die Kollegen suchen nach weiteren Spuren, und es wird natürlich einen DNA-Abgleich geben.«

Mango war gefasst. »Ich hatte also recht«, sagte er und versuchte Betroffenheit zu heucheln.

»Wir müssen uns jetzt darüber unterhalten, was am Tag von Frau Furtochs Verschwinden passiert ist.«

»Dachte mir schon, dass Sie das wissen wollen.«

Mango setzte sich etwas aufrechter hin. Als er zu sprechen begann, hatte Heerse den Eindruck, sein Zeuge würde ein auswendig gelerntes Gedicht aufsagen. Mit wenigen Worten fasste Mango den letzten Abend, an dem er Christina Furtoch gesehen hatte, zusammen.

»Ich war im *Eckles Hock*, meiner Stammkneipe. Es war schon spät, und ich hatte mich mit Sandy, der Wirtin, unterhalten. Der ging es an dem Tag nicht gut, Ärger mit einem Ex-Freund. Wir sind dann, um ungestört sprechen zu können, in ihr Büro gegangen. Es war ohnehin nicht mehr viel los, und außerdem hatte eine von Sandys Aushilfen ein Auge auf die Kasse.

Wir hatten uns also zurückgezogen, Sandy brauchte Trost, den ich ihr gab. Ich hatte gerade meine Arme um sie gelegt, als die Tür aufgerissen wurde und Chrisi hereinstürzte. Sie hat sich sonst was zusammengereimt, ein Riesentheater veranstaltet und ist dann wie eine Bekloppte aus dem Lokal gestürmt.«

Mango war mit sich zufrieden, er hatte den Beamten praktisch die Wahrheit gesagt, lediglich unnötige Details weggelassen. Automatisch tauchte das Bild von Sandy vor seinem geistigen Auge auf. Gott, hatten sie an diesem Abend gesoffen. Sandy war nicht geizig und hatte einen Kurzen nach dem anderen ausgegeben. Das war ihre Art, es zwischendurch mal richtig krachen zu lassen. Chrisi war an diesem Abend nicht dabei, weil sie wieder eine ihrer Sinnkrisen hatte, und so kam es, wie es kommen musste.

Irgendwann saß Sandy neben ihm auf dem Barhocker, dabei hatte sie die eng anliegende Bluse über dem gewaltigen Dekolleté ziemlich weit aufgeknöpft. Nur so aus Spaß sagte er: »Würde ich da wieder rausfinden, wenn ich den Kopf hineinstecke?«

Sandy verstand solche Späße und nahm weder die zweideutigen noch die eindeutigen sexuellen Anspielungen der männlichen Gäste krumm. Bisher war ihm die Frau völlig gleichgültig gewesen, aber an diesem verflixten Abend verspürte er das dringende Bedürfnis, jeden Zentimeter ihres üppigen Körpers durchzuwalken. Sie lachte ihn mit halb geschlossenen Augen an.

»Versuchs doch«, hielt sie anzüglich dagegen, und im nächsten Augenblick drückte er seinen Kopf gegen Sandys Busen, als wäre er ein Stier, der das rote Tuch auf die Hörner nehmen wollte.

Sie kreischte vergnügt, wuschelte ihm mit den Händen durch die Haare, während ihm ihre wogenden Brüste sanft ins Gesicht klatschten. Schon umschlossen seine Hände ihre drallen Schenkel. Sie ließ es zu. Die anderen grölten, jemand machte ein Handyfoto, und gleich darauf wurde mit dem nächsten Schnaps angestoßen. Zwanzig Minuten später zerrte ihn Sandy in den Abstellraum, in dem neben einem kleinen Schreibtisch die ganzen Putzmittel aufbewahrt wurden.

Sie hatte keine Scham, sich die Kleider vom Leib zu reißen, und stand in ihrer ganzen Pracht vor ihm.

Mango brauchte keine weitere Einladung, und als irgendwann die Tür aufflog und Chrisi plötzlich auch da war und hysterisch seinen Namen schrie, krallten sich seine Finger gerade fest in Sandys fülligen Hintern, während er japsend zum Höhepunkt kam. Chrisi erwischte ihn mit heruntergelassenen Hosen, wenn man so wollte. Sie rastete aus. Ihr Kreischen sorgte dafür, dass sich die Handvoll besoffener Gäste an der Theke in Bewegung setzte und neugierig vor dem Abstellraum zum Stehen kam. Peinlich war ihm das nicht. Warum auch? Es bewies ja nur, dass er immer noch im Rennen war. Also packte er seinen Schwanz wieder in die Hose, mehr gab es für ihn nicht zu tun. Die beiden Frauen hatten nämlich beschlossen, die Angelegenheit unter sich auszutragen. Einer seiner Kumpels klopfte ihm auf die Schulter, als er an ihm vorbeischlurfte und sich eine Zigarette anzündete. Parallel dazu überschlugen sich die Ereignisse im Abstellraum. Chrisi geiferte wie ein altes Waschweib.

Da sie nicht nüchtern in Sandys Kneipe gekommen war, verlor sie jede Kontrolle und attackierte die Wirtin. Der war es nicht einmal gelungen, die Bluse überzuziehen. Eine ihrer Brüste hing aus dem Ausschnitt, und ihre nackte Scham und die feuchten Schenkel waren für die Umstehenden ein Grund mehr, das Drama aufmerksam zu verfolgen. Chrisi wollte ihre Nebenbuhlerin verprügeln, aber die war schneller und stärker. Sandy packte Mangos Freundin an den türkisfarbenen Haaren und schleifte sie ein Stück über den Boden.

»Verpiss dich aus meinem Lokal, du Bitch!«, brüllte sie und erinnerte in diesem Moment an einen Sumoringer, der kurz davor war, seinen Gegner zu zermalmen.

Dann stapfte sie mit erhobenem Haupt zurück in den Abstellraum und verschloss die Tür, um sich anzuziehen.

Chrisi rappelte sich auf und schlug gegen das Holz. »Du Nutte, ich bring dich um!«, schrie sie mehrmals. Dann fuhr sie die Zuschauer an: »Was glotzt ihr denn so, ihr Arschlöcher?!«

Mango entschloss sich nun doch einzugreifen und ging auf seine Freundin zu. Die Promille in seinem Körper unterdrückten sämtliche Schuldgefühle, und er brüllte sie wütend an: »Hör endlich auf mit diesem beschissenen Theater, du kleine Schlampe!«

Im Nachhinein sollte sich herausstellen, dass ihn dieser eine Satz in eine äußerst komfortable Situation gebracht hatte. Denn Chrisi, die ihn daraufhin für alle Zeiten verfluchte, verschwand, und Sandy interpretierte seine Einmischung als Liebeserklärung. Seither lebte er bei der Wirtin, die im Gegensatz zu Chrisi wenigstens ein Auskommen hatte – das sie nun mit ihm teilte, genauso wie ihr Bett. Und selbst wenn Sandy eigentlich gar nicht sein Typ war, gefielen ihm doch all die versauten Sachen, die sie bereit war, mit ihm im Schlafzimmer auszuprobieren.

»Herr Gander«, riss ihn Hauptkommissar Heerse aus seinen Gedanken, »es gab also Streit zwischen Ihnen und Frau Furtoch, wie ging der Abend weiter?«

Mango besann sich wieder auf die abgeschwächte Version der Vorfälle und sagte: »Ich blieb über Nacht bei Sandy, sie brauchte mich. Was soll ich sagen? Chrisis Eifersucht war offensichtlich nicht unbegründet gewesen, auch wenn mir das zu diesem Zeitpunkt natürlich noch nicht klar war. Ich hatte ja niemals vor, meine Freundin zu betrügen. Aber wie ich schon sagte, es lief nicht mehr so gut zwischen mir und

Chrisi. Sandy und ich sind uns an dem Abend nähergekommen und haben uns besser kennengelernt.«

»Sie sind jetzt mit dieser Sandy zusammen?«, fragte Heerse direkt.

»Ja, sie kann Ihnen alles bestätigen. Fragen Sie sie, wenn Sie wollen.«

»Oh, das wollen wir bestimmt«, antwortete ihm der Hauptkommissar mit einem ironischen Unterton.

Damit war das Gespräch für die Beamten beendet. Jetzt würden sie auf die Mithilfe von Nachbarn und der Öffentlichkeit angewiesen sein, um die letzten Schritte von Christina Furtoch zu rekonstruieren. Nach der Zeit, die vergangen war, würde das kein leichtes Unterfangen werden.

Mango sah etwas verloren von einem zum anderen, als man ihn verabschiedete. »Und was passiert jetzt?«, fragte er unsicher.

»Wir melden uns, wenn wir noch weitere Auskünfte benötigen. Außerdem schicke ich jemanden vorbei, der die Aussage Ihrer neuen Lebensgefährtin aufnehmen wird. Wir brauchen auch noch die Namen der anderen Gäste, die an diesem Abend anwesend waren.«

Mango nickte, stand zögernd auf, machte aber keine Anstalten, den Raum zu verlassen.

»Gibt es noch etwas?«, fragte Heerse deshalb ungeduldig.

Mango druckste herum. Er hatte das alles mit Sandy ausgeklügelt, seine Neue war wirklich ziemlich gerissen. Dass das Ganze aber am Ende so umständlich werden würde, hatte sie wohl auch nicht vorhergesehen.

»Was ist denn jetzt mit der Belohnung? Im Fernsehen hieß es, dass derjenige, der sachdienliche Hinweise geben könnte, fünftausend Euro bekommt.«

Heerse verzog für einen Moment das Gesicht. Jetzt wusste er endlich, warum sich Matthias Gander alias Mango wirklich herbemüht hatte. Es ging ums Geld. Deshalb war er auch mit der Plastiktüte angerückt. Einzig der Gedanke, am Ende des Tages mit fünftausend Euro aus dem Polizeirevier zu marschieren, hatte ihn interessiert, während ihn das Schicksal seiner ehemaligen Freundin vollkommen kaltließ.

Müller neben Heerse stieß einen grunzenden Laut aus, der so viel bedeuten sollte wie: »War ja klar, dass der Kerl nur aus Eigennutz hier aufgetaucht ist.«

»Wir werden das prüfen und Sie dann benachrichtigen«, antwortete der Hauptkommissar knapp.

»Was heißt denn prüfen?«, gab sich Mango damit jedoch nicht zufrieden. »Sachdienlicher kann ein Hinweis ja kaum sein. Außerdem habe ich Ihnen doch Beweise mitgebracht. Wieso soll ich jetzt auf die Kohle warten?«

»Weil ...« Heerse sprach ruhig, aber wer ihn kannte, wusste, dass er bei seinen Worten ein leichtes Vergnügen empfand. »... weil, Herr Gander, Sie zunächst als Verdächtiger ausgeschlossen werden müssen, bevor Ihnen irgendetwas zusteht.«

Mango klappte nicht nur im sprichwörtlichen Sinn der Kiefer herunter. »Ich bin doch kein Verdächtiger!«, rief er schließlich empört.

»Sie waren der Freund der Toten, und es hat kurz vor dem Verschwinden von Frau Furtoch einen heftigen Streit zwischen Ihnen gegeben«, klärte ihn Heerse auf. »Der Todeszeitpunkt steht nicht eindeutig fest, deshalb werden wir jeden, der mit Frau Furtoch in Kontakt stand, sehr genau überprüfen müssen.« Der Ausdruck des Bedauerns auf Heerses Miene war nicht echt, das bemerkte auch Mango.

»So ist das also, wenn man der Polizei behilflich ist«, erwiderte er verärgert.

»Wie der Hauptkommissar gesagt hat, wir werden uns bei Ihnen melden«, übernahm es nun Müller, den Zeugen nach draußen zu eskortieren. Widerwillig zog Mango schließlich seiner Wege.

Wenige Minuten später besprachen die beiden Beamten im Büro des Hauptkommissars das eben Gehörte.

»Er hat die Wirtin gevögelt und wurde von der Freundin dabei erwischt«, fasste Müller, wie es seine Art war, die Aussage von Matthias Gander kurz und bündig zusammen.

Heerse musste lachen. »Die Nummer vom verständnisvollen Tröster ohne Hintergedanken habe ich ihm auch nicht abgekauft. Rufe Maren an und setze sie ins Bild. Da sie sowieso schon in Karlsruhe ist, kann sie, wenn sie in der Wohnung von Christina Furtoch fertig ist, auch gleich bei dieser Sandy vorbei und die Frau befragen. Und wir machen uns jetzt auf den Weg zur Taxizentrale.«

* * *

Kapitel 9

Es war nicht schwer gewesen, das Taxiunternehmen zu finden, das Claudia Wesel am Abend sowohl ins Labrios als auch wieder nach Hause gefahren hatte.

Das erste Gespräch führten die Beamten mit einem sechzigjährigen Fahrer, der aushilfsweise die Nachtschichten übernahm. Er konnte ihnen kaum etwas über Claudia Wesel erzählen.

»Sie stieg ein, ich fuhr sie«, beschränkte sich seine Aussage aufs Wesentliche.

»Entstand denn keine Unterhaltung während der Fahrt?«

»Nein, ständig kamen Meldungen über Funk rein, war viel los in der Nacht. Außerdem konzentriere ich mich aufs Fahren.«

»Als Sie die Frau zu Hause abgesetzt haben, brannte da Licht im Haus?«

»Ist mir nicht aufgefallen.«

»Haben Sie zufällig jemanden gesehen, der dort noch unterwegs war? Ein Spaziergänger, eine Person in einem parkenden Wagen?«

»Tut mir leid, auch wegen der Frau«, entgegnete er daraufhin bedauernd, »aber wie gesagt, an dem Abend hatten wir eine Tour nach der anderen. Ich habe meinen Fahrgast abgeladen und bin sofort wieder los.«

Nun hoffte Heerse, dass die Hinfahrt aufschlussreicher verlaufen war. Man hatte ihm schon gesagt, dass eine der weiblichen Angestellten Claudia Wesel ins Labrios gefahren hatte.

Die Chefin des Unternehmens führte sie ins Büro und bat

sie Platz zu nehmen. In der hinteren Ecke des Raumes hatte man die Funkzentrale eingerichtet. Eine blonde Frau, die gerade in ihr Headset sprach, hob den Kopf und sah neugierig zu den Beamten.

In diesem Augenblick betrat Anke Derlach den Raum.

»Entschuldigung, ich musste mal wohin«, erklärte sie ihr verspätetes Auftauchen und reichte Heerse die Hand.

»Sie wollten mich sprechen«, sagte sie und klang etwas nervös, wie es Menschen oft taten, wenn sie das erste Mal mit der Kriminalpolizei zu tun hatten.

»Schon in Ordnung«, beruhigte der Hauptkommissar die Frau, stellte sich und Müller vor und umriss kurz, um was es ging.

»Die Frau ist tot?«, mischte sich die Blondine vom Telefon ein, kam auf die Gruppe zu und nutzte so die Gelegenheit, bei dem Gespräch dabei zu sein. Noch bevor man sie wieder wegschicken konnte, sagte sie schnell: »Ich habe mit ihr telefoniert, zumindest, als sie den Wagen für die Hinfahrt bestellt hat. Mein Name ist Miriam, Miriam Burg«, fügte sie noch an.

Ihr Blick wanderte zu Oberkommissar Müller und streifte seine rechte Hand.

Anke, der das nicht entgangen war, verzog für einen Augenblick missbilligend das Gesicht.

»Was hatten Sie da für einen Eindruck, Frau Burg?«, fragte Heerse freundlich.

Miriam bemühte sich krampfhaft etwas beizutragen, musste sich aber schließlich eingestehen, dass die wenigen Sekunden des Telefonats nicht ausgereicht hatten, der Polizei heute einen brauchbaren Hinweis zu geben.

Deshalb wandte sich Heerse nun an die eigentliche Zeugin.

»Sie hat die ganze Zeit über gesprochen, war aufgeregt.« Anke gab in groben Zügen das Gespräch mit Claudia Wesel wieder. »Ich habe sie dann direkt vor dem Haupteingang abgesetzt«, endeten ihre Ausführungen.

Das war das Signal für Miriam, das Wort zu ergreifen. »Wenn man bedenkt, dass wir nur einen Abend zuvor auch dort waren, ich meine privat«, ergänzte sie vielsagend.

Der Hauptkommissar, dem nicht entgangen war, dass Anke äußerlich Lea Bauer, Heidi Maurer und Claudia Wesel glich, horchte auf.

»Besuchen Sie regelmäßig den Klub Labrios?« Die Frage richtete sich eigentlich an Anke, aber Miriam antwortete, wobei sie direkt in Müllers Richtung sprach: »Wenn ich es einrichten kann, bin ich mittwochs und samstags dort, hängt von meiner Schicht ab. Sie kennen das ja.« Erwartungsvoll blickte sie zum Oberkommissar, der keine Anstalten machte, sich die Angaben zu notieren.

»Und Sie?«, wandte sich Heerse nochmals an Anke.

Die zuckte mit den Schultern. »Miriam hat mich da mit hingeschleppt. Es war laut und voll, nicht so mein Ding.«

»Denken Sie, der Mörder kommt aus dem Labrios?«, rief Miriam übertrieben entsetzt. »Dann begebe ich mich also jedes Mal in tödliche Gefahr, wenn ich mich dort aufhalte!«

Das erste Mal mischte sich jetzt die Chefin des Taxiunternehmens ein: »Die Frauen wurden doch alle zu Hause umgebracht, nicht in dem Klub. So steht es zumindest in der Zeitung. Also lass die Wohnungstür zu, dann passiert dir nichts.«

»Ein guter Ratschlag«, bestätigte Heerse und wollte sich schon verabschieden, da hakte Miriam erneut nach. »Aber es könnte sein, dass der Typ den Frauen im Labrios auflauert?« Sie ließ ihn nicht antworten, sondern sprach hastig weiter. »Wissen Sie, als ich und Anke dort waren, ist so ein merkwürdiger Kerl aufgetaucht. Da hatte ich sofort das Gefühl, mit dem stimmt etwas nicht.«

Noch konnte Heerse nicht einschätzen, ob die Frau eine glaubhafte Zeugin war oder sich nur wichtigmachen wollte, deshalb nahm er die Aussage ernst. »Was genau ist Ihnen aufgefallen?«

Miriam tat so, als wäre es ihr auf einmal peinlich weiterzusprechen. »Eigentlich hat er sich an Anke herangemacht«, gab sie schließlich kleinlaut zu.

Anke presste ärgerlich die Lippen aufeinander. Miriams Schachzüge fingen an, sie gewaltig zu nerven. Die Blondine hatte es auf den Oberkommissar abgesehen und tat nun alles, um dessen Aufmerksamkeit zu bekommen, und zwar auf Ankes Kosten.

Natürlich war es nun an ihr, die nächsten Fragen des Beamten zu beantworten. »Er hat sich neben mich an die Theke gesetzt, mir einen Orangensaft spendiert, und dann kam Miriam und hat versucht ihn anzumachen. Sie hat ihn auf die Tanzfläche abgeschleppt, da hat er ihr die kalte Schulter gezeigt, und das ist für unsere allseits beliebte Prinzessin Grund genug, den Mann nun bei Ihnen als Triebtäter zu denunzieren.« Die Worte waren Anke einfach so herausgerutscht. Sie hatte die Nase so gestrichen voll von Miriam, dass sie sich nicht hatte beherrschen können. Ja, sie hatte sich mit Axel gestritten, er hatte sie belogen, aber das war ihre Privatangelegenheit.

Die Chefin sah zwischen ihren beiden weiblichen Angestellten hin und her. Miriam, der es tatsächlich kurz die Sprache verschlagen hatte, starrte wütend in Ankes Richtung, dann holte sie zum Gegenschlag aus. Mit einer Handbewegung tat sie das eben Gehörte ab. »Nehmen Sie es ihr nicht übel«, begann sie zuckersüß, so als hätten Ankes Worte die Polizisten vor den Kopf gestoßen.

Der Hauptkommissar beobachtete interessiert, was sich hier gerade abspielte, während Müller mit gerunzelter Stirn fragend zu seinem Chef blickte.

Miriam fuhr fort: »Die Arme kommt ja so gut wie nie aus dem Haus seit ihrer Scheidung. Ich habe sie mitgenommen, und der Abend lief eben nicht so, wie es Anke erwartet hat. Ich wollte eigentlich nichts sagen, Schätzchen.« Miriam drehte den Kopf kurz zu der Kollegin, bevor sie ihre Worte wieder an die Beamten richtete. »Aber dieser Axel hat sich auf der Tanzfläche nicht ganz anständig benommen. Ganz offensichtlich war er sehr von mir angetan. Meine Warnungen waren nur gut gemeint, der Mann ist ein Weiberheld, womöglich ein Perverser.«

»Du bist nicht sein Typ, und das hat dich geärgert«, hielt Anke dagegen.

»Was wissen Sie denn über den Mann?«, ging Heerse nun dazwischen.

»Nur, dass er Axel heißt«, antwortete Anke zurückhaltend.

»Als wir getanzt haben, hat er behauptet, Tierarzt zu sein, aber ich habe im Internet nachgesehen und keinen Eintrag gefunden. In Baden-Baden und Umgebung gibt es nicht einen Veterinär mit Vornamen Axel.«

Anke ärgerte sich, auf die Idee war sie gar nicht gekommen, aber das spielte keine Rolle mehr, sie kannte ja längst die Wahrheit. Aber die würde sie hier bestimmt nicht ausbreiten. Miriam würde sich dann nur königlich über den Metzger Axel amüsieren.

»Hat er sonst noch etwas über sich erzählt?«, stellte Heerse seine nächste Frage.

Anke schüttelte verneinend den Kopf, während sich Miriam erneut an Oberkommissar Müller wandte: »Ich habe ein gutes Gespür für Menschen, und mit dem hat etwas nicht gestimmt. So wie der mich angesehen hat …«

Anke wurde immer wütender und explodierte schließlich. »Es reicht, er hat dich doch überhaupt nicht angesehen! Genauso wenig, wie dich der Oberkommissar beachtet.«

Müller riss verblüfft die Augen auf, und Heerse hätte, wäre der Grund ihres Hierseins nicht so tragisch gewesen, bei dem Anblick seines völlig überrumpelten Mitarbeiters gerne herzlich gelacht.

»Verzeihung?«, hörte er Müller nun pikiert sagen.

»Sie sind bereits gescannt, Herr Oberkommissar«, fuhr

Anke verärgert fort, »kein Ehering, Beamter mit sicherem Einkommen und Pension, da passen Sie ins Beuteschema unserer lieben Miriam. Aber Vorsicht, wenn Sie jetzt nicht ihr gegenüber aufmerksam sind, dann behauptet sie womöglich noch, dass mit Ihnen etwas nicht stimmt.«

»Wie kannst du es wagen, mich so hinzustellen?!«, schrie Miriam fassungslos. Ihr Gesicht war dunkelrot vor Zorn. »Du undankbares Miststück. Wer war denn die ganze Zeit für dich da, nachdem deine Ehe in die Brüche gegangen ist? Mittlerweile kann ich verstehen, dass dein Mann ständig mit anderen im Bett gelegen hat.«

Heerse wollte schon ein paar versöhnliche Worte sprechen, bevor die Situation eskalierte, aber Anke war dieses Mal nicht um eine Antwort verlegen. »Natürlich kannst du ihn verstehen, denn es waren ja genau solche Schlampen, wie du eine bist, die sich so bereitwillig in sein Bett gelegt haben.«

Die Chefin der Taxizentrale gab einen schnappenden Laut von sich, der wiedergab, was alle Umstehenden dachten, nämlich dass diese Antwort gesessen hatte. Allerdings überspielte sie ihre spontane Reaktion, indem sie einen Hustenanfall vortäuschte.

Miriam starrte entsetzt zu Anke und blieb eine weitere Antwort schuldig. Stattdessen rannte sie aus dem Büro und verschwand in den Toilettenräumen. Für einen Moment war es mucksmäuschenstill in dem Büro, dann unterbrach der Funkruf eines Fahrers die Ruhe.

Die Chefin tätschelte Anke die Schulter und murmelte amüsiert: »Den Dämpfer hat sie verdient.« Dann eilte sie zum Mikrofon.

Anke atmete durch und sah ein wenig schuldbewusst zu Oberkommissar Müller, der unfreiwillig für den Streit der beiden Frauen missbraucht worden war. »Es tut mir leid.«

Müller tat so, als wüsste er nicht, worum es ging, und nickte nur.

Heerse hingegen nutzte die Gelegenheit, noch einmal mit der Frau zu sprechen. »Ich verstehe, dass Sie sich über Ihre Freundin geärgert haben. Aber jetzt, unter uns, würde ich Sie bitten, aufrichtig zu sein, was diesen Axel angeht.«

»Ich war aufrichtig«, entgegnete Anke um eine feste Stimme bemüht. »Er war sehr höflich, hat gesagt, dass Miriam nicht sein Typ ist, und ob er nun als Tierarzt arbeitet oder als etwas anderes, mir doch egal, der Mann interessiert mich nämlich nicht. Haben Sie schon einmal die Profile auf den Online-Partnerbörsen gelesen? Niemand schreibt mehr die Wahrheit. Dort sind alle Frauen liebevoll, schlank und spontan, während die Typen sich als sportlich, kultiviert und witzig beschreiben. Wenn man danach gehen würde, wäre die Welt bevölkert von perfekten Menschen. Im Labrios tauschen die Leute Belanglosigkeiten aus und lügen sich dabei an. Ich denke, damit muss man sich einfach abfinden.«

Ihre Erklärung klang gezwungen, und Heerse hatte nicht das Gefühl, dass das auch tatsächlich die Meinung von Anke Derlach war.

Daher versuchte er es erneut. »Sie haben sicher recht, aber im Moment fahnden wir nach einem Mörder. Und wenn dort, wo sich Frau Wesel zuletzt aufgehalten hat, jemand in irgendeiner Weise verdächtig wirkte, dann müssen wir dem nachgehen. Auch zu Ihrer eigenen Sicherheit bitte ich Sie deshalb, ehrlich zu sein.«

Ankes Blick hatte etwas Unruhiges. Schließlich sagte sie: »Nein, da war nichts, was ich Ihnen noch sagen könnte. Wir haben keine Nachnamen oder Telefonnummern ausgetauscht, und ich werde ihn vermutlich nie wiedersehen.«

»Können Sie ihn uns trotzdem beschreiben?«

Anke tat, worum sie gebeten wurde, und Müller notierte die Angaben.

»Falls Sie dem Mann noch einmal begegnen, seien Sie bitte trotzdem vorsichtig! Rufen Sie mich an.« Er gab ihr seine Visitenkarte und verabschiedete sich.

Auf dem Weg nach draußen kam ihnen Miriam entgegen. Sie hatte geweint und wollte nun mit trotzigem Gesichtsausdruck an den beiden vorbeigehen.

Heerse hielt sie jedoch zurück und fragte: »Frau Burg, Sie haben ausgesagt, der Mann namens Axel hätte Sie belästigt? Wenn das der Fall war, werden wir das aufnehmen und eine Untersuchung einleiten.«

Miriam wurde rot. »Nein«, stotterte sie verlegen. »Das war vielleicht etwas übertrieben ausgedrückt, aber Anke … Ich habe es nur gut gemeint, und so wird es mir gedankt«, jammerte sie.

»Sie wurden also nicht belästigt oder bedrängt. Hat der Mann sonst etwas getan oder gesagt, das Ihren Verdacht gegen ihn ausgelöst hat?«

Sie sah zu Boden und schüttelte den Kopf.

»Aber Sie bleiben dabei, dass etwas nicht mit ihm gestimmt hat?«

Endlich sah sie den Hauptkommissar an. »Er war komisch«, beharrte sie, vermutlich nur, um das Gesicht zu wahren.

»Gut, belassen wir es dabei. Intuition ist wichtig, aber seien Sie künftig mit falschen Anschuldigungen vorsichtig.«

Sie nickte kurz und eilte davon.

Auf dem Parkplatz machte sich Müller Luft: »Was war das denn?«

Heerse hob abwehrend die Hände. »Tja, die beiden werden wohl eine ganze Zeit keine Freundinnen mehr sein.«

»Und was hältst du von der Sache?«, fragte er seinen Vorgesetzten.

»Anke Derlach passt ins Opferprofil. Ich hoffe, sie nimmt meinen Rat an und ist vorsichtig. Mit der Personenbeschreibung dieses Axels können wir versuchen ihn aufzuspüren.

Befragt das Personal im Labrios. Mehr können wir vorerst nicht tun. Anke Derlach sagt, er ist ein höflicher Kerl, völlig normal. Die eifersüchtige Freundin verstrickt sich in Lügen über den Mann. Das reicht nicht einmal für eine Überwachung des Klubs.«

* * *

Als Hauptkommissar Heerse an diesem Abend nach Hause kam, fühlte er sich ausgelaugt. Das einzige Ziel, das er noch hatte, war die Couch im Wohnzimmer. Deshalb machte sich in ihm auch sofort etwas Unmut breit, als er die fremde weibliche Stimme aus dem Wohnzimmer hörte.

Alles, nur kein Besuch, dachte er unglücklich und rollte so stark mit den Augen, dass er sich, als er dabei in den Spiegel sah, sofort an einen glubschäugigen Frosch erinnert fühlte.

Seine Frau Petra rief nach ihm, während die Besucherin im Wohnzimmer unbeirrt weiterquatschte.

»Rolf, da bist du ja endlich«, sagte sie erfreut und fügte ein »Hola, que tal?« an.

Der Hauptkommissar atmete erleichtert auf, denn jetzt wusste er endlich, was hier vor sich ging.

»Für einen Polizisten keine Glanzleistung«, murmelte er und betrat das Wohnzimmer.

Dort saß seine Frau und strahlte ihn an. Wieder einmal wurde ihm bewusst, was für großes Glück er gehabt hatte. Ihm war es nämlich vergönnt gewesen, seine wahre Liebe zu finden.

»Siehst du, alles, wie wir es besprochen hatten«, sagte sie und war gespannt auf seine Reaktion.

»Ja«, antwortete er ihr und begutachtete die Flasche spanischen Rotwein, die Schale mit eingelegten Oliven, den aufgeschnittenen Ibérico-Schinken und das Käsestück mit dem Etikett »Original aus La Mancha«.

»Du hast es vergessen«, reagierte sie frustriert, als sie sein

Gesicht sah. Parallel dazu drückte sie die Stopptaste des MP3-Players, und die fremde Stimme verstummte.

»Ich habe es nicht vergessen«, log er schnell, weil er seine Frau nicht enttäuschen wollte, und schnappte sich das spanische Lehrbuch auf dem Tisch.

»Die lesen die Sätze immer vor, und wir können sie dann nachsprechen. Ich habe extra etwas speziell für Touristen herausgesucht. Der Verkäufer hat mir gesagt, damit können wir uns gut verständigen.«

»Toll«, entgegnete Heerse, der sich zwar unglaublich auf den gemeinsamen Spanienurlaub im kommenden Mai freute, aber immer noch nicht begreifen konnte, warum Frauen – insbesondere seine Frau – sich immer auf alles, selbst auf das Vergnügen, vorbereiten mussten. Warum nicht einfach dorthin fahren und alles genießen? Er glaubte kaum, dass irgendwer in Andalusien Wert darauf legte, sich mit dem blassen Hauptkommissar aus Baden-Baden in der Landessprache zu unterhalten. Und was würde er schon sagen können? Vielleicht gelang es ihm bis zum Mai, auf Spanisch die Uhrzeit mitzuteilen, zumindest die vollen Stunden. Aber wie wahrscheinlich war es, dass die Bevölkerung vor Ort darauf angewiesen sein würde?

Es wird wieder so wie im Norwegenurlaub, dachte er ein wenig amüsiert. *Bevor ich auch nur das norwegische Wort für Bier stammeln konnte, rannte schon jemand los und holte eine Karte in deutscher Sprache.*

»Rolf«, riss ihn Petra aus den Gedanken, »alles in Ordnung?«

»Ja, natürlich«, antwortete er müde, und sein jämmerlicher Blick verriet, dass er so überhaupt keine Lust aufs Vokabellernen hatte.

»Wieso trägst du deine Brille nicht?«

»Weil ich sie nicht brauche«, gab er muffig Antwort.

Petra betrachtete ihn einen Moment und sagte ruhig: »Der Fall macht dir zu schaffen?« Sie erwartete keine Antwort, die kannte sie ohnehin. In aller Ruhe schenkte sie ihm ein Glas Rotwein ein. »Setz dich, trink einen Schluck, wir verschieben den Sprachkurs. Aber die Paella, die ich vorbereitet habe, die essen wir trotzdem, oder?«

Er ließ sich auf die Couch fallen, schnappte sich das Glas, kostete den schweren, samtigen Wein und lächelte zufrieden.

Petra betrachtete die Veränderung in seinem Gesicht mit Erleichterung. Sie wünschte sich manchmal, er würde einen ruhigeren Posten annehmen, aber da war mit ihm nicht zu reden. Deshalb unterstützte sie ihn, so gut sie konnte.

»Ich mache das Essen und du, zieh deine Brille auf!«, sagte sie mit gespielter Strenge und verschwand in der Küche, während Heerse ihre letzte Anweisung ignorierte und seine Aufmerksamkeit darauf konzentrierte, einen Schinken-Käse-Oliventurm in seinen Mund zu stopfen.

* * *

Vier Wochen später, Mitte Januar

Ein wenig missmutig durchschritt Hauptkommissar Heerse den Kurgarten bis zur Trinkhalle. Noch vor wenigen Wochen hatte hier der Weihnachtsmarkt stattgefunden. Aber jetzt, nach den Feiertagen, wirkte alles verlassen. Natürlich war die Anlage gepflegt wie immer, aber das ungemütliche Wetter und die Tatsache, dass die Menschen allmählich wieder in den Alltag zurückfanden, verringerte die Zahl der Besucher doch erheblich.

So ist das immer nach Dreikönig, dachte der Hauptkommissar, drehte um und blieb schließlich vor dem Kurhaus stehen.

Die sechsarmigen Kandelaber, die mit ihrem Licht das Gebäude bei Dunkelheit regelrecht verzauberten, wirkten im Moment wie einsame Wachsoldaten, die der Kälte trotzten und unermüdlich auf ihrem Posten ausharrten. Genau so fühlte sich auch Heerse.

Obwohl man die Identität der Frauenleiche aus den Schweigrother Matten hatte klären können, waren sie keinen Schritt vorangekommen. Mittlerweile stand zweifelsfrei fest, dass es sich bei der Toten um Christina Furtoch handelte. Ihr ehemaliger Lebensgefährte, Matthias Gander alias Mango und dessen neue Freundin Sandy waren von der Verdächtigenliste gestrichen worden. Sie hatten erstens keine Verbindung zu den anderen Opfern und zweitens Alibis für die Morde. Auch wenn sich der Todeszeitpunkt von Christina Furtoch nicht genau bestimmen ließ, war es doch nach Aussagen von Gästen der Kneipe und Mangos letztem Arbeitgeber sehr unwahrscheinlich, dass er der Täter war.

Blieben noch Doktor Marius Kort, Jerome, der Friseur, und Patrizia Zehner. Routinemäßig hatten sie deren Alibis für die Nacht überprüft, in der Claudia Wesel ermordet worden war. Korts Vater behauptete, bis weit nach Mitternacht mit dem Sohn über irgendwelchen Patientenberichten gesessen zu haben, und Jerome und dessen Freundin bürgten gegenseitig füreinander. Vorerst ließen sich diese Aussagen nicht widerlegen.

Dass der Mord an Christina Furtoch mit den anderen Tötungen zusammenhing, war zu neunundneunzig Prozent sicher. Die Zerteilung der vier Leichen wurde mit den gleichen Werkzeugen vorgenommen. Dass bei Christina Furtoch der Kopf fehlte und nicht nur die Gesichtshaut, sprach für eine von Doktor Calliditas' Theorien, die besagte, dass sich der Täter mit jedem Mord steigerte und präziser wurde. Heerse ging mittlerweile davon aus, dass Christina Furtoch nur ein zufälliges Opfer gewesen war. Vielleicht hatte sie den Mörder provoziert, der verlor die Kontrolle und tötete die Frau. Einmal Gefallen daran gefunden, suchte er sich seine nächsten Opfer gezielter aus.

In den Medien wurde viel über die Morde spekuliert,

wenn man auch schon bemerkte, wie das öffentliche Interesse an dem Fall langsam abflachte. Natürlich war den Journalisten die Ähnlichkeit der Frauen aufgefallen. Bald schon hieß es, es wäre besser, sich die Haare blond zu färben. Heerse bezweifelte, dass diese Meldung zu einem Ansturm in den Friseurgeschäften geführt hatte. Die Presse war zwar von den Behörden informiert worden, auch weil man sich über sie an die Bevölkerung wenden konnte, allerdings waren nicht alle Einzelheiten der Morde mitgeteilt worden. Das Entfernen der Gesichtshaut war ein Punkt, der aus ermittlungstechnischen Gründen geheim gehalten wurde.

Die Abtrennung der Gliedmaßen war leider durchgesickert wie auch der Umstand, dass der Täter die toten Frauen anschließend aufgebahrt und wieder zusammengesetzt hatte. Nur dass das im Schlafzimmer der Opfer stattgefunden und der Mörder die Gliedmaßen vertauscht hatte, war bisher ebenfalls noch nicht an die Öffentlichkeit gelangt.

Müller und Maren legten einige Nachtschichten ein und statteten dem Labrios Besuche ab – Maren als Lockvogel, Müller als Vorsichtsmaßnahme. Heerses Kommissarin hatte mehr als ein Angebot erhalten, aber der, nach dem sie suchten, war bisher nicht dabei gewesen.

Die Betreiber des Klubs halfen, so gut sie konnten. Auf dem Plakat an der Wand beim Eingang sah man die Fotografien der toten Frauen. Es hatte Anrufe gegeben, aber so gut gemeint die Informationen auch gewesen waren, ein Durchbruch stellte sich nicht ein. Was den Hauptkommissar vor allem beschäftigte, war die Frage nach dem Warum. Welches Motiv steckte dahinter? Wieso auf diese Art töten? Leider war es fast unmöglich, die Beweggründe einer kranken Psyche zu enträtseln, das wusste er aus anderen Fällen. Oft half der Zufall – ein Fehler, der gemacht wurde, ein unbedacht geäußertes Wort oder ein unerwarteter Zeuge.

Ein Rabe krächzte laut neben Heerse auf, weil er befürchtete, der flügellose Zweibeiner könnte ihm die Reste eines Kebabs streitig machen, die jemand neben den Mülleimer geworfen hatte.

Heerse seufzte und wandte sich an den Vogel: »Gut, dass du dich darum kümmerst!«

Während der Hauptkommissar davonstapfte, drehte der Rabe wichtigtuerisch eine Runde um die Essensreste, so als hätten ihn Heerses Worte mit Stolz erfüllt.

Nach seinem Spaziergang durch den Kurgarten stand Heerse am Goetheplatz. Automatisch schlug er den Weg Richtung »Leo« ein, wie der Leopoldsplatz von den Einheimischen genannt wurde. Er brauchte dringend einen heißen Kaffee für seinen durchgefrorenen Körper und ein gewaltiges Stück Schwarzwälder Kirschtorte für die Seele. Grübeln konnte er auch in der wohligen Wärme eines gemütlichen Baden-Badener Cafés.

* * *

Am späten Abend

»Warum wolltest du dich hier mit mir treffen? Und dann noch um diese Zeit?«, fragte Ulla Martok besorgt. »Was ist los?«

Sie bekam keine Antwort, sondern blickte in hasserfüllte Augen.

Unsicher fuhr sie fort: »Ich habe mir heute die Haare gefärbt, genau wie du es wolltest.« Sie versuchte ein Lächeln und fügte noch an: »Obwohl mir die dunkle Farbe eigentlich nicht gefällt.« Da keine Reaktion folgte, stellte sie erneut die Frage nach dem Grund ihres Hierseins: »Also, verrätst du mir, was wir hier tun?«

Das Schweigen irritierte sie zwar, aber noch ahnte sie nichts von der tödlichen Gefahr, in der sie schwebte.

Deshalb reagierte sie lediglich überrascht, als ihr Gegenüber nach einem der Werkzeuge griff.

»Wozu brauchst du jetzt einen Hammer?«, hakte sie neugierig nach.

Die Antwort kam prompt und unerwartet. Der Hammer traf Ulla an der Schläfe. Sie taumelte, stürzte zu Boden, nahm benommen die menschlichen Umrisse wahr, als man sich erneut über sie beugte, und hauchte nach dem nächsten brutalen Schlag ihr Leben aus. Noch zwei weitere Male sauste der Hammer nieder und zerschmetterte die Schädeldecke der Frau.

In der Werkstatt der Schreinerei war es kalt. Die Neonlichter an der Decke leuchteten grell und sorgten dafür, dass alles, was hier gerade passierte, ungeschönt betrachtet werden konnte.

Aus Ulla Martoks Kopfwunden sickerte Blut auf den Boden. Sie trug einen Jogginganzug, darüber eine dicke Fleecejacke, und gefütterte Stiefel. Das Augenpaar, das die tote Frau nun so durchdringend betrachtete, war mit dem Bild, das sich ihm bot, nicht zufrieden.

Umständlich wurden Ulla deshalb die Kleider ausgezogen. Als sie nur noch in Unterwäsche dalag, flüsterte eine Stimme: »So ist es besser!«

Wenige Minuten später wurde ein Schalter betätigt, und eine der Kreissägen heulte auf, so als verlangte sie wie ein hungriger Wolf nach Futter. Erst als ihr der Körper von Ulla Martok als Mahl präsentiert wurde und sich die scharfen Zähne des Sägeblatts in das Fleisch der Frau fraßen, veränderte sich der schrille, kreischende Ton und ging in ein gleichmäßiges Brummen über. Die Säge räumte jedes Hindernis aus dem Weg. Sie durchdrang das weiche Gewebe so schnell, dass das menschliche Auge nicht einmal verfolgen konnte, wie Fleisch, Sehnen und Muskeln zerfetzt wurden. Dann schredderten die gierigen Sägezähne die Knochen mit einer Leichtigkeit, als gelte es, dünne Streichhölzer zu zerbröseln. Das Blut der Frau spritzte dabei über das Metall der Säge und verteilte sich auf dem Arbeitstisch. Die Hobelmaschine daneben wurde genauso wenig verschont wie die Wand und der Fußboden.

Mit jeder Gliedmaße, die man Ulla Martok abtrennte, verwandelte sich die Schreinerei, die eben noch vom unverkennbaren Duft frischen Holzes durchzogen gewesen war, in einen Ort des Grauens, der ab sofort vom metallenen Geruch des Blutes beherrscht wurde.

Irgendwann stand der Schalter der Maschine wieder auf »Aus«. Das runde Sägeblatt rotierte nicht länger, war zur Ruhe gekommen, und das Jaulen der Kreissäge hatte aufgehört, denn das gefräßige Raubtier war nun endlich gesättigt.

* * *

Am nächsten Morgen

Rafael war außer Atem, als er an diesem Morgen seinen Arbeitsplatz erreichte. Die Schreinerei von Holger Martok lag in einem der Industriegebiete bei Baden-Baden. Normalerweise war Rafael nicht so früh unterwegs. Aber nachdem er gestern ein teureres Holz falsch zersägt hatte, war er, als Strafe für sein wiederholtes »Scheiße bauen«, wie es der erste Geselle ausgedrückt hatte, dazu verdonnert worden, heute Morgen die Werkstatt zu säubern – und zwar bevor alle anderen ihre Arbeit aufnahmen.

Deshalb hatte er schon vor sechs Uhr aufstehen müssen, um dann mit dem Fahrrad bei der Eiseskälte hier herauszufahren. Den Führerschein hatte er dank überhöhter Geschwindigkeit am Silvesterabend verloren. Holger Martok, sein Boss, war deshalb ziemlich sauer gewesen und hatte auf seine typische cholerische Weise gebrüllt: »Wir haben dich fürs Fahren eingestellt! Ein Fahrer, der nicht fahren kann, den schmeiß ich raus.«

Eigentlich hatte er es nur der Fürsprache der Chefin zu

verdanken, dass er nicht entlassen worden war. Die war nett, aber ihr Mann, der war ein Idiot. Wenn Rafael den Job nur nicht so dringend bräuchte! Ohne besondere Freude dachte er an seine Verlobte, die noch im warmen Bett lag und ansonsten das Geld, das er so sauer verdiente, mit vollen Händen ausgab. Aber als dann das Bild seiner kleinen Tochter vor dem geistigen Auge des jungen Mannes erschien, drückte er den Rücken durch und nahm sich vor, seine Strafe wie ein Mann zu tragen. Er musste sich zusammenreißen und, wenn er Glück hatte, würde ihn der Martok im nächsten Jahr vielleicht sogar ausbilden. Seiner Tochter zuliebe konnte er auch das durchstehen.

Mit den besten Vorsätzen betrat er deshalb die Schreinerei. Im Vorraum war es dunkel, aber die Tür zur Werkshalle stand offen, und er sah, dass das Licht brannte. Automatisch nahm er an, dass der Geselle bereits da wäre, um ihn beim Putzen zu kontrollieren.

Der junge Hilfsarbeiter streckte den Kopf durch die offene Tür, sendete ein lautes »Guten Morgen« in die gewaltige Halle, erhielt aber keine Antwort.

»Dann nicht«, murmelte er und marschierte zum Aufenthaltsraum, der gegenüber der Werkshalle lag. Dort öffnete er seinen Spind und zog sich um. Gerne hätte er noch eine Zigarette geraucht, aber ein Blick auf die Uhr und der Gedanke an die Tochter ließen ihn dann doch gleich zum Besen greifen.

Er durchschritt den Vorraum erneut und betrat dieses Mal die Halle. Kaum hatte er den Abschnitt erreicht, in dem die großen Maschinen standen, fiel ihm der Besen aus der Hand und landete scheppernd auf dem Boden.

Der Geruch des Blutes stieg ihm in die Nase, und er entdeckte die eingetrocknete rote Flüssigkeit, die eine der Kreissägen überzog und sich, so schien es, überall verteilt hatte. Er registrierte die purpurnen Spritzer auf dem hellen Boden, den blutverschmierten Hammer und dann sah er *sie*.

»Oh Gott«, stieß er völlig aufgelöst hervor, verdrehte die Augen, dass nur noch das Weiße zu sehen war, und fiel nach hinten, genau in die Arme des Gesellen.

»Was ist denn hier los?«, blökte der ungehalten, als er den jungen Mann auffing – dann begriff auch er, was passiert war.

In dem Berg aus Sägespänen lag Ulla Martok. Sie war kaum bekleidet, die Arme und Beine hatte man ihr abgetrennt und dann neben den Torso gelegt. Die Augen der Frau starrten die beiden Männer an, als wollten sie sagen »Bringt mich doch endlich hier weg«.

* * *

Hauptkommissar Heerse hatte der Anruf gegen sieben Uhr morgens aus dem Schlaf gerissen. Jetzt stand er in der Schreinerei und betrachtete die halb nackte Frauenleiche. Die Sägespäne, die sonst den meisten Menschen mit ihrer hellbeigen Farbe ein Gefühl von Wärme und Gemütlichkeit vermittelten, wirkten durch die blutigen Sprenkel jetzt beschmutzt und abstoßend.

»Was zum Teufel …«, fluchte er leise, brach dann aber ab.

Für einen Moment war es ihm nicht möglich, die Brutalität des Verbrechens zu ignorieren und sich ganz auf die Spurensuche zu konzentrieren.

Müller, der bereits vor Ort war, legte seinem Chef eine Hand auf die Schulter, und Heerse drehte sich dankbar zu ihm um.

»Ein junger Mann, der als Hilfskraft eingestellt wurde, hat die Leiche gefunden. Kurz nach ihm traf der Geselle ein. Der hat uns dann verständigt. Die Tote heißt Ulla Martok, sie ist die Frau des Inhabers Holger Martok«, setzte ihn Müller ins Bild.

»Wo ist der Ehemann jetzt?«, wollte Heerse wissen.

»Seit drei Tagen in Offenburg auf einer Messe, zusammen mit der Sekretärin. Wir haben ihn bereits verständigt, er ist auf dem Weg.«

Heerse nickte.

»Das Wohnhaus liegt neben der Schreinerei. Die Kriminaltechnik sieht sich dort bereits um. Aber laut denen hat es in den Privaträumen keinen Kampf oder Angriff gegeben. Bisher keine Anzeichen für ein gewaltsames Eindringen.«

»Sie ist also mit ihrem Mörder in die Werkstatt gegangen«, überlegte Heerse laut.

»Der Eindruck entsteht«, gab ihm Müller recht.

Der Gerichtsmediziner und sein Assistent betraten hinter ihnen den Raum, gefolgt von Maren, die zusammenzuckte, als sie die Leiche entdeckte.

Der Arzt begann mit der Leichenschau und den ersten Untersuchungen.

»Es gab dieses Mal wieder Schläge auf den Kopf, allerdings nicht mit einem Rohr, sondern vermutlich mit einem Hammer«, sagte er neutral und sah in Richtung des blutigen Werkzeugs auf dem Boden. »Ansonsten ist es ähnlich wie bei den anderen, aber eben nicht genauso. Schädel und Gesichtshaut sind noch vorhanden. Der Kopf wurde nicht vom Torso abgetrennt, sondern nur die Arme und Beine, nicht jedoch die Hände und Füße. Gemacht wurde das mit der Kreissäge. Außerdem ist die Anordnung der abgetrennten Gliedmaßen dieses Mal anatomisch korrekt.«

»Was hat das zu bedeuten? Warum eine erneute Abweichung?«, fragte Müller stirnrunzelnd.

Der Gerichtsmediziner, der sich angesprochen fühlte, zuckte mit den Schultern. »Keine Ahnung, ich werde die Autopsie schnellstmöglich vornehmen.«

Es war Maren, die schließlich ein wenig atemlos sagte: »Vielleicht lag es an den Pressemeldungen?«

»Wie meinst du das?«, fragte der Hauptkommissar.

»In den letzten Wochen stand viel über die Morde in den Zeitungen. Wenn die auch nicht alles wissen, dann wurde der Fall trotzdem ziemlich breitgetreten. Viele Menschen gaben ihre Einschätzungen ab, und es folgten jede Menge Spekulationen. Was, wenn der Täter uns damit sagen will: ›Ihr wisst gar nichts, und ihr könnt es auch nicht vorhersehen?‹«

»Du denkst, er fühlte sich durch die Medien provoziert?«, hakte Müller nach.

»Wäre doch möglich«, verteidigte Maren ihre Theorie. »Auf diese Weise sagt er uns, dass wir vollkommen im Dunkeln tappen. Wir versuchen herauszufinden, warum er die Frauen erschlägt, da tötet er Claudia Wesel durch Messerstiche. Wir zerbrechen uns den Kopf, weshalb er ihre Gesichter mitnimmt, da lässt er es beim nächsten Opfer zurück. Kaum gehen wir davon aus, dass er die Leichenteile jedes Mal mit Absicht falsch an den Torso anlegt, da macht er es bei der nächsten Toten richtig.«

Der Hauptkommissar schwieg zu Marens Ausführungen – nicht weil er sie für absurd hielt, sondern weil er gerade dabei war, mit den gleichen Argumenten eine völlig andere Schlussfolgerung zu ziehen.

* * *

Heerse und sein Team betraten das Wohnhaus der Martoks. Die Einrichtung wirkte protzig und überladen. Im Wohnzimmer gab es neben einem Schrank für teure Spirituosen auch eine Vitrine, in der der Hausherr seine Uhrensammlung ausstellte. Einige der großen Chronografen mussten mehrere Tausend Euro wert sein.

»Einen Raubüberfall können wir wohl definitiv ausschließen«, bemerkte Müller, als er die Armbanduhren begutachtete.

»Ja, hier sieht es wirklich nicht nach einem Einbruch aus«, stimmte ihm Heerse zu, der Maren ins obere Stockwerk schickte, während er und Müller sich die Küche vornehmen wollten.

Wie bei einem Schreiner nicht anders zu erwarten, dominierte dort Holz als bevorzugtes Material. Der Raum wirkte sehr aufgeräumt, lediglich ein benutzter Teller stand in der Spüle.

»Man gewinnt nicht gerade den Eindruck, als hätte die Frau kurz vor ihrem Tod Besuch gehabt«, kommentierte Heerse den Fund im Waschbecken. »Sie war zwar gestern allein, aber nicht alleinstehend«, brummte er unzufrieden.

Müller griff den Kommentar auf, indem er sagte: »Eigentlich passt sie damit nicht ins Opferprofil. Einzig die dunklen Haare schaffen eine Verbindung.«

Maren, die genau in dieser Sekunde aufgeregt den Raum betrat, hatte die letzte Bemerkung ihres Kollegen aufgeschnappt und wedelte triumphierend mit einer der durchsichtigen Beweismitteltüten, in der sich eine Schachtel befand. »Fragt sich nur, seit wann Frau Martok das Blond hinter sich gelassen hat.« Die Kommissarin hob einen kleinen Fotorahmen in die Höhe. »Das scheint jüngeren Datums zu sein. So wie ich das sehe, hat sich unser Opfer erst vor Kurzem die Haare dunkel gefärbt. Die Verpackung der Intensivtönung habe ich im Badezimmer gefunden, sie lag im Mülleimer.«

Heerse trat auf sie zu und betrachtete neugierig zuerst das Foto von Ulla Martok und dann die Färbemittelverpackung. Er stutzte.

»Ist dir aufgefallen, woher das Zeug stammt?«, wandte sich der Hauptkommissar an seine Mitarbeiterin.

Maren sah sich die Schachtel genauer an. »Das gibt es doch gar nicht!«, rief sie überrascht aus, wurde dann aber verlegen, weil ihr das entgangen war.

Heerse kritisierte sie jedoch nicht, sondern las den Werbeslogan auf der Färbemittelverpackung laut vor: »Jerome macht auch Hausbesuche!«, stand dort über dem Foto eines dunkelhaarigen Models, das die Käuferinnen anlocken sollte. »Nicht gerade sehr originell, aber Ulla Martok hat es offensichtlich überzeugt«, sagte Heerse nachdenklich. Er zögerte einen Moment, bevor er seine Kollegen wortlos stehen ließ und zur Schreinerei eilte. Auf dem Hof standen die Arbeiter. Mittlerweile war die gesamte Belegschaft erschienen.

Heerse ging auf die Gruppe zu. »Welche Haarfarbe hatte Frau Martok?«, fragte er ohne Einleitung.

Die, die später gekommen waren und die Leiche nicht gesehen hatten, antworteten gleichzeitig. »Blond«, sagten die Männer, ohne zu zögern.

Der Hauptkommissar blickte zu den beiden, die die Frau des Chefs gefunden hatten. Die nickten zustimmend.

»Im ersten Moment habe ich sie deshalb auch gar nicht erkannt«, begann der Geselle zu sprechen. »Gestern jedenfalls, als ich mich verabschiedet habe, da waren ihre Haare noch hell gewesen.«

Der junge Hilfsarbeiter stimmte seinem Kollegen mit einem krächzenden Laut zu.

Heerse ließ die Männer ohne Erklärung stehen und marschierte wieder zum Haus. Müller und Maren kamen ihm entgegen.

»Findet raus, wo man die Produkte unseres Starfriseurs bekommt. Sie hat sich erst gestern Abend, kurz vor ihrem Tod, die Haare gefärbt.«

Maren, die ihre Unachtsamkeit von eben wiedergutmachen wollte, hatte bereits die Rückseite der Packung studiert. »Hier steht, der Vertrieb erfolgt exklusiv über die Läden von Jerome.«

»Umso besser, das schränkt die Suche ein. Vielleicht finden wir im Haus einen Kassenzettel, damit könnten wir feststellen, wann und in welcher Filiale sie eingekauft hat.

Sucht den Geldbeutel des Opfers. Wir müssen prüfen, ob es eine Verbindung zu Jerome oder seiner eifersüchtigen Freundin gibt.«

»Du meinst, es hat vielleicht wirklich einen Hausbesuch gegeben?«, fragte Müller ernst nach.

»Ich will es gegebenenfalls ausschließen können und …« Weiter kam der Hauptkommissar nicht, denn in diesem Augenblick fuhr eine große, schwarze Limousine auf den Hof, die auch das Auftauchen eines Staatspräsidenten hätte ankündigen können.

Irgendwer rief »Das ist der Chef«, als der Wagen zum Stehen kam und die Tür aufgerissen wurde.

Holger Martok war auf der Fahrerseite ausgestiegen und rannte zum Eingang der Schreinerei.

Die aufgestellten Scheinwerfer der Kriminaltechnik ermöglichten eine Spurensuche vor dem Gebäude, schließlich war es noch früher Morgen und entsprechend finster. Sie zeigten dem Ehemann aber auch den Weg zu der Stelle, an der das Unglück passiert war. Absperrband sollte dem Mann den Zutritt verwehren, aber der ließ sich erst durch die starken Arme eines Uniformierten aufhalten.

Wütend brüllte Holger Martok, man möge ihn loslassen, er wolle zu seiner Frau. Dabei gebärdete er sich wie ein Wahnsinniger. Hauptkommissar Heerse, der diese Art der Trauer kannte und nur zu gut verstand, näherte sich schnell dem Mann, um einzugreifen.

Mit geduldiger Stimme stellte er sich vor und fragte: »Herr Martok?«

Der andere sah ihn mit unruhigem Blick an und zischte: »Was?«

»Ich bin Hauptkommissar Heerse, ich leite die Ermittlungen. Ich möchte Sie bitten zurückzutreten. Die Kollegen …«

Ohne den Beamten zu Ende sprechen zu lassen, folgte eine scharfe Erwiderung: »Sie werden mir nicht sagen, wie ich mich auf meinem eigenen Grund und Boden zu verhalten habe! Wenn meine Frau da drin ist, dann will ich zu ihr.«

Noch hielt ihn der starke Griff des Polizisten davon ab, die Schreinerei zu betreten, aber die Gegenwehr von Holger Martok hörte nicht auf.

»Herr Martok«, versuchte es Heerse erneut, »wir müssen die Spuren sichern, damit wir den, der dafür verantwortlich ist, finden können.«

Jedes Wort, das der Hauptkommissar an den Ehemann des Opfers richtete, schien diesen zu provozieren.

Das zeigte sich auch in seiner zornigen Erwiderung: »Um den zu finden, der das getan hat? Dass ich nicht lache. Sie suchen diesen psychopathischen Frauenmörder doch schon seit Monaten ohne Erfolg. Hätten Sie Ihren Job gemacht, dann würde meine Frau noch leben. Sie sind schuld!«, stieß er wütend hervor und stemmte sich wieder mit aller Kraft gegen den Beamten, der ihn festhielt.

Plötzlich erklang neben ihnen eine Frauenstimme: »Herr Martok, so geht das nicht!«

Überraschenderweise gab der Angesprochene seinen Widerstand bei diesen Worten sofort auf.

»Die Polizei muss ihre Arbeit machen. Ich bin mir sicher, dass die Herren es einrichten werden, dass Sie von Ulla in aller Ruhe Abschied nehmen können«, sagte die Unbekannte nun fürsorglich.

Der Beamte hinter Martok ließ auf ein Zeichen von Heerse den Ehemann des Opfers los.

Der schlug daraufhin die Hände vors Gesicht und stöhnte: »Es ist so furchtbar, meine Ulla! Und ich war nicht hier.«

»Sie können mit Herrn Martok ins Wohnhaus gehen. Die Kriminaltechnik ist noch nicht ganz fertig, aber die Küche ist sicher schon freigegeben. Der Kollege wird Sie begleiten.«

»Man durchsucht mein Haus?«, fuhr Martok hoch und vergaß seinen Kummer. »Was fällt Ihnen ein?«

Wieder beruhigte ihn die Frau an seiner Seite. Heerse betrachtete sie interessiert. Sie musste etwa um die dreißig sein. Ihr Gesicht war überaus ansprechend, wenn auch wenig sympathisch. Zumindest empfand es der Hauptkommissar so, denn selbst die weiche Stimme, mit der sie auf Martok einredete, konnte nicht verhindern, dass ihre Miene arrogant wirkte.

Sie reagierte auf die Blicke des Polizisten und streckte ihm die Hand entgegen. »Ich bin Karin Lechter, die Sekretärin und Buchhalterin von Herrn Martok.«

»Vielleicht könnten Sie Ihren Chef zum Haus bringen, ich werde dann sofort zu Ihnen kommen.«

»Aber natürlich«, antwortete sie höflich und griff mit ihrer Hand unter Martoks Ellbogen, dann lotste sie ihn zum Wohngebäude. Ihre Bewegungen waren sehr weiblich, fast schon ein wenig übertrieben, so als würde sie einen roten Teppich entlangschlendern. Aber sicher gab es genug männliche Augenpaare, die Karin Lechters Art zu gehen mit Freuden beobachteten.

Eine halbe Stunde später war die Kriminaltechnik im Wohnhaus fertig. Einen Kaufbeleg für das Haarfärbemittel konnten sie allerdings nicht finden, was bedeutete, dass sie die Filialen von Jerome abklappern mussten. Zuvor sollten jedoch die Angestellten der Schreinerei einer ersten Befragung unterzogen werden.

Heerse wollte zusammen mit Maren den Ehemann vernehmen, Müller begann mit den Arbeitern. Einer nach dem anderen wurde in die Küche des Wohnhauses gerufen, während Holger Martok im Wohnzimmer seine Aussage machte.

* * *

Kapitel 10

Holger Martok saß auf einem der Sessel und hielt den Kopf gesenkt, während Karin Lechter auf der Couch Platz genommen hatte und ein mitfühlendes Gesicht machte. Auf dem Tisch stand ein Glas Schnaps, vermutlich zur Beruhigung.

Als Heerse eintrat, machte die Sekretärin Anstalten, aufzustehen und zu gehen, aber Martok hielt sie zurück: »Nein, bitte, Frau Lechter …« Sein Blick wanderte zum Hauptkommissar. »Wenn Sie nichts dagegen haben? Frau Lechter ist mir in dieser furchtbaren Zeit eine Stütze.«

»Aber sicher«, entgegnete Heerse großmütig, während Maren überrascht zu ihrem Chef sah.

Frau Lechter setzte sich wieder und murmelte bescheiden Richtung Martok: »Das ist doch selbstverständlich.«

»Nein, nein«, beharrte der, »ohne Sie würde ich das nicht überstehen.«

Erwartungsvoll blickte der Ehemann des Opfers nun zu den Polizisten. Da keiner sprach, herrschte eine unangenehme Stille.

Heerse schwieg so lange, bis er die erste Unmutsfalte auf dem Gesicht von Holger Martok entdeckte, dann fragte er ohne Umschweife, aber immer noch sehr zuvorkommend: »War Ihre Ehe glücklich, Herr Martok?«

Wie zu erwarten reagierte der Befragte zornig: »Was soll das heißen? Was hat man Ihnen erzählt?«

»Was könnte man mir denn erzählen?«, antwortete Heerse mit einer Gegenfrage.

»Sie …« Martok kam ins Stottern, ob vor Wut oder Verlegenheit, war schwer zu sagen.

»Herr Martok, solche Fragen muss die Polizei stellen«, mischte sich Karin Lechter ein, und für einen kurzen Augenblick berührte ihre Hand den Arm des Mannes. Die Geste war völlig natürlich und freundschaftlich, aber Martok zuckte zurück und sah sie böse an.

»Ist ja schon gut«, knurrte er, bevor er sich wieder Heerse zuwandte. »Es tut mir leid«, sagte er dieses Mal, und man merkte ihm an, dass er es nicht gewohnt war, sich für irgendetwas zu entschuldigen. »Meine Sekretärin hat natürlich recht. Offensichtlich ist es Ihr Job, im Privatleben anderer Menschen herumzuschnüffeln.« Die Phase der Reue hatte nicht lange angehalten. »Also, was wollen Sie wissen?«, fragte er schnippisch.

»Ihre Ehe?«, wiederholte sich der Beamte.

»Die war gut, hervorragend«, antwortete der Mann gereizt.

Als Heerse darauf nichts erwiderte, sah sich Martok genötigt, fortzufahren: »Wir haben jung geheiratet und das Geschäft miteinander aufgebaut.«

»Wie lange arbeiten Sie schon in der Firma von Herrn und Frau Martok?«, wandte sich Heerse nun unvermittelt an Karin Lechter.

Die sah den Beamten mit festem Blick an und antwortete: »Seit fast drei Jahren.«

»Und was sind Ihre Aufgaben?«

»Ich kümmere mich um alles, was im Büro anfällt. Verträge, Buchhaltung, Telefon.«

»Deshalb hat sie mich auch begleitet«, warf Holger Martok ein.

»Erzählen Sie mir von der Messe«, nahm Heerse seinen Kommentar zum Anlass, mehr zu erfahren.

»Wir sind da jedes Jahr vertreten. Kundenpflege, wenn Sie so wollen. Wir haben die Kapazitäten, uns für große Projekte zu bewerben. Auf der Messe bietet sich die Gelegenheit, direkt Angebote abzugeben. Das ist zwar mühsam, aber es lohnt sich. Natürlich gehört da mehr dazu, als nur Händeschütteln. Die Kunden wollen hofiert werden. Abendessen,

Einladungen an die Bar, so was eben. Deshalb bleibe ich auch im Hotel und fahre nicht nach Hause.«

»Ich hatte mich schon gewundert«, gestand Heerse. »Schließlich fährt man von Offenburg nach Baden-Baden nur eine Dreiviertelstunde, oder?«

»Mit dem richtigen Wagen und wenn keine Sonntagsfahrer unterwegs sind, schafft man es auch in einer halben«, erwiderte Martok angeberisch.

Maren Teuber beobachtete das Gespräch interessiert. Sie hatte ihren Chef schon bei vielen Verhören erlebt, aber heute wirkte er ein wenig ungeübt, so als würde er dem Zeugen die Gesprächsführung überlassen. Auch Martok schien das zu bemerken, denn er richtete sich in seinem Sessel auf und nahm eine merkwürdig großkotzige Haltung an für einen Mann, der gerade auf so tragische Weise die Ehefrau verloren hatte.

Heerses Schweigen schien eine Einladung für ihn zu sein, sich in Szene zu setzen. »Ich habe mit einer Maschine angefangen, bin von Baustelle zu Baustelle, um an Aufträge zu kommen, und jetzt sehen Sie mich an. Die Firma steht glänzend da. Sie sollten mal mein Auftragsbuch von der Messe sehen. Wir haben einen Neukunden, für den werden wir drei Hotels ausstatten.«

Er endete, und es war, als würde er Applaus erwarten.

»Da gratuliere ich«, sagte Heerse, wie es von ihm erwartet wurde.

»Ja, das schafft man nicht, wenn man faul auf seinem Arsch sitzt. Wir haben gestern Abend noch die Verträge fertig gemacht.«

Er wandte sich an seine Sekretärin: »Wissen Sie noch die Zeit?«

Karin Lechter zuckte mit den Schultern und überlegte kurz, bevor sie antwortete: »Das muss von acht Uhr bis circa halb elf gewesen sein. Sie wollten noch den Abschnitt mit den Gewährleistungsansprüchen umgeschrieben haben, deshalb saßen wir so lange.«

»Richtig«, entgegnete Martok. »Und danach habe ich Frau Lechter auf ein Glas Sekt in der Bar eingeladen. Sozusagen, um zu feiern. Sie hatte es sich verdient nach der vielen Arbeit.« Er seufzte und sagte wie nebenbei: »Wir hatten noch einiges zu besprechen, für heute waren nämlich weitere Termine geplant. Es war sicher schon nach Mitternacht, als wir auf unsere Zimmer sind. Frau Lechter ging vor mir nach oben, ich habe mir in der Raucherlounge noch eine Zigarre gegönnt. Der Barkeeper des Hotels wird das sicher bestätigen.«

»Das ist gut zu wissen«, erwiderte Heerse ernst und ließ sich Name und Adresse der Unterkunft geben.

»Wenn ich daran denke, dass Ulla vielleicht gerade in der Zeit hat sterben müssen, in der wir über den Verträgen saßen …«, nahm Martok den Faden wieder auf und sah geistesabwesend in eine Ecke des Raumes. Dann griff er nach dem Glas auf dem Tisch und trank einen großen Schluck. »Es tut mir leid, es fällt mir schwer, das zu verkraften. Wie soll es jetzt nur weitergehen?«

Der Hauptkommissar gab sich verständnisvoll und stellte behutsam seine nächste Frage: »Wann haben Sie das letzte Mal mit Ihrer Frau gesprochen?«

»Ich habe sie so gegen halb sieben angerufen und ihr mitgeteilt, dass wir den Hotelauftrag bekommen. Sie hat sich gefreut. Und dann versuchte ich es noch einmal gegen halb zehn, aber da hat sie nicht abgenommen. Ich dachte, sie wäre schon zu Bett.«

»Warum?«, hakte Heerse nach.

Martok sah ihn verdutzt an. Es war ihm anzumerken, dass er an Heerses Fähigkeiten zweifelte. »Warum?«, wiederholte er deshalb genervt.

»Ja, warum haben Sie Ihre Frau noch einmal um halb zehn angerufen?«

Martok reagierte unwirsch. »Um ihr eine gute Nacht zu wünschen. Was sind das denn für merkwürdige Fragen?«

Heerse ignorierte seinen Einwand, sondern bohrte weiter: »Haben Sie das jeden Abend so gemacht? Ich meine: angerufen und gute Nacht gesagt?«

Für Maren Teubers Geschmack schien Martok für eine so simple Antwort ziemlich lange zu überlegen, bis er schließlich zischte: »Manchmal, wenn ich Zeit hatte. Was interessiert Sie das denn? Sollten Sie sich nicht lieber erkundigen, ob meine Frau Feinde hatte?«

»Sicher, das ist eine gute Frage. Also hatte Ihre Frau Feinde?«, griff der Hauptkommissar den Punkt auf.

»Nicht dass ich wüsste«, antwortete der Ehemann.

»Herr Martok«, begann Heerse und sah sein Gegenüber dabei eindringlich an, »wussten Sie, dass sich Ihre Frau gestern Abend die Haare dunkel gefärbt hat?«

»Nein, ich hatte keine Ahnung«, erwiderte Heerses Gegenüber sofort überrascht.

»War Ihre Frau ein spontaner Typ?«

»Das würde ich nicht sagen«, antwortete Martok zögernd.

»Hätten Sie es bemerkt, wenn Ihre Frau eine außereheliche Beziehung gehabt hätte?«

Anstatt auf die Frage einzugehen, schlug Martok die Hände vors Gesicht und schüttelte den Kopf. Es sah so aus, als würde er weinen, aber als er die Hände herunternahm, gab es keine Tränen. »Sie denken, Ulla hat jemanden kennengelernt?«, fragte er, und es war unklar, ob ihn der Gedanke wirklich überraschte. Dann kniff er die Augen zusammen und schien zu überlegen. »Möglich wäre es natürlich«, fuhr er fort. »Vielleicht hat es Streit gegeben, und er hat sie …« Das letzte Wort sprach er nicht aus.

»Und wie sehen Sie das, Frau Lechter?«, richtete Heerse nun zur Verwunderung aller das Wort an die Sekretärin.

»Ich?«, fragte diese überrumpelt.

»Sie sind eine kluge Frau, sicher haben Sie eine gute Auffassungsgabe. Frauen betrachten ihre Geschlechtsgenossinnen doch wesentlich kritischer als wir Männer. Zumindest sagt das meine Frau immer. Daher würde mich interessieren, ob Ihnen etwas an Frau Martok aufgefallen ist.«

Karin Lechter erweckte den Eindruck, als würde sie mit sich ringen, schließlich antwortete sie mit einem gedehnten »Na ja«. Sie sah zu ihrem Chef. »Sie schien in letzter Zeit öfter zerstreut. Gut möglich, dass der Grund dafür ein anderer Mann war.«

Heerse entschloss sich, die Spekulationen etwas abzumildern, und sagte: »Momentan müssen wir für alles offen sein. Ich möchte aber nicht, dass Sie aufgrund unserer Fragen einen falschen Eindruck gewinnen.«

»Sicher«, antwortete Martok mit rauer Stimme. »Danke, Herr Hauptkommissar, ich weiß, Sie machen nur Ihre Arbeit.«

Man verabschiedete sich, und erst als Heerse mit Maren im Hof außer Hörweite war, fragte die: »Ist alles in Ordnung?«

»Wie meinst du das?«, entgegnete ihr Vorgesetzter.

Sie zögerte. »Ich will dir nicht zu nahe treten, aber irgendwie warst du heute anders.« Sie suchte nach dem richtigen Wort und entschloss sich für »zurückhaltend«.

Er sah sie belustigt an: »Du wolltest eigentlich sagen *ungeschickt*.«

Maren errötete, aber Heerse war nicht wütend. Das Gegenteil schien der Fall. »Wenn ich diesen Eindruck vermitteln konnte, dann umso besser.«

»Das war eine Taktik?«, rief sie überrascht. »Du wolltest die beiden aus der Reserve locken? Glaubst du, die haben etwas mit dem Mord zu tun?«

»Das glaube ich tatsächlich. Schon ein Blick auf den Tatort schließt doch aus, dass es sich um den gleichen Mörder handelt wie bei den anderen Frauen. Wir haben hier einen Trittbrettfahrer. Nur die Details, die auch in der Zeitung standen, sind bei der Inszenierung von Ulla Martoks Leiche berücksichtigt worden. Dazu kommt, dass Frau Martok überhaupt nicht ins Opferprofil passt. Nimm nur die Haarfarbe. Es ist doch eigenartig, dass sie sich die Haare erst am Abend ihres Todes dunkel gefärbt hat. Das heißt, der Mord an Ulla Martok ist ein unabhängiger Fall. Wir stehen also am Anfang. Und wo beginnen wir normalerweise als Erstes mit der Suche nach dem Täter?« Er beantwortete sich die Frage selbst, indem er sagte: »Im direkten Umfeld des Opfers. Ich vermute, die beiden haben ein Verhältnis und wollten die lästige Ehefrau loswerden. Das würde zumindest einiges erklären. Die kleine, nette Theatervorstellung, die wir eben geboten bekommen haben, bestätigt das noch.«

»Jetzt, wo du es sagst, war das tatsächlich alles etwas dick aufgetragen.« Maren ließ in Gedanken das Verhör Revue passieren. »Die tiefe Verzweiflung, aber keine einzige Träne, dann seine Ungeduld und Protzerei, das passt nicht zu einem trauernden Mann. Und wie er gleich die Theorie aufgegriffen hat, dass seine Frau einen Liebhaber hätte. Ganz zu schweigen vom Gebaren der Sekretärin als Fels in der Brandung, unermüdlich und selbstlos im Einsatz für den Chef. Und er konnte es ja gar nicht erwarten, dir sein Alibi zu präsentieren. Stimmt, das war zu viel«, erwiderte Maren ein wenig von sich enttäuscht, weil ihr das nicht sofort aufgefallen war. »Aber warum nehmen wir sie dann nicht fest?«

»Weil uns noch die Beweise fehlen. Und bis wir die haben, sollen die zwei ruhig davon ausgehen, dass ich etwas begriffsstutzig bin. Das Gefühl von Sicherheit kann die Menschen leichtsinnig machen, und das kommt uns zugute. Also an die Arbeit.« Damit drückte er ihr den Schlüssel seines Dienstwagens in die Hand und sagte: »Schnapp dir einen Kollegen und fahre sofort nach Offenburg. Sprich dort mit den Hotelangestellten.«

»Ich soll die Telefonlisten überprüfen und den Barkeeper wegen Martoks Aussage befragen«, erwiderte sie, bevor ihr Chef die Anweisungen selbst erteilen konnte.

»Ja, und falls es Überwachungskameras gibt, lass dir die

Bänder zeigen. Und rede mit den Zimmermädchen über benutzte und unbenutzte Betten.«

»Verstehe«, sagte Maren mit einem Grinsen, »ich bin schon unterwegs.«

Heerse wünschte ihr eine gute Fahrt und verschwand wieder im Haus.

* * *

Während Hauptkommissar Heerse im Laufe des Tages einige interessante Entdeckungen machte, war die Stimmung in dem ehemaligen Partykeller gedämpft.

Der gefrorene Schädel von Christina Furtoch hatte wie gewohnt seinen Platz auf dem Couchtisch eingenommen. Die blauen Strähnen hinter der Folie gaben ihrem Gegenüber heute das Gefühl, die Medusa zu betrachten, jene Gestalt mit den Schlangenhaaren, die aus der griechischen Mythologie stammte.

»Du bist mir keine Freundin, du falsche Schlange«, war deshalb auch eine laute Verwünschung zu hören. »Vermutlich bist du niemandes Freundin, sonst hätte man dich schneller identifiziert. Ich wette, es war dein Typ, dieser verkommene Mango, der sich schließlich doch noch erbarmt hat.«

Ein spöttisches Auflachen erklang. »Was glaubst du, warum er endlich etwas unternommen hat?« Der Körper im Halbdunkel beugte sich vor, und boshaft verzogene Lippen näherten sich dem eingewickelten Kopf. »Die haben eine Belohnung ausgesetzt, da hat er wohl nicht widerstehen können. Als du mir sagtest, er würde dich nicht lieben, da hast du vermutlich das einzige Mal in deinem Leben die Wahrheit gesagt.«

Es folgte ein langer, gequälter Seufzer, während die alte Zeitung ordentlich zusammengelegt wurde. »Diese Polizisten geben einfach keine Ruhe. Warum können die denn nicht begreifen, wie notwendig das alles ist?«

Mit langsamen Schritten bewegte sich die Person im Keller Richtung Spiegel. Der war nichts weiter als ein Brett, auf das man verspiegelte Quadrate geklebt hatte. Einige Ecken waren abgeschlagen, und es gab bereits blinde Stellen. Im Halbdunkel sah man die Reflexion eines Gesichts auf der glänzenden Oberfläche. Es hatte die Züge von Lea Bauer, dem ersten Opfer. Das gefrorene Antlitz der Toten wurde fest gegen die eigene Haut gepresst, so als wäre es eine Maske. Das Bild hatte etwas Unwirkliches, erinnerte an eine makabre Verkleidung und schien doch ein tröstliches Gefühl zu vermitteln.

»So kann ich dir wenigstens für einen Moment nahe sein«, flüsterte die Stimme voller Zärtlichkeit.

Doch die Ruhe war trügerisch. Lautes Getrampel und Kinderlachen machten der Maskerade ein Ende. Der Augenblick war zerstört, obwohl das Trampeln und Lachen, das so unerwartet von der Straße in den alten Partykeller gedrungen war, bereits wieder verstummte.

»Ihr habt euch alle gegen mich verschworen«, zischte die Stimme nun wütend und richtete das Wort wieder an den Schädel auf dem Tisch. »Nein, du bist keine Freundin, das warst du nie, trotzdem wollte ich es versuchen. Aber jetzt wird es Zeit, dass du verschwindest, genauso wie dieser neugierige Junge. Warum müssen sich die Menschen immer in Dinge einmischen, die sie nichts angehen? Dieser neugierige, dumme Junge.«

* * *

In der Dienststelle der Kriminalpolizei

Es war schon spät am Abend. Hauptkommissar Heerse war selbst erstaunt, wie sich seine Theorie im Fall von Ulla Martok immer mehr zu bestätigen schien. Allerdings hätte er sich neben den Indizienbeweisen noch einen Zeugen gewünscht. Heerse besprach sich gerade mit seinen Mitarbeitern, als der Beamte vom Empfang meldete, dass jemand mit Oberkommissar Müller sprechen wollte. Überraschenderweise stellte sich heraus, dass es sich um den Hilfsarbeiter von Holger Martok handelte. Müller hatte die Belegschaft am Morgen befragt und den Arbeitern nahegelegt, sich zu melden, falls ihnen im Nachhinein noch irgendetwas einfallen sollte.

Rafael saß nun in einem der Vernehmungsräume und fühlte sich sichtlich unwohl. Vor ihm auf dem Tisch lag ein großer Briefumschlag, den er ständig hin und her schob.

Da sich der junge Mann direkt an Müller gewandt hatte, führte der auch das Gespräch. Heerse saß dabei, hielt sich aber bewusst zurück.

»Sie sagten doch, wir sollten uns melden, wenn uns noch etwas einfällt«, begann Rafael mit gequälter Miene.

»Das habe ich gesagt, ja«, erwiderte Müller und nickte seinem Gegenüber aufmunternd zu.

»Sie wollten doch wissen, wie sich der Chef und die Chefin verstanden haben?«, brachte der Zeuge nun zögernd hervor.

Die beiden Beamten konnten ihre Anspannung kaum verbergen, versuchten jedoch Rafael nicht zu drängen.

»Stimmt.« Müller überflog sein verfasstes Protokoll von der Vernehmung am Morgen und wiederholte, was dort stand: »Sie haben ausgesagt, dass Sie annehmen, dass bei den beiden alles in Ordnung gewesen sei.«

Diese Aussage hatte sich mit denen der anderen Mitarbeiter gedeckt.

»Hat sich daran etwas geändert?«, fragte der Oberkommissar nun vorsichtig.

Rafael presste die Lippen zusammen, dann schob er wütend den Briefumschlag über die Tischplatte und forderte die Beamten damit auf, ihn zu öffnen und den Inhalt zu lesen.

»Der ist von meinem Boss.«

»Hat er Ihnen gekündigt?«, meldete sich Heerse das erste Mal zu Wort und befürchtete, der Junge wäre hier, um sich jetzt für die Entlassung durch unhaltbare Anschuldigungen an seinem Chef zu rächen.

Umso erstaunter war er deshalb, als Rafael zischte: »Nein, Scheiße, er hat mir einen Ausbildungsvertrag gegeben.«

Auch Müller sah verblüfft zu dem Zeugen. »Das müssen Sie uns jetzt erklären.«

Rafael setzte sich etwas aufrechter hin und holte tief Luft, dann begann er zu sprechen: »Ich habe die beiden erwischt, heute, nachdem Sie und Ihre Leute weg waren.«

»Wen?«, fragte Müller, obwohl er die Antwort schon kannte.

»Na, den Martok und die Lechter. Ich habe gesehen, dass er sie geküsst hat. Ich bin ins Wohnhaus, der Geselle hat mich geschickt. Was typisch ist, denn der ist ein Feigling. Hatte Schiss, der Martok würde ihn anbrüllen, wenn er dort auftaucht. Aber einer musste mit dem Chef sprechen, schließlich wussten wir nicht, wie es weitergehen würde. Also hat es mich getroffen. Und ich bin voll ins Fettnäpfchen getappt.«

Er durchlebte offensichtlich noch einmal die Situation vor der Wohnungstür. »Klingelt man besser, wenn in einem Haus getrauert wird, oder schlüpft man leise hinein? Jedenfalls wünsche ich mir jetzt, ich hätte geklingelt.«

»Sie gingen also einfach hinein«, griff Heerse ein, um die Sache abzukürzen.

»So war es, und dann …« Er suchte nach den richtigen Worten. »Jedenfalls sind die auseinandergesprungen wie die Kakerlaken, wenn das Licht angeht.«

»Und? Was hat Herr Martok gesagt?«, hakte Müller nach.

»Erst schwieg er, was schon merkwürdig genug war, aber dann wurde er auch noch so richtig freundlich. Ich habe ihm erklärt, dass die Kollegen wissen wollten, wie es weitergeht. Da hat er mir auf die Schulter geklopft und gesagt, dass er es schätzen würde, wenn jemand die Initiative ergreift und die Führung übernimmt.«

Rafael sah unglücklich zu den beiden Beamten. »Als würde ich das tun«, empörte er sich. »Natürlich habe ich erklärt, dass ich lediglich als Bote geschickt wurde, aber davon wollte er nichts hören. Ich sei ein guter Mann, und ich hätte eine Chance verdient. Außerdem wäre das sicher im Sinne seiner Frau Ulla gewesen. Später hielt ich dann den unterschriebenen Ausbildungsvertrag in den Händen.«

»Und Sie denken, Ihr Chef hat Sie damit bestechen wollen.«

Wieder holte der junge Mann heftig Luft. »Klar, der will nicht, dass ich erzähle, was ich gesehen habe. Der Martok kann mich nicht leiden und schätzt schon gar nicht meine Fähigkeiten. Er hat mich nur deshalb behalten, weil Frau Martok ein gutes Wort eingelegt hat. Natürlich will er mich mit dem Vertrag kaufen. Ich bin kein Idiot. Wenn das Verhältnis der beiden rauskommt, sieht es für den Chef nicht gut aus. Aber wenn er nichts mit dem Tod seiner Frau zu schaffen hat, warum dann die Heimlichtuerei? Ich wollte das Richtige tun, deshalb bin ich hier.«

»Es war sehr anständig von Ihnen, zu uns zu kommen«, sagte Müller mit ehrlicher Anerkennung.

»Und vermutlich auch ziemlich dumm«, antwortete der junge Mann mit einem schiefen Lächeln. »Die Ausbildung kann ich ja vermutlich vergessen, wenn Sie dem Martok wegen meiner Aussage zusetzen. Wenn ich das meiner Freundin erzähle, wird sie mir den Kopf abreißen. Aber ich musste immer an die arme Chefin denken. Wenn der Scheißkerl dafür verantwortlich ist, dann wünsche ich mir, dass er bestraft wird. Und wenn nicht, dann soll er zumindest dieses scheinheilige Getue vom trauernden Ehemann lassen. Und dann musste ich an meine Tochter denken, und mir gefiel der Gedanke nicht, dass meine und ihre Zukunft auf so einem faulen Deal aufgebaut wird.« Er seufzte laut. »Ja, ich glaube, ich bin doch ein Idiot. So denkt man eigentlich nicht, oder?«

Müller musste lächeln. »Wir schon, und ich kann Ihnen nur sagen, dass ich wirklich den allergrößten Respekt vor Ihnen und Ihrer Entscheidung hierherzukommen habe. Ja, vermutlich hätte das nicht jeder getan, aber Sie sind eben nicht jeder. Gott sei Dank!«

Rafael blinzelte ein wenig verlegen. Offensichtlich war er so große Worte der Anerkennung nicht gewohnt. Er nickte dankbar.

Müller drückte ihm beim Abschied die Hand und sagte: »Sie haben noch meine Karte?«

Rafael bejahte das.

»Gut. Wenn Sie irgendwann einmal jemand nach Referenzen fragt, zum Beispiel ein neuer Arbeitgeber, dann sagen Sie ihm, er kann mich jederzeit anrufen.«

»Danke!«, antwortete ihm der junge Mann mit belegter Stimme und machte sich mit gemischten Gefühlen auf den Heimweg.

* * *

Nach der Aussage von Rafael beantragte Hauptkommissar Heerse zwei Haftbefehle. Jetzt hatte er neben den Indizienbeweisen auch einen Zeugen.

Kurze Zeit später saßen Holger Martok in dem einen und Karin Lechter in dem anderen Vernehmungszimmer. Man hatte sie über ihre Rechte aufgeklärt, und wie aus dem Nichts waren Anwälte aufgetaucht. Heerse sah sich die Hauptverdächtigen im Mordfall Ulla Martok durch die verspiegelte Scheibe an, dann sagte er. »Wir beginnen mit der Frau.«

Karin Lechter war gefasst. Der Anwalt an ihrer Seite verzog keine Miene.

»Sie sind die Geliebte von Holger Martok«, begann Heerse sachlich. Er formulierte den Satz nicht als Frage, sondern als Feststellung.

Die Frau sah kurz zu ihrem Rechtsbeistand, und als der nickte, gab sie eine Antwort: »Ich nehme an, es geht um das, was dieser einfältige Arbeiter gesehen hat.« Sie rollte mit den Augen. »Das war ein Kuss, der nichts zu bedeuten hatte. Ein Ausrutscher, das Ergebnis einer Ausnahmesituation.«

Heerse wirkte gelassen, als er daraufhin erwiderte: »Sie meinen vermutlich die Ermordung von Holger Martoks Ehefrau, wenn Sie von einer Ausnahmesituation sprechen.«

Karin Lechter deutete ein Nicken an.

»Und Herr Martok«, fuhr Heerse fort, »hat sich also überwältigt von Trauer, wenige Stunden, nachdem er erfahren hatte, dass seine Frau brutal ermordet worden war, entschieden, eine sexuelle Beziehung mit seiner Sekretärin einzugehen.«

Noch bevor seine Verdächtige antworten konnte, fuhr der Anwalt dazwischen. »Ich bitte Sie, Herr Hauptkommissar. Meine Mandantin sagte doch, dass es sich nur um einen Kuss handelte. Gleich eine Beziehung hineinzuinterpretieren, geht doch zu weit.«

»Er küsst eine andere, nachdem die Leiche seiner Frau gerade erst aus dem Haus gebracht wurde?«, hakte Heerse nach, und eine gewisse Fassungslosigkeit konnte er dabei nicht verbergen.

Der Anwalt war nicht um eine Antwort verlegen. Sehr nüchtern erwiderte er: »Wir sind nicht hier, um moralische Fragen zu diskutieren. Halten wir doch fest, dass dieser Kuss nicht gegen geltendes Recht verstoßen hat.«

»Der Mord aber schon«, konterte der Hauptkommissar.

»Was werfen Sie meiner Mandantin vor? Sie war, wie Sie bereits wissen, zum fraglichen Zeitpunkt in Offenburg. Bisher liegt mir nichts vor, was das Gegenteil beweist.«

Heerse ließ sich nicht provozieren, sondern blieb völlig ruhig, als er die Akte vor sich aufschlug und begann, die

Unschuld von Karin Lechter zu widerlegen. »Wir wissen, dass der Tod von Ulla Martok nichts mit den Morden an den anderen Frauen zu tun hat. Neben dem Tathergang spricht auch das Opferprofil dagegen.« Er sah Karin Lechter erwartungsvoll an, aber die Frau schwieg beharrlich.

»Es war übrigens leicht festzustellen, wo Ulla Martok die Intensivtönung gekauft hat«, fuhr Heerse fort. »Eine sehr aufmerksame Angestellte konnte sich sogar noch erinnern.«

Er blickte auf die Unterlagen und las die Aussage der Verkäuferin vor: »*Die Kundin wirkte unschlüssig, und ich riet ihr dann zu einem warmen Kastanienton. Als ich ihr empfahl, beim Blond zu bleiben, da meinte sie, dass ihr Mann sich nun einmal unbedingt diese Veränderung wünschte.*«

Der Hauptkommissar blickte erneut auf, und dieses Mal sah er Angst in Karin Lechters Augen. »Ja«, fuhr er fort, »Frau Martok hatte sich offensichtlich dazu entschlossen, die Filiale einer exklusiven Friseurkette aufzusuchen und nicht einfach das Färbemittel eines Discounters in den Einkaufswagen zu legen.«

»Und welche Erkenntnisse liefert uns das?«, mischte sich der Anwalt etwas schnippisch ein.

»Nun, es ist ein Beweis dafür, dass der Ehemann gelogen hat. Uns gegenüber hat er nämlich behauptet, nichts davon gewusst zu haben, dass sich seine Frau die Haare dunkel färben wollte. Dabei geschah das auf Holger Martoks Betreiben hin. Denn der Mord an seiner Frau sollte zu den anderen Morden passen, damit durfte Ulla Martok nicht als Blondine sterben. Deshalb drängte er sie dazu, sich die Haare zu färben. Vermutlich gab er ihr sogar den Zeitpunkt vor. Ich denke, er wusste genau, wie er seine Frau dazu bringen konnte, das zu tun, was er wollte.«

»Und wie betrifft das meine Mandantin?«

Karin Lechter rutschte unruhig auf ihrem Stuhl hin und her, während Heerse weitersprach: »Ihre Mandantin gibt Herrn Martok ein Alibi für den Mord. Sie behauptet, er wäre mit ihr im Hotelzimmer gewesen, um Verträge auszuarbeiten. Möglich ist aber auch, dass Herr Martok in der Zeit den Mord an seiner Frau begangen hat. Die Angestellten des Hotels haben uns bestätigt, dass er an diesem Abend nicht in der überwachten Tiefgarage geparkt hat, sondern irgendwo auf der Straße. Warum tut er das, wo er doch sonst immer auf einen bewachten Parkplatz besteht? Auch dafür gibt es Zeugenaussagen der Mitarbeiter. Man könnte daraus den Schluss ziehen, dass er unbemerkt mit dem Wagen nach Baden-Baden fahren wollte. Er selbst hat behauptet, dass man das in knapp dreißig Minuten schaffen könnte. Er begeht also den Mord an seiner Frau, rast zurück ins Hotel und setzt sich mit Frau Lechter anschließend an die Bar. Frau Lechter wiederum hat aus dem Zimmer von Herrn Martok gegen halb zehn dessen Frau angerufen, damit die Telefonlisten einen weiteren Beweis für Herrn Martoks Aufenthalt in Offenburg liefern konnten. Sicherlich hat er darauf geachtet, keine Spuren im Wagen zu hinterlassen. Trug er Schutzkleidung, die er dann an einer Raststätte entsorgt hat?«, wandte sich Heerse an Karin Lechter, die zusammenzuckte und stotterte: »Ich … keine Ahnung, ich weiß davon nichts.«

Der Hauptkommissar machte eine wegwerfende Handbewegung. »Spielt auch keine Rolle, wir untersuchen gerade den Wagen von Herrn Martok, da wird sich mit Sicherheit etwas finden.« Und mit Nachdruck fügte er in Karin Lechters Richtung an: »Unsere Leute finden immer etwas, wenn sie wissen, wonach sie suchen müssen.« Heerse wusste zwar, dass es nicht ganz so einfach war, wie einem das das Fernsehen für gewöhnlich glauben machen wollte – aber da sich diese Meinung hartnäckig hielt, konnte er das genauso gut zu seinem Vorteil nutzen. Ihm entging nicht, dass seine Verdächtige immer nervöser wurde.

»Sie haben Ihr Verhältnis wirklich gut verheimlicht. Wir haben die Angestellten befragt, keiner hat etwas bemerkt.«

Er betrachtete Karin Lechter, bis diese den Blick senkte. »Und dann erwischt Sie der Hilfsarbeiter beim Knutschen, nachdem Sie schon fast mit einem Mord davongekommen sind.«

»Das sind Spekulationen, haltlose Vorwürfe«, sah sich der Anwalt genötigt einzuschreiten.

Heerse beachtete den Kommentar nicht, sondern sprach direkt zu Karin Lechter: »Sie sind für Holger Martoks Finanzen zuständig. Daher wissen Sie auch, dass Frau Martok mit fünfzig Prozent an der Schreinerei beteiligt war. Eine Scheidung hätte Ihren Chef also einiges gekostet.«

»Das mag ja sein, aber meine Mandantin hatte kein Motiv, Frau Martok zu töten.«

»Es sei denn, sie ist Holger Martoks Geliebte und hofft auf die Position der Ehefrau, ohne ihre Vorgängerin auszahlen zu müssen.«

»Und Sie glauben, diese Indizien und ein lächerlicher Kuss reichen aus, um eine Verurteilung zu erwirken?«, empörte sich der Rechtsbeistand.

Heerse lächelte müde. »Was ich glaube, spielt ab jetzt keine Rolle mehr. Denn das wird das Gericht entscheiden.«

Er betrachtete sein Gegenüber mitleidig und sagte dann: »Und solange Herr Martok seine Aussage nicht ändert, um für sich noch mildernde Umstände geltend zu machen …«, fuhr der Hauptkommissar beiläufig fort.

»Wie meinen Sie das?«, fragte Karin Lechter schrill. Der Anwalt wollte sie am Sprechen hindern, aber sie wiederholte ihre Worte.

Heerse lehnte sich zurück und formulierte eine wohlüberlegte Antwort: »Erfahrungsgemäß knicken die Schuldigen ein, wenn sie erst einmal bemerken, dass man sie erwischt hat. Es liegt in der menschlichen Natur, ums Überleben zu kämpfen. Also greift man nach jedem Strohhalm und hofft auf mildernde Umstände, weil man einen Komplizen verrät oder weil man glaubhaft darlegt, dass man angestiftet wurde. Herr Martok könnte beispielsweise behaupten, dass das alles Ihre Idee gewesen war.«

»Nein!«, schrie Karin Lechter auf.

Heerse überhörte ihre Antwort und fuhr unbarmherzig fort: »Er könnte sagen, Sie hätten ihn betört und ihm den Kopf verdreht. Was, wenn er schwört, seine Frau geliebt zu haben, bis Sie sich in seine Ehe drängten?«

»Nein!«, stieß die Verdächtige abermals hervor.

Der Anwalt versuchte sein Bestes, sie zurückzuhalten, aber schon rief sie verzweifelt: »Ich hatte damit nichts zu tun!«

Sie schluchzte laut, und ihr Widerstand war gebrochen.

Zwanzig Minuten später hielten die Beamten ein unterschriebenes Geständnis in Händen, in dem Karin Lechter das Alibi für ihren Chef Holger Martok widerrief und ihn des Mordes an seiner Ehefrau Ulla bezichtigte. Angeblich habe sie nichts von seinen Plänen gewusst. Er habe ihr gegenüber erklärt, in jener Nacht mit seiner Frau über die Scheidung sprechen zu wollen. Er habe sie auch gebeten, um halb zehn von seinem Hotelzimmer aus in Baden-Baden anzurufen, der Grund dafür wäre ihr nicht genannt worden. Erst später habe er ihr dann den Mord gestanden und sie zu einer Falschaussage überredet.

Nachdem Holger Martok von dem Geständnis seiner Geliebten erfahren hatte, bezichtigte er Karin Lechter, die eigentliche Drahtzieherin des Verbrechens gewesen zu sein.

Der Hauptkommissar hielt beide gleichermaßen des gemeinschaftlichen Mordes für schuldig und hoffte, dass es die Richter genauso sehen würden.

Nach diesem schnellen Ermittlungserfolg sollte die Nacht eigentlich mit dem Lob des Kommissariatsleiters enden, aber stattdessen wurden Heerse und sein Team noch einmal gerufen.

* * *

Kurz zuvor

Es war schon nach zweiundzwanzig Uhr, als das Ehepaar Tiller in gemäßigtem Tempo die Rheinstraße Richtung Innenstadt entlangfuhr. In der Weststadt hatten einige Haushalte eine Sperrmüllabholung angemeldet. Die Sachen wurden gewöhnlich in aller Frühe von den Müllentsorgern abtransportiert, deshalb stellten die Leute ihren ausrangierten Kram bereits am Abend zuvor auf die Straße.

Die Tillers handelten mit allem Möglichen, unter anderem auch mit gebrauchten Möbeln. Außerdem waren sie professionelle Flohmarktverkäufer und gewitzte Händler auf Onlineplattformen. Das verschaffte ihnen ein gutes Auskommen, wenn es auch bedeutete, manchmal Nachtschichten einlegen zu müssen. Die heutige Ausbeute war gar nicht so schlecht gewesen. Was für den einen Müll war, konnte für den anderen ein Schatz sein. Der Anhänger, der ordentlich hin und her geschüttelt wurde, als eines seiner Räder in einem Schlagloch landete, war bereits gut gefüllt.

Frau Tillers scharfen Augen entging nichts, und plötzlich rief sie: »Halt dort vorne, da hat noch jemand etwas dazugestellt.«

Während ihr Mann den Wagen abschloss, eilte Frau Tiller auf den Berg alter Möbel zu und inspizierte mit einer Taschenlampe die Überbleibsel einer ehemaligen Wohnungseinrichtung. Im Winter, wo es früh dunkel wurde, war es natürlich umständlicher, etwas zu erkennen, aber dafür gab es nicht so viel Konkurrenz. Die Kälte vertrieb die Hobbysammler.

»Und ist was dabei?«, hörte sie die ungeduldige Stimme ihres Mannes, der schon vor einer Stunde nach Hause gewollt hatte.

»Was haben wir denn da?«, murmelte seine Frau erwartungsvoll.

Eine Truhe aus Tannenholz hatte ihre Aufmerksamkeit

erregt. Netterweise hing ein Zettel an dem Berg Sperrmüll mit der Aufschrift: *Zu verschenken, wer will, kann sich bedienen.*

Da man ja laut Gesetz den Müll anderer Leute nicht so einfach mitnehmen durfte, waren die Tillers vorsichtig geworden. Früher hatte das keinen interessiert, aber heute war leider alles reglementiert. Jedenfalls würde die Truhe gewiss noch einen Käufer finden, darum gab sie ihrem Mann mit einer ausladenden Armbewegung ein Zeichen.

»Nicht schlecht«, stimmte der seiner besseren Hälfte zu. »Da weiß ich sogar schon, wer sich dafür interessieren könnte.« Neugierig öffnete er den Deckel.

Neben ihm keuchte seine Frau, als der matte Schein der Taschenlampe auf blaue Haarsträhnen traf. Trübe Augen blickten das Ehepaar an, und es schien, als würden Tränen die Wangen herunterlaufen.

Später, als Hauptkommissar Heerse eintraf, hockte das Ehepaar Tiller mit bleichen Gesichtern auf einer niedrigen Mauer und starrte ins Blaulicht.

Ein geschockter Familienvater, der ehemalige Besitzer der Truhe, versicherte den Beamten gerade, dass er keine Ahnung von dem Inhalt gehabt hatte.

»Wir haben das Ding vor etwa einer Dreiviertelstunde nach draußen gebracht. Ich hatte Überstunden machen müssen, deshalb waren wir spät dran. Natürlich war die Truhe da noch leer«, stammelte er hilflos.

»Das scheint Christina Furtochs Kopf zu sein. Er ist noch gut erhalten«, informierte der Gerichtsmediziner den Hauptkommissar. »Vermutlich hatte man ihn eingefroren. Lang kann er noch nicht in der Truhe liegen, nur etwas Tauwasser.«

»War das Absicht?«, fragte Müller neben seinem Chef. »Warum jetzt?«

Heerse war unschlüssig. »Womöglich wollte man ihn einfach loswerden.«

»Sollten wir ihn finden oder nicht?«

Der Hauptkommissar rieb die Hände gegeneinander, um die kalten Finger warm zu bekommen. »Er musste damit rechnen, dass jemand den Sperrmüll durchwühlt oder die Truhe bei der Entsorgung geöffnet wird. Offensichtlich spielte das keine Rolle für den Täter. Und die Dunkelheit hat dem, der das getan hat, genug Schutz geliefert, unbemerkt zu kommen und zu gehen.«

Er sah die Rheinstraße entlang. Auch jetzt, am späten Abend, waren einige Autofahrer unterwegs. »Die Kollegen sollen morgen trotzdem die umliegenden Häuser abklappern. Vielleicht haben wir Glück.«

»Denkst du, dass das jetzt so etwas wie ein Schlussstrich war?«, fragte Maren, die vor Kälte bibberte.

»Christina Furtoch hat nicht ins Opferprofil gepasst, und für gewöhnlich nimmt unser Täter nur die Gesichtshaut mit, womöglich war es daher nichts weiter als eine Aufräumaktion«, antwortete ihr Heerse ernst, der das ungute Gefühl hatte, dass es noch lange nicht vorbei war.

* * *

Kapitel 11

Während Hauptkommissar Heerse es nicht erwarten konnte, nach Hause zu fahren und sich in sein warmes Bett fallen zu lassen, hatten seine Mitarbeiter beschlossen, der kleinen Eckkneipe nahe der Dienststelle noch einen Besuch abzustatten. Im Gasthaus war es hell und warm und roch verführerisch nach deftiger Küche. Trotz der späten Stunde erbarmte sich die Wirtin und brachte den beiden Beamten noch je eine Portion Wurstsalat mit Bratkartoffeln, und Müller hätte schwören können, dass er noch nie so gut gegessen hatte.

Als sie fertig waren und zwei dampfende Tassen Kaffee vor ihnen standen, stieß Maren einen schweren Seufzer aus. »Denkst du, man wird mit den Jahren so gut wie unser Boss, oder ist das angeboren?«

Müller lachte, und Maren fand, dass er dabei richtig süß aussah. Sie hatte ihn einen Moment zu lange angestarrt und hoffte jetzt, er hätte das nicht bemerkt. Schnell senkte sie den Blick und rührte mit dem Löffel in ihrem Kaffee.

»Du wirst sicher eines Tages noch viel besser«, sagte er schließlich aufmunternd und dachte nicht das erste Mal, was für eine attraktive Frau seine Kollegin doch war. Eigentlich hätte er, als sie damals dem Team beitrat, nicht gedacht, dass sie lange bleiben würde. Frauen wie Maren Teuber wurden gewöhnlich von Kerlen geheiratet, die ihnen die Welt zu Füßen legen konnten.

»Ich weiß nicht«, riss sie ihn aus seinen Gedanken. Sie rümpfte die Nase – eine Angewohnheit, die Müller seinerseits sehr süß fand –, bevor sie weitersprach: »Rolf weiß immer, was zu tun ist. Wenn ich ein eigenes Team leite, dann erwartet man das doch sicher auch von mir. Der Gedanke versetzt mich in Panik.«

»Du lernst beim Besten, also keine Sorge, das wird schon«, entgegnete ihr Müller zuversichtlich.

»Es ist gut, dass du dabeigeblieben bist«, sagte Maren leise und hoffte, ihm damit nicht zu nahe zu treten. Schließlich wusste sie, dass er nicht gerne über die Dinge sprach, die ihn beinahe dazu gebracht hätten, den Dienst zu quittieren.

Er machte eine lässige Handbewegung und antwortete: »Die Welt hätte sich auch ohne den Oberkommissar Müller weitergedreht.«

»Rolf braucht dich«, entgegnete Maren ernst.

»Rolf Heerse ist der einzige Mensch, der niemanden braucht, um klarzukommen. Er ist nur viel zu nett, um das jemals laut auszusprechen.«

»Ich brauche dich!«, sagte sie ehrlich. »Das Team funktioniert nur mit dir!«

Wieder folgte das Lachen, das Marens Herz unerwarteterweise einen kleinen Hüpfer machen ließ.

Ich bin überarbeitet und leide unter sexueller Frustration, beruhigte sie sich im Stillen und kämpfte die Gefühle nieder, die sie heute Abend in Müllers Gegenwart empfand.

»Ehrlich, ich bin geschmeichelt, aber stell dein Licht nicht unter den Scheffel. Du bist eine gute Polizistin, und Rolf schätzt dich sehr, das weißt du.«

Sie nickte und trank vorsichtig einen Schluck des heißen Kaffees. »Denkst du, wir sollten noch einmal im Labrios herumschnüffeln? Wir haben zwar den Mord an Ulla Martok aufgeklärt, aber was mit den anderen Frauen passiert ist, wissen wir immer noch nicht.«

»Ich habe kein Problem mit den Nachtschichten, auf mich wartet ja niemand. Aber was ist mit dir? Gab es da nicht einen …«

Sie schüttelte schnell und energisch den Kopf. Warum es

ihr so wichtig war, das klarzustellen, hätte sie nicht sagen können. Gleichzeitig freute es sie, dass sich Müller nach ihrem Beziehungsstatus erkundigte. Obwohl das vermutlich reine Höflichkeit war, um das Gespräch am Laufen zu halten.

Müller machte sich gerade ähnliche Gedanken. Seit wann interessierte es ihn, mit wem Maren Teuber in ihrer dienstfreien Zeit was auch immer tat? Und warum war er erleichtert darüber, dass es momentan niemanden in ihrem Leben gab?

»Gut«, erwiderte er so emotionslos wie möglich, »dann sprechen wir morgen mit Rolf.«

Sie tranken noch einen zweiten Kaffee und redeten. Vor allem ging es um den Job, alte Fälle, Fälle von Kollegen und die Ängste, die einem beim Ausüben des Berufs automatisch wie ein Schatten folgten. Dann sprachen sie über die guten Momente, die Gründe, warum man all das auf sich nahm. Das Glücksgefühl, wenn es gelang, jemanden zu retten, und die Befriedigung, die es einem bereitete, einen Schwerverbrecher aus dem Verkehr zu ziehen. Es war ein angenehmes Gespräch. Vor allem weil keiner von ihnen auf seine Worte achten musste. Redete man mit der Familie oder Freunden, die nicht auch im Polizeidienst waren, so hielt man sich zurück. Denn wenn es um den Job ging, konnte so ein Abend schnell zum Drahtseilakt werden. Was durfte man den anderen zumuten? Wie ließ sich ein brutales Verbrechen so verpacken, dass es für eine nette Abendunterhaltung taugte? Um dem zu entgehen, schwieg man lieber, etwas, das sehr einsam machen konnte.

Gegen halb eins trat die resolute Wirtin an den Tisch und sagte freundlich: »Na, ihr Turteltäubchen, Zeit, nach Hause zu gehen, ich mache Feierabend.«

Maren errötete bei der flapsigen Anrede. Das ärgerte sie, denn es bestätigte die Anspielung nur noch.

Müller hatte sich weder an der Bezeichnung gestört, noch

bemerkte er, dass Maren dadurch in Verlegenheit gebracht worden war.

Stattdessen sagte er entschuldigend »Wir sind schon weg«, zahlte die Rechnung und gab ein gutes Trinkgeld.

Auf dem Parkplatz brachte Müller seine Kollegin bis zu deren Auto.

Die Straßen waren leer, und es herrschte eine ungewohnte Stille. Maren hatte unter einer Straßenlaterne geparkt. Als sie den Wagen erreichten, fing es gerade an zu schneien, weiße Flöckchen schwebten durch die Luft. Es wurde Zeit, sich zu verabschieden.

Sie standen sich gegenüber. Nicht das erste Mal herrschte solch eine Nähe zwischen ihnen. Sie hatten schon in engen Autos gesessen, stundenlang in kleinen Räumen Überwachungen durchgeführt, auch mal zur Tarnung Händchen gehalten oder dicht gedrängt an einer Theke gestanden. Aber noch nie war es so wie in diesem Moment gewesen. Fast hatte es den Anschein, all die Jahre, die sie sich jetzt schon kannten, hätte es nie gegeben und sie wären sich eben erst begegnet. Der Zauber des Unbekannten lag plötzlich zwischen ihnen, die Luft schien zu knistern, und das Schweigen, das herrschte, war nicht unangenehm, sondern vertraut.

Müller sah in die großen braunen Augen seiner Kollegin, die ihn in der Vergangenheit oft genug angriffslustig angefunkelt hatten. Aber in diesem Moment lag darin nur Zuneigung. Er vergaß seit langer Zeit das erste Mal die schrecklichen Dinge, die hinter ihm lagen. Und das allgegenwärtige Schuldgefühl, das er normalerweise empfand, schien sich in die hinterste Ecke seines Geistes zurückgezogen zu haben. Er dachte nur noch an die Frau ihm gegenüber, in deren dunklen Haaren sich die hellen Schneeflocken verfingen, und beobachtete, wie der Schnee ihre zarte Haut berührte und sofort schmolz.

Maren fühlte sich plötzlich sicher und geborgen. Wie lange kannte sie Müller schon? Er war ein Arbeitskollege, ein guter Freund, sie wussten Geheimnisse voneinander, was der Job unweigerlich mit sich brachte. Sie wäre jederzeit mit ihm durch die Hölle gegangen, hatte es ein Stück weit auch getan, als ihm so viel genommen worden war, aber noch nie hatte so eine besondere Nähe zwischen ihnen bestanden.

Was dann folgte, geschah unbewusst. So als hätte die Natur wie ein guter Freund jedem eine Hand auf den Rücken gelegt und sie sanft aufeinander zugeschoben. Maren schloss die Augen, und Müller legte seine Hände auf ihre Oberarme. Nur wenige Zentimeter trennten sie voneinander, da riss sie das Klingeln eines Handys brutal auseinander.

Sie schreckten zurück, verlegen, unsicher und enttäuscht, dass sie um diesen ersten Kuss betrogen worden waren. Die Vernunft übernahm wieder die Kontrolle.

»Ich muss da dran«, kämpfte Müller mit gepresster Stimme einen wüsten Fluch nieder, den er dem Universum nur zu gerne entgegengeschleudert hätte.

Maren kam sich dumm vor, als sie ihn sagen hörte: »Sylvia? Ist etwas passiert?« Schließlich war Sylvia Müllers Noch-Ehefrau. Die Polizistin verspürte gerade einen tiefen Zorn in sich aufsteigen, schämte sich aber sofort dafür, als sie bemerkte, dass tatsächlich etwas vorgefallen sein musste.

Müllers »Oh Gott, ich bin sofort da!« brachte sie auf den Boden der Tatsachen zurück.

Er legte auf und sah sie voller Sorge an. »Sandra ist im Krankenhaus, Blinddarmdurchbruch, sie wird gerade operiert.«

»Soll ich dich fahren?«, bot Maren an.

Sandra war Müllers zwölfjährige jüngere Tochter. Die Kinder lebten bei der Mutter und hatten nach anfänglichen Problemen die Trennung gut verkraftet.

Er lehnte das Angebot seiner Kollegin ab: »Nein, es geht schon, ich melde mich morgen.«

Damit war er auch schon in Richtung seines Wagens verschwunden. Sie hörte, wie er den Motor startete und zügig davonfuhr.

Die Polizistin stieg langsam ein, und obwohl sie mit aller Kraft versuchte, die Tränen zurückzuhalten, kullerten trotzdem dicke, salzige Tropfen über ihre Wangen. Energisch wischte sie sich über das Gesicht, würgte den Motor ihres Wagens zwei Mal ab, bevor sie endlich den richtigen Gang fand, und fuhr mit völlig widersprüchlichen Gefühlen nach Hause. Was war da eben wirklich passiert?

»Nichts ist passiert«, sagte sie sich immer wieder wie eine hängende Schallplatte. »Nichts ist passiert, gar nichts. Deshalb gibt es auch nichts, worüber man reden müsste. Alles ist in Ordnung.« Geräuschvoll zog sie die Nase hoch. »Und das ist auch gut so«, plapperte sie weiter, als würde sie einer Freundin auf dem Beifahrersitz ihr Herz ausschütten. »Wir haben uns unterhalten, er hat mich zum Auto gebracht, wir haben uns verabschiedet. Ich weiß noch nicht einmal, ob er mich küssen wollte. Womöglich ein kurzer Schmatz auf die Wange, nur so unter Freunden, völlig harmlos. Ich und Müller, was für eine absurde Vorstellung. Und wie sollte das überhaupt funktionieren? Beide im selben Team … Gott, das gäbe nur Probleme!« Sie lachte auf, was ihr ziemlich missglückte. Aber da niemand da war, der ihr gesagt hätte, dass ihre Worte unglaubwürdig klangen, fuhr sie unbeirrt fort: »Gott sei Dank, ist es zu nichts gekommen. Jetzt können wir weitermachen wie bisher. Das war ein Wink des Schicksals, manche Dinge dürfen einfach nicht sein.«

Müller erreichte das Krankenhaus wenige Minuten später. Auf dem Flur kam ihm Sylvia entgegen, kurz darauf erfuhren sie, dass die Notoperation gut verlaufen war. Erst sehr viel später, als er vor dem Krankenzimmer seiner Tochter aus einem unruhigen Schlaf aufschreckte, konnte er die Sache mit Maren nicht länger verdrängen. Sollte er mit ihr sprechen? War sogar eine Entschuldigung notwendig? Nicht dass sie ihn für jemanden hielt, der Kolleginnen bedrängte. Er hoffte, keinen Fehler gemacht zu haben. Verdammt, es stimmte, er hatte sie küssen wollen – unbedingt sogar und noch viel mehr. Ausgerechnet er, der immer vernünftige Müller. Der Oberkommissar schüttelte energisch den Kopf, und eine Krankenschwester, die gerade einen leeren Rollstuhl an ihm vorbeischob, deutete seine Geste falsch.

»Ihrer Tochter geht es bald schon besser, Sie müssen sich keine Sorgen machen. Bei uns ist sie in guten Händen«, sagte sie tröstend.

»Ja, danke«, seufzte der Oberkommissar.

Er rang noch eine ganze Weile mit sich, hatte schon das Handy in der Hand und war beinahe so weit, Marens Nummer zu wählen, entschied sich dann aber dagegen. Vielleicht sollte er erst einmal abwarten, wie sie sich ihm gegenüber in Zukunft verhielt. Wie wahrscheinlich war es, dass eine Frau wie Maren Interesse an ihm hatte? Würde er ein Gespräch suchen, müsste sie ihm das sagen. Außerdem war ja gar nichts passiert. Vermutlich war es das Beste, das Ganze zu vergessen, das würde ihm und ihr jede Menge Peinlichkeiten ersparen.

Als er das nächste Mal aufwachte, war es bereits acht Uhr morgens. Er beschloss Heerse anzurufen und um einen Tag Urlaub zu bitten.

Wieder dachte er an Maren. Es würde nicht einfach werden, so zu tun, als hätte es diesen besonderen Augenblick unter dem sanften Licht der Straßenlaterne, umringt von kleinen tanzenden Schneeflocken, nie zwischen ihnen gegeben.

* * *

Am nächsten Abend gegen zwanzig Uhr

Die Klinge wurde unbarmherzig geführt und traf ihr Opfer so unerwartet, dass es keine Chance hatte zu reagieren. Weitere Stiche folgten, und der Körper sackte in sich zusammen. Die Abgeschiedenheit und die Nacht halfen, das Verbrechen, das hier gerade begangen worden war, zu verbergen. Der Mensch am Boden hatte sein Leben verwirkt, Blut floss aus den Stichwunden. Es bedurfte keiner großen Mühe, dem Leichnam einen Stoß zu geben, damit er die Böschung herunterrollte. Man hörte das Rascheln des Laubes, das Knacken, als er auf seinem Weg in die Tiefe dünnes Gestrüpp mit sich riss, und schließlich den dumpfen Aufprall, als er unten ankam. Unwahrscheinlich, dass ihn hier, mitten im Wald, so schnell jemand finden würde. Eine letzte Ruhestätte, wie es sich gehörte. Ein Ort, an dem der Tote ungestört sein sollte. Aber mit *einem* Mord war es dieses Mal nicht getan, denn auch der neugierige Junge musste heute noch sterben.

Zwei Stunden später

Der zwanzigjährige Thomas Niehm fluchte, als er seinen Motorroller die Schloßberg-Tangente hinaufquälte. Die letzte Lieferung für heute Abend sollte noch einmal eine echte Herausforderung werden. Er bezweifelte, dass die Pizza, die Antonio so sorgfältig verpackt hatte, noch heiß beim Kunden ankommen würde. Aber der hatte ja unbedingt kurz vor Feierabend noch eine große Spezial mit extra Käse bestellen müssen.

Thomas hoffte auf ein großzügiges Trinkgeld. Immerhin wohnte dieser Neukunde unterhalb der Merkurbergbahn, das bedeutete jede Menge Steigung. Als er jetzt auf die Rothenbachtalstraße einbog, ging es einige Meter bergab. Dann hieß es Linkskurve und wieder aufwärts. Während sich der junge Mann bemühte, die letzten Meter zu seinem Ziel zu überwinden, dachte er an das Gespräch, dass er vor ein paar Tagen geführt hatte. Ihm war nämlich wieder eingefallen, was er damals, als diese Friseurin mit dem Namen

Lea Bauer ermordet worden war, bemerkt hatte. Wie er gehofft hatte, musste er sich deshalb keine Gedanken machen, und auch den Gang zur Polizei konnte er sich sparen. Etwas, das ihn sehr erleichterte, denn Thomas war immer noch sauer auf den Oberkommissar, der ihn so barsch zurechtgewiesen hatte. Seither traute sich der Pizzabote nicht mehr über den Leopoldsplatz zu fahren, was ihn ordentlich Zeit kostete.

Endlich hatte er die richtige Adresse gefunden. Umständlich zog er die dicken Handschuhe aus und den schweren Helm vom Kopf. Seine Nase lief von der Kälte, und er freute sich auf sein warmes Bett. Nur noch ausliefern, abkassieren und dann nach Hause.

Mit Antonio würde er morgen abrechnen, das ersparte ihm einen Umweg. Die Pizzaschachtel in der Hand marschierte er die erleuchtete Auffahrt nach oben. In der Villa, in der der Kunde lebte, brannte jedoch kein Licht, beziehungsweise waren die Fensterläden geschlossen. Aber das Haus war so groß, dass es gut möglich sein konnte, dass sich die Bewohner in einem Gebäudeteil aufhielten, den man von der Straße nicht einsah. Wie um seine Vermutung zu bestätigen, entdeckte Thomas an der Haustür einen Zettel: *Pizzaservice, Eingang hinter dem Haus!*

Ein wenig genervt machte sich der junge Auslieferer daran, den Steinplatten nach hinten zu folgen. Aber als er auf der Rückseite ankam, fand er keine Möglichkeit, sich bei den Bewohnern bemerkbar zu machen. Er betrat die große Terrasse und versuchte durch die Scheibe zu spähen, aber erstens war die Beleuchtung im Garten nur spärlich – lediglich ein paar Lichtstrahlen von den Straßenlaternen und Nachbargebäuden, die sich zufällig verirrt hatten, erhellten gelegentlich den Rasen – und zweitens waren die Vorhänge zugezogen. So schnell wollte Antonios Mitarbeiter jedoch nicht aufgeben. Er klopfte gegen die Scheibe und rief nach dem Eigentümer.

In einiger Entfernung antwortete ihm ein Hund, das war alles.

»Das gibt es doch nicht«, schimpfte er ärgerlich und wollte schon sein Handy aus der Tasche fummeln, um den Boss anzurufen, als ihn eine Stimme herumfahren ließ.

Ihm blieb keine Zeit, in irgendeiner Form zu reagieren, denn schon im nächsten Moment spürte er einen brennenden Schmerz am Ohr. Der Junge schrie auf, fuhr sich mit der Hand an die verletzte Stelle und sah geschockt auf das Messer, das bereits wieder in der Luft war und nun erneut auf ihn niedersauste.

Es tut so weh, so furchtbar weh, schoss es Thomas Niehm durch den Kopf, als er auf die Knie ging.

Tränen liefen ihm über das Gesicht, seine Lippen formten das Wort Hilfe, aber es kam nur Blut aus seinem Mund. Die Klinge musste die Lunge verletzt haben. Er röchelte: »Aufhören, bitte aufhören!«, aber es endete erst, als ihm noch zwei weitere Stiche in den Rücken zugefügt worden waren. Einer verletzte die linke Niere, der andere traf das Rückenmark. Thomas Niehm starb innerhalb weniger Minuten. Die Pizzaschachtel lag neben ihm in einer blutigen Pfütze.

»Du neugieriger, dummer Junge«, flüsterte eine Stimme. Es folgte ein tiefer Seufzer, dann hörte man Schritte, die sich schnell entfernten, während der Tote in der Dunkelheit zurückgelassen wurde.

Kurze Zeit später raschelte es im Gebüsch, und ein funkelndes Augenpaar lugte aus dem gefrorenen Blattwerk hervor. Es hatte einen Zeugen gegeben. Sich in Sicherheit wiegend, verließ der nun sein Versteck. Geschmeidig, wie es für Katzen üblich war, näherte sich der elegante schwarze Kater dem Toten, nahm die vielen Gerüche wahr, die ihn umgaben, und beschloss, den Garten heute Nacht zu seinem Spielplatz zu machen.

* * *

Am nächsten Tag

Wie üblich durchsuchte Patrizia Zehner die Kleidung ihres Lebensgefährten, wenn der am Abend ohne sie unterwegs gewesen war. Jörg Acker alias Jerome schlief noch. Sie durchforstete die Hosentasche der Jeans und roch an seinem Hemd. Der süßliche Duft war unverkennbar, es handelte sich um ein Damenparfüm. Sofort spürte sie unbändigen Zorn in sich aufsteigen. Er war schon wieder bei ihr gewesen, das war der Duft, den dieses gottverdammte Weib trug. Sie wünschte, er würde das endlich sein lassen.

Warum verreckt diese Hexe nicht einfach?, dachte sie wütend.

Sie schnupperte auch an der Sweatjacke und glaubte noch einen anderen Geruch wahrzunehmen. Irgendwie erinnerte der sie an Metall, vielleicht auch Farbe. Sie runzelte die Stirn, blieb aber ratlos. Dafür sollte sie eine andere Entdeckung schlauer und wütender machen. In einer der Taschen fand sie einen Flyer, er war vom Klub Labrios.

»Das hast du nicht getan«, zischte sie fassungslos und schleuderte die Jacke in eine Ecke.

Jerome war erst spät nach Hause gekommen, und er war ganz sicher nicht bis nach Mitternacht bei der verfluchten Hexe gewesen. Also hatte er sich noch mit anderen Weibern herumgetrieben. Alles ergab einen Sinn: Der Flyer, der fremde Geruch … Im Labrios hatte er sich sicher als Single ausgegeben und eine dieser notgeilen Tussis abgeschleppt. Ihr fiel etwas ein. Wo war sein Mantel?

Sie stürmte zur Garderobe, das Kleidungsstück war nicht da. Sie rannte ins Bad, durchsuchte das Wohnzimmer und riss schließlich die Schlafzimmertür auf.

Jerome saß auf der Bettkante und rieb sich die Augen.

Ohne Einleitung fauchte sie: »Wo ist dein Mantel?«

»Was?«

Ihr Freund, noch vom Schlaf benommen, brauchte einen

Moment, um sich zu orientieren. Außerdem plagte ihn ein phänomenaler Kater.

»Dein Mantel, er ist nicht da. Hast du ihn bei einer deiner Schlampen vergessen? Ist ja ein Wunder, dass du mit Hosen nach Hause kommst.«

Jerome war genervt. »Es ist vielmehr ein Wunder, dass ich überhaupt noch nach Hause komme«, giftete er zurück und verschwand im Bad.

Patrizia wollte ihm folgen, aber er hatte hinter sich abgeschlossen.

Sie hämmerte gegen die Tür. »Du warst im Labrios, stimmts?«

»Stimmt«, gab er ohne Umschweife zu und schaltete die elektrische Zahnbürste an.

»Du hast eine andere gevögelt, nicht wahr?« Dieses Mal klang es verzweifelt.

Er antwortete, und die Zahnbürste, die in seinem Mund steckte, ließ ihn undeutlich sprechen. Patrizia verstand trotzdem jedes Wort.

»Ja, klar, es waren mindestens zehn heute Nacht«, erwiderte er.

Sie überging seinen Spott und fragte erneut nach dem Mantel.

Er gab ihr nicht sofort Antwort, sondern spülte erst die Zahnpasta aus. Dann öffnete sich die Tür.

»Es reicht«, sagte er scharf. »Was interessiert dich der verdammte Mantel? Ich habe mindestens zehn im Schrank.« Er wurde laut. »Und wenn ich einen weniger habe, dann ist das meine Sache. Vermutlich habe ich ihn im Labrios vergessen.« Bevor sie ihm deshalb Vorwürfe machen konnte, fuhr er sie an: »Ich habe dort getrunken, mehr als gut für mich war, sonst nichts.«

Damit war die Diskussion für ihn beendet. Er zog sich schnell an und machte Anstalten, die Wohnung zu verlassen.

»Wohin gehst du?«, fragte sie jetzt flehend. Sie wusste,

dass sie den Bogen wieder einmal überspannt hatte, deshalb wagte sie es nicht, ihn weiter zu bedrängen.

»Wohin ich will«, knallte er ihr an den Kopf und verschwand.

Patrizia atmete schwer und blinzelte die Tränen weg, dann griff sie zum Telefon. Sie würde auch ohne ihn herausfinden, was gestern Nacht passiert war.

* * *

Herr und Frau Zeller waren nun bereits seit über vierzig Jahren verheiratet. Im Alter verband sie neben der Tatsache, dass beide pensionierte Lehrer waren, vor allem ihre Liebe zu dem schwarzen Kater Heinrich, der ihnen vor fünf Jahren so unerwartet in den Schoß gefallen war.

Auch wenn Herr Zeller behauptete, dass sein Interesse an dem Tier vor allem wissenschaftlicher Natur sei, schließlich hatte er jahrelang Biologie unterrichtet, erfasste ihn jeden Morgen eine starke Unruhe, wenn der Vierbeiner nicht pünktlich von seinen nächtlichen Eskapaden zurückkehrte.

»Ist er noch nicht da?«, rief Frau Zeller gerade besorgt aus der Küche und zerdrückte das Rindertatar, das für Heinrich allmorgendlich frisch vorbereitet wurde.

»Er wird schon kommen«, brummte ihr Ehemann scheinbar gleichgültig, konnte aber einen tiefen Seufzer der Erleichterung nicht unterdrücken, als der Kater endlich zwischen den Buchsbaumhecken auftauchte.

»Er kommt«, rief er Richtung Küche, so als halte ein Feldherr nach gewonnener Schlacht Einzug in die Stadt. »Und er hat Beute mitgebracht«, fügte er an und mimte ganz den Wissenschaftler.

»Hoffentlich nicht wieder so eine arme Maus«, stöhnte seine Frau und eilte mit der Schüssel Tatar ins Wohnzimmer.

Die Terrassentür stand bereits offen, und eine kalte Brise wehte herein.

»Na komm, mein Schatz«, gurrte Frau Zeller, »Mami hat Lecker, Lecker für dich.«

»Rede doch nicht immer in dieser Babysprache mit ihm«, beklagte sich der Hausherr und versuchte auf seine Art, das Tier ins Haus zu locken, was übrigens nicht viel anders klang.

Frau Zeller rollte wortlos mit den Augen und ging nach draußen. »Was hat er denn da? Ist das eine tote Maus?«, fragte sie und reckte den Kopf, um besser sehen zu können. Ihr lag wenig daran, den Kadaver genauer zu betrachten.

»Vermutlich! Und er will nun ein Lob für die erfolgreiche Jagd. Es ist doch höchst interessant, dass er uns das erlegte Tier zeigt und nicht sofort frisst. Da steckt eine Art soziales Verhalten dahinter, das gemeinhin unterschätzt oder den Tieren sogar abgesprochen wird.«

»Sicher«, antwortete Frau Zeller mechanisch, so wie sie es immer tat, hatte aber ihre ganz eigene Theorie, was Heinrichs Verhalten betraf. Ihrer Meinung nach war der Kater einfach ein raffinierter Gauner, dem es eine große Freude bereitete, sein Frauchen mit halb toten Mäusen in Angst und Schrecken zu versetzen und der viel zu sehr Gourmet war, als etwas zu essen, das nicht aus der Theke der Metzgerei um die Ecke stammte.

Inzwischen ging Herr Zeller die Beute begutachten, da es zu seinen Aufgaben gehörte, nachdem er den Kater ausgiebig gelobt hatte, dessen Mitbringsel in der Biotonne zu beerdigen.

»Na, was haben wir …« Er brach mitten im Satz ab.

Heinrich miaute zufrieden, so als wollte er sagen »Tja, das hast du wohl nicht erwartet«, warf noch einen letzten Blick auf die Überreste einer menschlichen Ohrmuschel, die er den Zellers als Bekundung seiner Zuneigung an diesem Morgen mitgebracht hatte, und stolzierte Richtung Tatarschüssel, deren Inhalt ihm mehr zusagte als das knorpelige Resultat seines nächtlichen Beutezugs.

Eine halbe Stunde später war die Polizei bei den Zellers. Es hatte daraufhin nicht lange gedauert, bis die Beamten die Leiche von Thomas Niehm im Nachbargarten gefunden hatten.

»Ist das jetzt ein Zufall?«, sagte Müller eben zu Heerse, der beobachtete, wie der Gerichtsmediziner die erste Leichenschau vornahm.

»Mein Gefühl sagt mir, das hängt mit den Morden an den Frauen zusammen«, antwortete der Hauptkommissar.

»Den hat man schlimm zugerichtet, keine Chance, diesen Angriff zu überleben«, sagte der Arzt betroffen. »Das Ohr haben Sie wohl schon gefunden?«

Müller nickte. »Die Nachbarskatze hat es mit nach Hause genommen.«

Unwillkürlich schüttelte sich der Oberkommissar bei der Vorstellung.

»Vorläufig kann ich nur sagen, dass er irgendwann gestern zwischen einundzwanzig Uhr und Mitternacht starb«, informierte sie der Gerichtsmediziner.

Mit dem Fuß deutete Heerse auf die Pizzaschachtel, die ein Stück entfernt lag und mittlerweile durchnässt war. Es hatte in der Nacht angefangen zu regnen. Auch jetzt nieselte es, und die Temperaturen waren deutlich angestiegen. Das plötzliche Tauwetter hatte den Garten aufgeweicht, daher gelang es der Kriminaltechnik nur mit Mühe, mögliche Spuren zu sichern.

»Sieht so aus, als hätte er eine Bestellung ausliefern wollen.«

»Tja, was ziemlich merkwürdig ist, da die Hausbewohner noch bis Mitte März in Russland verweilen werden.« Maren war zu ihnen getreten und musste sich sehr anstrengen, bei Müllers Anblick nicht plötzlich zu stottern oder rot zu werden.

Der hingegen war wie immer und wirkte keineswegs nervös.

Maren hatte ihn gestern nicht gesehen und hätte sich gewünscht, er wäre irgendwie mit ihr in Kontakt getreten. Enttäuscht musste sie deshalb zur Kenntnis nehmen, dass es für ihn offensichtlich nichts zwischen ihnen gab, was der Klärung bedurfte.

»Das Haus ist seit dem zwanzigsten Dezember unbewohnt. Ein Hausmeisterservice kommt drei Mal die Woche. Die lüften, putzen durch, leeren den Briefkasten, schippen Schnee, was so anfällt. Von denen ist schon jemand auf dem Weg, damit wir auch ins Haus können. Mit dem Besitzer habe ich ebenfalls telefoniert. Er war entsetzt, lässt uns aber völlig freie Hand auf dem Grundstück. Er konnte sich nicht erklären, wie Thomas Niehm in seinen Garten kam. Der Hausbesitzer ist kein Kunde von Antonio und hat auch nie dort bestellt. Für mich klang der Mann absolut glaubhaft.«

»Konntest du schon Antonio, den Arbeitgeber von Thomas Niehm, sprechen?«, hakte Heerse weiter nach.

»Den hat mein Anruf fix und fertig gemacht. Er sagt, gestern sei noch spät eine Bestellung hereingekommen. Ein Neukunde, der diese Adresse nannte.«

»Was wusste er über den Anrufer?«, fragte der Hauptkommissar ungeduldig.

»Das ist es ja«, antwortete ihm Maren und machte ein unglückliches Gesicht. »Antonio hat den Auftrag selbst entgegengenommen. Der Anrufer war total heiser und verschnupft. Er hat sogar ausdrücklich erklärt, dass ihn die Grippe erwischt hätte, deshalb auch die Lieferung nach Hause. Antonio macht sich natürlich Vorwürfe, weil er keinen Verdacht geschöpft hat. Aber das hätte niemand vorhersehen können.«

»Also war der Anrufer ein Mann«, fasste Müller zusammen.

Die Kommissarin schüttelte den Kopf: »Ich habe natürlich nachgehakt, aber Antonio will sich nicht festlegen. Er behauptet, dass es ihm nicht möglich sei, das mit Sicherheit zu sagen. Die Stimme war heiser und leise. Allerdings hat sich der Anrufer als der Hausbesitzer, also als Mann ausgegeben.«

»Schöne Scheiße«, brummte Müller.

In dem Moment rief der Gerichtsmediziner: »Was haben wir denn da?«

Er hatte die Taschen des Toten durchsucht, Geldbeutel und Ausweis waren bereits eingetütet. Da diese Dinge noch vorhanden waren, schlossen die Beamten einen Raub als mögliches Mordmotiv fürs Erste aus. Jetzt zog der Gerichtsmediziner einen Zettel aus der Jeans des Toten. Vorsichtig schob er ihn in eine durchsichtige Beweistüte und reichte sie Heerse. »Können Sie damit etwas anfangen?«

Dort stand: *Axel ist kein Tierarzt, sondern arbeitet als Metzger in einem Ettlinger Einkaufszentrum.*

Danach folgte die Adresse des Kaufhauses. Es handelte sich nicht um eine handschriftliche Notiz, sondern um einen Computerausdruck, auf dem außerdem auch vier Namen standen: *Christina Furtoch, Lea Bauer, Heidi Maurer, Claudia Wesel.*

»Axel?«, fragte Müller ungläubig. »Soll das der Axel sein, von dem uns die beiden Frauen aus der Taxizentrale erzählt haben?«

»Klingt jedenfalls danach«, antwortete Heerse mit gerunzelter Stirn. »Anke Derlach und Miriam Burg haben den Mann im Labrios kennengelernt. Ihnen hat er erzählt, er wäre Tierarzt. Wir haben bisher keine weiteren Hinweise auf dessen Identität erhalten. Wie also hat der Pizzabote Thomas Niehm von ihm erfahren und warum hat er eine Notiz mit diesen Daten zusammen mit den Namen unserer Opfer bei sich? Hat der Junge etwa in der Sache recherchiert?«

»Vielleicht der Grund, warum er ermordet wurde«, schlug Maren vor. »Er hat etwas über jenen Axel herausgefunden und ihn womöglich erpresst. Der lockt ihn in eine Falle und bringt ihn um. Er konnte ja nicht ahnen, dass sein Opfer einen Zettel mit Informationen über ihn in der Tasche trägt. Vermutlich kam er gar nicht auf die Idee, den Toten zu durchsuchen.«

»Das ist eine Theorie, die wir umgehend überprüfen müssen«, stimmte ihr Heerse zu.

»Sollen wir in Ettlingen anrufen und nachfragen, ob bei denen tatsächlich ein Axel arbeitet?«, fragte Müller.

»Nein«, antwortete der Hauptkommissar mit Nachdruck. »Wir fahren hin, ich will diesen Axel, falls es ihn dort gibt, nicht vorwarnen.«

Wenige Minuten später saßen die drei Beamten im Wagen und fuhren Richtung Ettlingen. Heerse starrte aus dem Fenster, die Häuser der Fürstenbergallee, an denen der Zubringer vorbeiführte, registrierte er jedoch nicht. Seine Gedanken galten im Moment einzig dem Fall.

Müller lenkte den Wagen über die Auffahrt auf die Autobahn und war weit davon entfernt, sich auf die Arbeit zu konzentrieren. Maren hatte sich ihm gegenüber heute wie immer verhalten. Sie hatte sich besorgt nach Sandra erkundigt, die ihre Blinddarmoperation zum Glück sehr gut überstanden hatte. Außerdem war sie so höflich gewesen, sich für den gemeinsamen Abend zu bedanken und dafür, dass er ihr ein guter Freund war. Was hätte er daraufhin sagen können? »Ich will aber nicht nur Freundschaft«? Wohl kaum, sie hatte ihren Standpunkt ja durchaus deutlich gemacht. So gesehen, war er gerade noch einmal dem Fettnäpfchen ausgewichen. Hätte er sie geküsst und wäre er dann von ihr lediglich als guter Freund bezeichnet worden, täte es noch viel mehr weh, versuchte er sich zu trösten. Einmal spähte er unauffällig in den Rückspiegel, ihre Blicke trafen sich, und Maren lächelte, so wie sie es schon zigmal getan hatte.

Warum fühlte er plötzlich so anders? Warum würde er Heerse jetzt am liebsten wie ein ungeliebtes Haustier am Straßenrand aussetzen und mit Maren im nächsten Hotel verschwinden?

Er riss sich zusammen und lenkte seine Gedanken zurück

zu den Morden. Gleichzeitig bat er seinen Chef, den er natürlich nie auf offener Straße zurücklassen würde, im Stillen um Verzeihung. Vermutlich musste er sich einfach nur noch besser an das Alleinsein gewöhnen.

* * *

Kapitel 12

Im Personalbüro des Einkaufscenters erhielten die Beamten die Auskunft, dass ein gewisser Axel Roemer in der Metzgerei arbeitete, heute aber nicht erschienen war. Man gab den Polizisten die Adresse des Mannes.

Die Wohnung von Axel Roemer lag nicht weit von dessen Arbeitsplatz entfernt. Sie hatten Glück und stießen in dem großen Wohnblock auf den Hausmeister, der über einen Generalschlüssel verfügte. Da ihnen auf mehrmaliges Klopfen und Klingeln vom Wohnungseigentümer nicht geöffnet wurde, drängte Heerse den Hausmeister, mit dem Hinweis, den richterlichen Beschluss umgehend nachzureichen, die Tür aufzuschließen.

»Sieht nicht so aus, als wäre der für immer verschwunden«, stellte Müller fest, nachdem er den Blick über die zusammengelegte Wäsche auf dem Sofa und die aufgeräumte Küchenzeile hatte schweifen lassen. Auch im Schlafzimmer gab es keine Anzeichen für einen plötzlichen Aufbruch, eher wirkte es, als könnte der Bewohner jeden Moment wieder auftauchen.

Heerse ergriff das Wort: »An die Arbeit. Ich brauche ein Team der Kriminaltechnik. Die sollen die Wohnung durchsuchen und sich den Computer vornehmen.« Er deutete auf den Laptop, der am Ladegerät hing. »Wir brauchen seine Handynummer, welchen Wagen fährt er? Gibt es Familie oder Freunde, bei denen er sich verkriechen könnte? Du weißt, was zu tun ist«, wandte er sich an Müller.

Der nickte.

»Gut, ich und Maren werden zuerst den Hausmeister und

dann die Kollegen im Einkaufscenter befragen«, sagte der Hauptkommissar. »Wir müssen den Mann unbedingt auftreiben.«

Der Hausmeister, ein knurriger dürrer Kerl, der einen blauen Arbeitskittel trug, war zwar unfreundlich, aber auch bestens informiert. Nach dessen Auskunft verhielt sich Axel Roemer stets unauffällig, hielt sich an die Regeln und machte keinerlei Probleme.

»Wir sind eine gute Adresse. Die Leute lassen sich auf Wartelisten setzen, um hier eine Wohnung zu bekommen. Die Eigentümer legen viel Wert auf Ordnung und Ruhe. Außerdem ist alles tipptopp gepflegt, das schätzen die Mieter.«

»Wissen Sie, ob Herr Roemer eine Freundin hatte? Haben Sie einmal eine Frau bei ihm gesehen?«

»Nein, nicht dass ich mich erinnern könnte«, antwortete der Hausmeister und machte ein Gesicht, als würde er gerade tief in seinem Inneren nach einer Antwort suchen. Dann stieß er ein Lachen aus, das Maren das Blut in den Adern gefrieren ließ und sie an einen Horrorfilm erinnerte, in dem der Hausmeister in Wirklichkeit ein wahnsinnig gewordener Serienkiller war.

Der unheimliche Laut ertönte ein zweites Mal, und der Mann sagte: »Ist ja nicht so, als würde ich unsere Mieter überwachen!«

»Natürlich nicht!«, entgegnete der Hauptkommissar daraufhin liebenswürdig.

Ihre nächste Station war erneut das Einkaufscenter. Der Marktleiter stellte ihnen ein Büro zur Verfügung und ließ auf Heerses Bitte hin unauffällig den Kollegen von Axel Roemer holen.

Ein kleiner, rundlicher Mann betrat das Zimmer und sah neugierig zu den beiden Fremden. Sein Blick streifte Maren, und für eine Sekunde ließ die Veränderung in seinen Zügen erkennen, dass ihm gefiel, was er da sah.

Heerse zeigte seinen Dienstausweis, und sofort stieß der Mann, der sich als Daniel Lauer vorstellte, einen tiefen Seufzer aus. »Es geht um Axel, nicht wahr? Was ist ihm passiert?« Seine Besorgnis war echt.

»Sie hören, dass wir von der Polizei sind, und das Erste, was Ihnen einfällt, ist, dass es um Axel Roemer geht?«, stellte der Hauptkommissar eine Gegenfrage.

Ein ächzendes Stöhnen war die Antwort, und Daniel Lauer steuerte mit einem eigenartigen Watschelgang einen der Stühle an, auf den er sich geräuschvoll fallen ließ. Die Beamten setzten sich ihm gegenüber.

»Ich zähle nur eins und eins zusammen. Axel ist heute Morgen nicht zur Arbeit gekommen. Der Chef sagt, er hätte sich nicht krankgemeldet oder kurzfristig einen Tag Urlaub erbeten. Ich habe bei ihm zu Hause und auf dem Handy angerufen, keine Antwort.«

Heerse unterbrach den Mann und ließ sich die Handynummer geben. Maren sollte die umgehend an Müller weiterleiten. Dann widmete er sich wieder dem Zeugen.

»Und da dachten Sie, es wäre ihm etwas passiert?«

»Natürlich, Axel ist total zuverlässig, der fehlt nicht einfach ohne Entschuldigung. Also bitte, spannen Sie mich nicht weiter auf die Folter. Axel und ich sind befreundet.«

Das war nicht das, was der Hauptkommissar insgeheim hören wollte. Ihm wäre es wohler gewesen, wenn der Mann erklärt hätte, Axel Roemer sei ein merkwürdiger Typ, der sich immer eigenartig verhielt. Aber wie es schien, hatte eines der Puzzleteilchen in diesem Fall noch nicht seinen Platz gefunden.

»Mann, jetzt sagen Sie schon«, drängte Daniel Lauer den Hauptkommissar.

»Bis jetzt suchen wir Ihren Kollegen lediglich. Haben

Sie irgendeine Idee, wo er sich aufhalten könnte?«, hielt sich Heerse bedeckt.

»Warum?«, hakte der Mann nach. Er war auf der Hut.

Deshalb beschloss Heerse deutlicher zu werden, sonst würde er von dem Zeugen überhaupt nichts erfahren.

»Wir suchen ihn im Zusammenhang mit einer Straftat, die er möglicherweise begangen hat«, sagte er schließlich.

Das laute Prusten seines Gegenübers irritierte den Beamten.

»Sind Sie verrückt?«, platzte Lauer heraus, besann sich dann aber und entschuldigte sich für seine Wortwahl. »Das kann nicht Ihr Ernst sein. Axel? Ausgerechnet der. Was werfen Sie ihm vor? Hat er falsch geparkt?«

»Mord«, entgegnete Heerse trocken und beobachtete genau die Reaktion des Zeugen.

»Das ist ein Scherz, oder?« Daniel Lauer sah Hilfe suchend zu Maren. »Niemals!« Er war sichtlich empört.

»Sie würden Ihrem Kollegen einen Mord nicht zutrauen?«

Daniel Lauer fing an sich zu ärgern. »Nein, das würde ich nicht. Ich kenne den Mann schon eine Ewigkeit. Axel ist ein guter Kerl, mehr werden Sie von mir nicht erfahren.«

»Er ist verschwunden«, setzte Maren nun ruhig nach.

»Dafür wird es eine einfache Erklärung geben«, antwortete Lauer trotzig. »Eine Erklärung, die nichts mit Mord zu tun hat.«

Heerse versuchte einen anderen Weg. »Wie stand es um Herrn Roemers Beziehungsleben?«

»Jetzt kommt die Nummer«, fuhr ihn der rundliche Metzger an. »Wer Single ist, ist nicht normal?«

»Das hat niemand gesagt«, ging der Hauptkommissar auf die Bemerkung ein. »Also, hatte Herr Roemer eine Beziehung oder nicht?«, fragte Heerse dieses Mal eine Spur schärfer.

Daniel Lauer gab seine abweisende Haltung auf. Offensichtlich hatte er begriffen, dass es nichts brachte, mit den Beamten zu diskutieren. In gemäßigterem Tonfall fuhr er deshalb fort: »Was auch immer Sie ihm vorwerfen, hat er nicht getan. Axel hat keine Probleme, eine Frau zu finden. Die stehen auf ihn, aber er ist wählerisch, ein Romantiker, und hat ein Händchen dafür, sich immer die Komplizierten auszugucken. Sehen Sie, ich bin ein kleiner, fetter Kerl. Ich arbeite als Metzger, und ich habe keine Lust, nach Feierabend Sport zu treiben. Also habe ich mir jemanden gesucht, der zu mir passt. Meine Frau wiegt zwei Zentner und liebt ihre durchgesessene Ecke auf der Couch. Für sie bin ich ihr Ein und Alles, weil ich ihr jeden Tag sage, dass ich sie liebe, und niemals an ihrem Aussehen herummäkele. Ich habe zwar kein Model mit Doktortitel zu Hause sitzen, aber ich führe eine wunderbare Ehe. Verstehen Sie, was ich meine?«

»Es gab also Ärger in seinen Beziehungen?«, fragte Maren nach.

Daniel Lauer sah die Kommissarin prüfend an. »Sie hören mir nicht zu. Axel hatte keine Beziehungen, zumindest nicht in letzter Zeit. Er war auf der Suche und traf immer auf die Falschen. Das ging sogar so weit, dass er sich als Tierarzt ausgegeben hat, weil er glaubte, ein Metzger sei nicht gut genug.«

»Er hat also gelogen«, stellte Maren grimmig fest.

Daniel Lauer schlug die Hände zusammen, und es entstand ein lautes Klatschen. Seine nächsten Worte richtete er an Heerse: »Sehen Sie, das ist genau das, was ich meine.«

»Dass Ihr Freund die Frauen belogen hat, ist doch aber eine Tatsache«, bohrte Maren weiter. »Sie wollen doch nicht behaupten, dass ich das Attribut *kompliziert* verdiene, bloß weil ich diese Tatsache bemerkt habe«, endete sie mit spöttischem Unterton.

»Nein, das will ich nicht behaupten. Aber deswegen ein Fass aufzumachen …« Daniel Lauer ließ sich hinreißen, den Tonfall der Kommissarin nachzuäffen, und fuhr fort: »Das verdient das Attribut *kompliziert*.«

»Es reicht jetzt«, ging Heerse dazwischen, und Maren, der schon eine entsprechende Antwort auf der Zunge lag, schluckte sie herunter.

»Hat Herr Roemer mit jemanden Streit? Mann oder Frau, wissen Sie etwas davon? Vielleicht eine dieser Bekanntschaften, denen er die Unwahrheit über seinen Beruf gesagt hat?«

Daniel Lauer zögerte.

»Sie tun Ihrem Freund keinen Gefallen, wenn Sie uns etwas verschweigen«, bedrängte Heerse den Mann.

»Also schön, da war ein Vorfall vor ungefähr vier Wochen. Plötzlich tauchte eine Frau an der Theke auf. Axel hat sie gekannt. Sie sieht ihn und stürmt davon, er hinterher.«

»Worum ging es?«

»Er hatte sie im Labrios getroffen und ihr erzählt, er wäre Tierarzt. Dabei habe ich ihm schon tausendmal gesagt: Wenn du dich für eine Frau verstellen musst, dann kannst du die gleich in den Wind schießen.« Und mit einem Seitenblick zu Maren fügte er noch an: »Geht nicht gegen Sie!«

»Was ist dann passiert?«, forderte Heerse den Mann auf, beim Thema zu bleiben.

»Er wollte die Wogen glätten, ist ihr gefolgt, aber die hat ihn abblitzen lassen. Mehr weiß ich nicht. Er hat gesagt, er will nicht darüber reden.«

»Und Sie haben ihn nicht gefragt, ob er die Frau noch mal gesehen hat?«, mischte sich Maren ungläubig ein.

Daniel Lauer verzog das Gesicht. »Wenn ein Kerl einem anderen Kerl sagt, er will nicht reden, dann heißt das, dass er nicht reden will. Warum soll ich dann nachfragen und ihn nerven? Ist auch so ein Punkt, den Frauen nicht begreifen können. Immer reden …«

»Ich denke, wir haben verstanden«, unterbrach ihn Heerse. »Können Sie uns die Frau beschreiben?«

»Dunkle Haare, normale Größe, normale Figur.« Dann

fiel ihm noch etwas ein. »Axel hat ihren Namen gerufen, sie hieß wohl Anke.«

* * *

Es sollte an diesem Tag noch weitere Überraschungen für das Team von Hauptkommissar Heerse geben. Müller hatte den Browserverlauf von Axel Roemers Laptop überprüft. Daraus ergab sich eindeutig, dass der versucht hatte, mehr über Anke Derlach zu erfahren. So wie es aussah, war er auf die Webseite des Taxiunternehmens gestoßen, für das Anke arbeitete, und unter dem Punkt »Unsere Mitarbeiter« sicher auch auf den Nachnamen der Frau. Da die Beamten befürchteten, er hätte auch Ankes Privatadresse herausgefunden, wurde sofort ein Beamter zum Personenschutz abgestellt. Heerse war bereits zusammen mit Maren auf dem Weg zur Wohnung von Anke Derlach.

Interessante Informationen kamen auch von der Spurensicherung. Zum einen gab es keine Fingerabdrücke auf dem Zettel, der in Thomas Niehms Jeanstasche gewesen war und der sie zu Axel Roemer geführt hatte. Zum anderen hatte der Gerichtsmediziner Blut an der Leiche des Jungen gefunden, das nicht vom Opfer stammte. Die letzten Überprüfungen liefen noch, aber bis jetzt konnte der Arzt schon bestätigen, dass es sich um Axel Roemers Blutgruppe handelte. Sie hatten in der Wohnung des Verdächtigen einen Blutspendeausweis gefunden.

Heerse hatte daraufhin seine Anweisungen erteilt: »Wenn er sich verletzt hat, braucht er vielleicht medizinische Versorgung. Ruft die Arztpraxen an, die Notaufnahmen der Krankenhäuser und die Apotheken. Gebt die Beschreibung von Axel Roemer durch, womöglich hat ihn jemand gesehen.«

Das Handy des Mannes blieb verschwunden, deshalb versuchten es die Beamten mit einer Ortung, bisher jedoch ohne Erfolg. Lediglich seinen Wagen hatten die Polizisten entdeckt. Er stand in der Nähe des Einkaufcenters, dort, wo alle Mitarbeiter für gewöhnlich ihre Autos während der Arbeitszeit parkten.

Das wiederum veranlasste das Team, ein Fahndungsfoto an Bahnhöfe, Busunternehmen und Flughäfen zu verteilen und sich mit den Mietwagenfirmen in Verbindung zu setzen.

Die Eltern von Axel Roemer, die ebenfalls in Ettlingen wohnten, zeigten sich verständlicherweise der Polizei gegenüber sehr ablehnend. Sie bestritten vehement die Vorwürfe gegen den eigenen Sohn, verweigerten jede Mithilfe und behaupteten, keine Ahnung über den Aufenthaltsort von Axel zu haben.

Anke Derlach hatte sich in ihrer Wohnung aufgehalten, als der Streifenwagen vor der Haustür aufgetaucht war. Hauptkommissar Heerse hatte sie angerufen, ihr mit wenigen Worten zu verstehen gegeben, dass sie in Gefahr sei, und sie gebeten, zu Hause auf ihn zu warten. Einzelheiten waren ihr nicht mitgeteilt worden, deshalb öffnete sie, als es jetzt an der Tür klingelte, mit gemischten Gefühlen.

»Können Sie mir endlich sagen, was hier los ist?«, wandte sie sich ungeduldig an Heerse.

Sie war sehr nervös, aber nicht verängstigt, was dem Hauptkommissar gestattete, seinem Ärger Luft zu machen.

»Sie haben uns wegen Axel Roemer belogen«, antwortete er ungehalten.

»Ist das sein Nachname?«, entgegnete Anke, so als hätte sie Heerses Vorwurf nicht gehört.

»Warum haben Sie uns nicht gesagt, dass Sie bei ihm waren?«

Die drei hatten im Wohnzimmer Platz genommen. Anke betrachtete neugierig Maren, die sie heute das erste Mal sah. Eine ganze Weile ruhte ihr Blick auf dem Gesicht der Kommissarin, ehe sie wieder den Kopf Richtung Heerse drehte und zögernd erwiderte: »Sie sprechen von unserer Begegnung im Einkaufscenter?«

Bevor der Hauptkommissar zustimmen konnte, fügte sie gereizt an: »Das war kein Besuch, sondern Zufall!«

»Und warum haben Sie uns das verschwiegen?«

Sie war mit einem Mal aufgebracht und antwortete zornig: »Warum hätte ich Ihnen das sagen sollen? Der Mann hat mir das Gefühl gegeben, ernsthaft interessiert zu sein. Er erzählt mir, er wäre Tierarzt, und ich entdecke ihn mit blutiger Schürze hinter der Wursttheke beim Zerteilen der Koteletts. Ich fühlte mich mies und war mir sicher, dass er mich den ganzen Abend belogen hatte.«

Sie senkte den Kopf und begann ihre Fingerspitzen zu kneten. Etwas versöhnlicher sprach sie weiter: »Ich hätte es Ihnen vielleicht gesagt, wenn nicht dieser Streit mit Miriam dazwischengekommen wäre. Wenn die das über Axel erfahren hätte, wäre ich meines Lebens nicht mehr froh geworden. Nach dem Motto: Ich habe es ja gleich gesagt, die dumme Anke hat sich verarschen lassen. Sie hat die Sache mit Axel sowieso schon überall herumerzählt, natürlich ihre ganz eigene Version davon.«

»Sie hätten es uns trotzdem sagen müssen«, ließ Heerse nicht locker.

»Es war mir in dem Moment peinlich. Warum ist das überhaupt so wichtig? Ich habe Axel nicht mehr wiedergesehen. Außerdem habe ich beschlossen, dem Labrios fernzubleiben.«

Sie sah Hilfe suchend zu Maren, die bisher geschwiegen hatte. »Was ist denn nun eigentlich los? Warum sind Sie hier? Und was hat das alles mit Axel zu tun?«

»Wir haben Grund zu der Annahme, dass Herr Roemer in ein oder mehrere Verbrechen verwickelt ist. Der Mann scheint momentan flüchtig, und es könnte sein, dass er mit Ihnen in Kontakt treten will. Wir haben seine Wohnung durchsucht. Er hat versucht Sie mithilfe von Internetrecherchen ausfindig zu machen.«

»Was für Recherchen?«, fragte Anke überrascht.

Es war Maren, die erläuterte, wie es Axel gelungen war, Ankes Nachnamen herauszufinden.

Zur Verwunderung der Beamten erschien ein Lächeln auf dem Gesicht der Frau, als sie das hörte.

»Dann war es ihm also doch ernst«, sagte sie ein wenig verträumt. Ihr Blick suchte den von Heerse, bevor sie weitersprach. »Die ganze Zeit habe ich geglaubt, er wäre ein mieser Typ, aber wenn er sich solche Mühe macht, mich zu finden … Wissen Sie, wir haben uns nicht im Guten getrennt. Ich habe ihn im Einkaufszentrum stehen lassen.«

»Frau Derlach«, bremste Heerse Ankes Euphorie, »wir bringen Herrn Roemer mit mehreren Mordfällen in Verbindung.«

Dem Hauptkommissar tat es leid, so deutlich werden zu müssen. »Wir ziehen durchaus in Betracht, dass er Ihnen etwas antun will.«

Anke stieß einen heiseren Laut aus. »Sie glauben, er will mich umbringen? Dass er der Mann ist, der all die Frauen ermordet hat?«

»Ich würde Ihnen gerne etwas anderes sagen, aber ja«, antwortete ihr der Beamte mit fester Stimme, »im Moment ist er der Hauptverdächtige in den Mordfällen, und Sie hatten Kontakt zu dem Mann. Außerdem entsprechen Sie seinem Typ.«

»Es war wohl idiotisch anzunehmen, ich hätte auch einmal Glück.« Sie schnaubte. »Na, das wird Miriam freuen«, spielte sie erneut auf ihre Kollegin aus der Taxizentrale an.

»Sie sollten jetzt nicht über so etwas nachdenken«, mischte sich das erste Mal Maren ein. »Das tut nämlich nichts zur Sache. Es geht nur darum, dass Sie in Sicherheit sind. Das ist momentan das Wichtigste.«

»Nett, dass Sie das sagen«, entgegnete Anke dankbar. »Was soll ich denn jetzt tun?«

»Vorerst bleiben Sie in der Wohnung. Eine Beamtin wird zu Ihrem Schutz abgestellt, ein Streifenwagen wartet auf der Straße.«

Sie nickte und erhob sich. »Ich brauche jetzt einen Tee, kann ich Ihnen auch etwas bringen?«

Der Hauptkommissar nahm das Angebot gerne an, und so begann Anke in der Küche zu werkeln, während Maren die Tassen ins Wohnzimmer trug.

»Das Gespräch ist noch nicht zu Ende, nicht wahr?«, nahm Anke selbst den Faden wieder auf, nachdem sie an dem duftenden Gewürztee genippt hatte.

»Leider hat es heute Morgen ein weiteres Opfer gegeben, einen jungen Mann namens Thomas Niehm, der ...«

Anke setzte die Tasse ab, und es schepperte leise, als die den Unterteller berührte. »Thomas? Der Pizzajunge?«

»Sie kennen den Mann?«, fasste Maren nach.

»Kennen? Ja, vermutlich kann man das so sagen.« Anke sah geistesabwesend an den Beamten vorbei. Sie brauchte einen Moment, dann sprach sie weiter: »Er steht manchmal bei uns herum.« Die fragenden Gesichter ließen sie eine Erklärung abgeben. »Wenn wir Taxifahrer Leerlauf haben, stehen wir zusammen und quatschen. Ist eine Art Nachrichtenaustausch. Tratsch und Klatsch: Was passiert in der Stadt? Wo stehen die Radarfallen? Wo gibt es einen Stau? So was eben.«

»Und Thomas Niehm gehörte zu Ihrer ...« Heerse suchte nach einem passenden Wort und entschied sich für »Gemeinschaft«.

Anke lächelte. »Die Kollegen und ich haben ihn jedenfalls so behandelt. Er sprach davon, selbst den Taxischein zu machen und als Fahrer zu arbeiten.«

»Er hat sich also regelmäßig bei Ihnen und Ihren Kollegen aufgehalten?«

»Regelmäßig würde ich nicht sagen, er war gelegentlich da.«

»Haben Sie ihm von Axel Roemer erzählt?«, tastete sich Heerse weiter vor.

»Ich? Niemals. Aber ich sagte Ihnen ja schon, dass Miriam hinter meinem Rücken den Kollegen alles über mich und Axel erzählt hat. Natürlich vor allem, dass sie ihn für einen Lügner hält und dass etwas ganz und gar nicht mit ihm stimmt. Ihre Rache dafür, dass ich ihr bei der Befragung die Meinung gesagt habe.«

»Verstehe«, murmelte der Hauptkommissar. »Aber selbst wenn Thomas Niehm durch Ihre Kollegin von dem Mann namens Axel wusste, wie wäre es ihm möglich gewesen, von dessen Arbeitsplatz zu erfahren? Es gibt eindeutige Hinweise, dass Thomas Niehm den kannte.«

Sie dachte nach und schien eine Idee zu haben: »Vielleicht sind sich die zwei begegnet? Sie sagten doch, Axel sei auf der Suche nach mir. Wenn er sich am Taxistand erkundigt hat und Thomas zufällig auch da gewesen war, dann könnten sie sich dort über den Weg gelaufen sein. Thomas kennt den Klatsch über mich und den angeblichen Tierarzt. Er spricht Axel darauf an und erfährt etwas. Vielleicht ist er ihm auch gefolgt, warum auch immer.«

»Das wäre eine Möglichkeit. Wir werden das überprüfen«, antwortete Heerse, der, was diese Theorie anging, allerdings skeptisch war. »Ist es Ihnen recht, wenn vorerst die Kollegin Teuber bei Ihnen bleibt?«, wandte er sich dann an Anke Derlach.

»Ja, natürlich«, antwortete die sofort.

»Wir könnten Sie auch zu Ihrer Familie bringen, wenn Ihnen das lieber ist.«

»Nein«, wehrte Anke ab, »die würden sich nur unnötig aufregen. Mein Vater ist herzkrank und meine Stiefmutter überfürsorglich. Ich möchte lieber in meiner Wohnung bleiben. Außerdem werden Sie Axel sicher bald finden.«

Heerse wunderte sich im ersten Moment darüber, dass Anke Derlach das so gelassen sagte, erinnerte sich aber im nächsten Augenblick daran, dass viele Menschen in einer Stresssituation völlig ruhig und vernünftig handelten und der Schock über das Geschehene sie erst viel später zusammenbrechen ließ.

Als er sich verabschiedete, war er jedenfalls zufrieden, denn momentan hatten sie einen Vorsprung und würden verhindern, dass Anke Derlach ein weiteres Opfer werden könnte.

Die nächsten Tage lief die Fahndung nach Axel Roemer auf Hochtouren, trotzdem blieb der Mann verschwunden. Allerdings bestätigte sich, dass das Blut an Thomas Niehms Leiche von Axel Roemer stammte. Die Beamten suchten nach Verbindungen zu den toten Frauen. Zumindest zwei von ihnen waren nachweislich Gäste des Klubs Labrios gewesen, genau wie Axel Roemer. Und obwohl es so aussah, als hätten sie den Mörder identifiziert, blieb Hauptkommissar Rolf Heerse skeptisch.

* * *

Gernot Mai und der ihm zugeteilte Auszubildende Frank waren bereits durchnässt, als sie im Stadtteil Lichtental ankamen. Ihr nächster Einsatzort war der Klosterplatz beziehungsweise die Brücke dort, unter der die Oos Richtung Lichtentaler Allee floss. Wenn der Wochenmarkt stattfand, dann war auf dem Platz vor dem Kloster Lichtental ordentlich Betrieb, aber heute, bei dem Regen, ging keiner freiwillig nach draußen. Umständlich hievte sich Gernot aus dem Kastenwagen und zog die Kapuze über den Kopf. Das Wasser spritzte in alle Richtungen, als er ungelenk direkt in eine tiefe Pfütze trat. Ihm war es egal, denn er war mit den kniehohen Stiefeln und den grünen Gummihosen wettertechnisch bestens ausgestattet.

»Na los, hol unsere Sachen«, rief Gernot freundlich Frank zu und stapfte los.

Dabei warf er einen Blick auf den Obelisken, der auf dem Platz stand und den er immer schon beeindruckend gefunden hatte. Zum x-ten Mal nahm er sich vor, demnächst einmal eine Tour durch die Stadt zu machen und sich in aller Ruhe einige der Sehenswürdigkeiten anzusehen, so als wäre er Tourist und kein Anwohner. Gernot war gerne draußen und rühmte sich nicht zu Unrecht, Baden-Baden wie seine Westentasche zu kennen. Deshalb schickte man ihn immer dann los, wenn so wie im Moment Starkregen und Schneeschmelze das sonst so friedliche Flüsschen Oos in einen reißenden Strom verwandelten. Gernot kontrollierte dann nämlich Brückendurchlässe, Einlaufgitter und Treibgutrechen. Heute wollte er einen Blick unter die Klosterbrücke werfen.

Als er nun zusammen mit seinem Auszubildenden die Stelle begutachtete, hatte sich tatsächlich Treibgut unter der Brücke aufgeschichtet, das nun den Flusslauf behinderte. Das Wasser musste sich mühsam an der Blockade vorbeischieben.

»Sieh dir das an«, sagte Gernot ernst zu Frank, der nur schnell zurück ins warme Auto wollte.

»Wenn ich es nicht besser wüsste, dann würde ich sagen, da waren fleißige Biber am Werk.«

Frank rollte mit den Augen, den Spruch kannte er schon auswendig. Jedes Mal, wenn sie irgendwo hinkamen und sich einer dieser Staudämme gebildet hatte, kam Gernot mit den Bibern. Zugegeben, natürlich sahen deren Bauten ähnlich aus, aber musste man deshalb dauernd davon anfangen?

»Dahinten hängt sogar ein alter Autoreifen«, riss ihn Gernot aus seinen Gedanken. »Wird höchste Zeit, dass wir das beseitigen.«

Die nächsten Minuten arbeiteten sie schweigend und versuchten vom Ufer aus mit langen Stangen, an denen Haken befestigt waren, das Gewirr aus verkeilten Ästen, Schlamm und Müll zu lösen. Der Widerstand war groß, und die beiden hatten alle Mühe, den Autoreifen aus dem Wasser zu ziehen. Aber noch war der Weg nicht frei. Gernot begann mit aller Kraft, seine Stange zwischen die Äste zu rammen, um das Gebilde ins Wanken zu bringen; dabei stieß er auf einen Widerstand, und der Haken steckte plötzlich fest.

Er stöhnte und rief nach Frank: »Komm her und hilf mir!«

Gemeinsam gelang es ihnen, den schlammüberzogenen Berg zum Einsturz zu bringen. Das Wasser schoss an ihnen vorbei wie eine Herde Wildpferde, einige der Äste spülte es dabei direkt vor ihre Füße. Aber noch etwas anderes hatten die Fluten für sie zurückgelassen.

Gernot starrte auf den Boden und registrierte voller Entsetzen, dass sein Blick erwidert wurde. Der Arbeiter betrachtete den Leichnam mit dem entstellten Gesicht und stöhnte. Der Fluss musste dem Toten ordentlich zugesetzt haben, und auch die Verletzungen, die Gernots Haken verursacht hatte, beraubten die Überreste ihres menschlichen Aussehens.

Frank würgte und musste sich übergeben.

Auch Gernot fiel es schwer, die Kontrolle über seinen Mageninhalt zu behalten.

»Geh zurück zum Auto«, sagte er tonlos zu seinem Begleiter, dann überwand er sich und zog den Toten, dessen Beine noch im Wasser hingen, vom Ufer weg, bevor er den Anruf bei seinem Vorgesetzten machte.

Die kleine Gruppe, die sich wenig später um den Leichnam versammelte, wirkte mit den aufgespannten dunklen Schirmen wie eine Trauergemeinde.

Man hatte mit Planen Unterstände aufgebaut, um die Aufgaben der Gerichtsmediziner und der Kriminaltechnik zu erleichtern, aber der Regen war gnadenlos und ließ eine vernünftige Tatortarbeit kaum zu.

»Er ist es«, sagte Müller gerade. »So viel Ähnlichkeit besteht noch, außerdem haben wir seinen Personalausweis gefunden. Axel Roemer ist wieder aufgetaucht.« Das Wortspiel war nicht die Absicht des Oberkommissars gewesen, und er schüttelte, als ihm bewusst wurde, was er da eben gesagt hatte, nur bedauernd den Kopf.

»Kennen Sie schon die Todesursache?«, wandte sich Heerse, dem diese Entwicklung ganz und gar nicht gefiel, an den Arzt.

Der sah zu dem Polizisten auf, das Gesicht vom Regen nass, und verzog den Mund. »Sie hoffen auf einen Selbstmord oder Unfall, nehme ich an?«

»Stimmt«, gab Heerse unumwunden zu. »Das würde nämlich bedeuten, dass Axel Roemer, nachdem er all die Frauen und dann auch noch Thomas Niehm getötet hat, sich entweder selbst richtete oder vom Schicksal bestraft wurde.«

»Ich bin ungern der Überbringer schlechter Nachrichten«, antwortete ihm daraufhin der Gerichtsmediziner, »obwohl das in meinem Beruf wohl ein beinahe unerfüllbarer Wunsch ist. Aber ich denke nicht, dass es auf Selbsttötung oder Unfall hinausläuft.«

Er hob die zerrissenen Kleidungsreste des Toten an und deutete auf gut sichtbare Einstichstellen in Höhe der Brust. »Ich mache sofort die Obduktion, aber ich denke, er wurde ermordet. Das sind definitiv Einstiche und keine Schnabelhiebe von Vögeln.«

»Eine Idee zum Todeszeitpunkt?«, hakte Heerse vorsichtig nach. Er wusste, dass die Liegezeit im Wasser eine Einschätzung erschwerte.

»Wann hat man ihn zuletzt gesehen?«, fragte der Arzt.

»Vor sechs Tagen«, antwortete Heerse prompt.

»Ich vermute, er hat nach seinem Verschwinden nicht mehr lange gelebt. Die Grünfäulnis hat sich zwar noch nicht vollständig ausgebreitet, aber das Wasser verlangsamt den Prozess natürlich. Wenn man die Außen- und Wassertemperatur berücksichtigt, kommt das in etwa hin. Aber warten wir die Laborergebnisse und die Autopsie ab.«

Der Regen wurde immer stärker, und die Beamten der Kriminaltechnik packten zusammen. Eine Bahre stand bereit, die den Leichnam von Axel Roemer, den man gerade in einen luftdichten Plastiksack packte, zum Wagen bringen sollte. Hauptkommissar Heerse starrte dem Tross der Polizeifahrzeuge hinterher, der sich nun auf den Weg durch den Michaelstunnel Richtung Dienststelle machte.

»Der Arbeiter, ein gewisser Gernot Mai, kennt sich gut aus und hat uns, was den Flussverlauf angeht, Auskunft geben können«, hörte er Müller neben sich sagen.

Heerse machte einen Schritt auf seinen Mitarbeiter zu, als ihm eine heftige Böe beinahe den Schirm aus der Hand riss. Für wenige Sekunden war der Hauptkommissar ungeschützt, und sofort drang die Nässe durch seine Kleidung.

Er fluchte laut: »Komm, lass uns einen Kaffee trinken, sonst verliere ich noch die Nerven.«

Kurz darauf saßen die beiden in der Lounge eines der altehrwürdigen Hotels der Stadt und tranken einen hervorragenden, pechschwarzen Espresso, zu dem man einen kleinen Teller mit winzigen Kuchenstücken reichte. Heerse versöhnten die Leckereien, und er vergaß, weiter über das Leid eines Brillenträgers bei Regen zu lamentieren. Stattdessen kam er zum Fall zurück.

Müller hatte im Wagen noch einige Telefonate geführt und konnte seinem Chef jetzt einen ersten Bericht geben, was den Weg betraf, den Axel Roemers Leiche vermutlich genommen hatte. Dafür benutzte er sein Smartphone und rief eine Karte auf dem Display auf. Mit dem Finger deutete er auf einen Punkt am Bildschirm.

»Dort hat man Axel Roemer gefunden, das ist der Klosterplatz in Lichtental. Unter der Brücke hat er ihn rausgezogen. Der Gerichtsmediziner vermutet, dass er eine ganze Weile durch das Flussbett geschleift wurde, so wie er zugerichtet war.« Er scrollte weiter. »Von Lichtental immer bergauf über die Großherzog-Friedrich-Luisenstraße und an Schmalbach vorbei erreicht man irgendwann in einer Höhe von ungefähr sechshundertfünfzig Metern das Quellgebiet der Oos. Viele kleine Bäche, die alle nach unten ins Tal laufen. Die ganze Strecke führt direkt durch den Stadtwald. Links und rechts der Straße nichts als Bäume und Dickicht, dazu steile Abhänge abseits der Wanderrouten.«

»Und was sagen jetzt deine Experten?«, fragte Heerse, nachdem er sich die Örtlichkeiten auf der Karte angesehen hatte.

»Vermutlich wurde die Leiche zwischen Lichtental und dem Quellgebiet eine Böschung hinuntergeworfen. Wie gesagt, alles dichter Wald. Normalerweise hätte man den Toten da nie gefunden. Aber durch die unerwarteten Regenfälle und die Schneeschmelze sind Unmengen von Wasser in Bewegung geraten. Kleine Bäche traten über die Ufer, und gewaltige Wassermassen bewegten sich abwärts. Dabei ist der Leichnam mitgerissen worden und schließlich in der Oos gelandet.«

»Fragt sich nur, welche Rolle Axel Roemer gespielt hat«, überlegte Heerse laut und orderte einen weiteren Espresso, wobei er den Gedanken verdrängte, dass er dafür vermutlich so viel hinblättern musste wie anderswo für ein ganzes Mittagessen. Aber die Ruhe in der mit dunklen Möbeln eingerichteten Lounge, die ihn an eine alte Bibliothek erinnerte, tat ihm gut und machte es ihm möglich, wieder klar zu denken.

»Was ist mit dem Zettel in der Tasche von Thomas Niehm? Der muss doch etwas bedeuten«, erwiderte Müller und schloss sich der Bestellung seines Chefs an, in der Hoffnung auf einen weiteren Teller Gebäck, da der erste bereits von Heerse verputzt worden war.

Der Hauptkommissar lehnte sich zurück und sah aus dem Fenster. Es regnete immer noch, aber seine Müdigkeit war verschwunden. Stattdessen spürte er Wut in sich aufsteigen.

Entsprechend knurrig war die Antwort, die er seinem Mitarbeiter gab: »Vermutlich hat uns da jemand sehr geschickt manipuliert. Das würde auch erklären, warum die Kriminaltechnik keinen Fingerabdruck auf dem Papier gefunden hat. Thomas Niehm wusste vermutlich gar nichts über Axel Roemer, aber die Nachricht in seiner Hose, die ihm aller Wahrscheinlichkeit nach sein Mörder zugesteckt hat, führt uns nun schon seit fast einer Woche in die falsche Richtung.« Den Fluch, der ihm noch auf der Zunge lag, schluckte er hinunter, vermutlich wären sie ansonsten mit einem Hausverbot belegt des Hotels verwiesen worden.

»Und was jetzt?«, fragte Müller müde.

»Jetzt fangen wir wieder von vorne an.«

* * *

Kapitel 13

Anke Derlach stand am Fenster und sagte: »Der Streifenwagen ist schon weg.«

»Ja«, entgegnete Maren Teuber, »und von meiner Wenigkeit sind Sie auch bald erlöst. Mein Chef kommt nachher noch vorbei, dann verschwinde ich ebenfalls.«

»Sie werden mir fehlen«, erwiderte Anke und drehte sich um.

Die Kommissarin antwortete mit einem Lächeln, was sollte sie darauf auch sagen? Sie hatte die letzten Tage viel Zeit mit Anke Derlach verbracht. Zwei Mal war sie von einer Kollegin abgelöst worden, aber den größten Teil der Überwachung hatte sie übernommen. Anke war sehr nett gewesen und hatte sich nicht ein einziges Mal über den verordneten Hausarrest beschwert. Trotzdem konnte es Maren kaum erwarten zu gehen. Und das lag nicht nur daran, dass sie sich nach den eigenen vier Wänden sehnte, sondern hatte vielmehr damit zu tun, dass sie sich in Ankes Gegenwart gestresst fühlte. Natürlich war es nicht ausgeblieben, dass man sich miteinander unterhalten hatte. Leider waren die meisten Gespräche jedoch nicht fröhlich, sondern sehr deprimierend gewesen.

Wie zur Bestätigung wiederholte Anke gerade einen ihrer Lieblingssätze: »Das ist so typisch für mein Leben, alles geht schief.«

»Sie müssen nach vorne blicken«, antwortete Maren mechanisch.

Sie hatte ein schlechtes Gewissen, weil sie keine Geduld für die Frau aufbringen konnte, aber sie war nun einmal Polizistin und keine Psychologin.

»Wir sollten uns wiedertreffen, ganz privat«, schlug Anke eben vor, als es an der Tür klingelte.

Maren, die schon seit einiger Zeit immer wieder verstohlen auf die Uhr blickte und sich fragte, wo denn ihr Vorgesetzter so lange blieb, war froh, durch das Läuten um eine Antwort herumzukommen.

Heerse betrat das Wohnzimmer und sah fragend zu seiner Mitarbeiterin. Die nickte ihm zu, zum Zeichen, dass Anke Derlach so weit gefasst war.

»Es tut mir sehr leid, dass Sie das alles durchmachen mussten«, wandte er sich an Anke.

»Ist es denn jetzt vorbei?«

Heerse zögerte mit der Antwort. Auch Maren blickte ihn gespannt an. Sie wusste zwar, dass man Axel Roemer am Vormittag tot aufgefunden hatte und der Personenschutz für Anke Derlach damit endete, aber Einzelheiten waren auch ihr noch nicht mitgeteilt worden.

»Ja«, antwortete der Hauptkommissar schließlich. »Es sieht sogar so aus, als hätte für Sie zu keinem Zeitpunkt Gefahr bestanden.«

»Wie das?«, hörte er Anke fragen.

»Womöglich war Axel Roemer nur ein weiteres Opfer.«

»Aber Sie sagten doch, er hätte nach mir gesucht«, entgegnete sie unsicher.

»Ja, das hat er, aber vermutlich ohne böse Absichten.«

Anke schien durch den Hauptkommissar hindurchzusehen, als sie sagte: »Dann war sein Interesse also wirklich echt.«

»Was Axel Roemer angeht, haben wir uns wahrscheinlich geirrt. Es tut mir leid«, entgegnete Heerse aufrichtig.

Ankes verkrampfte Schultern entspannten sich. »Das muss es nicht. Ich habe ihm ja selbst misstraut, aber jetzt kann ich zumindest mit dem Wissen weiterleben, dass er ein netter Kerl war.«

Heerse nickte ihr freundlich zu, froh darüber, dass sie mit der neuen Situation so gut umging.

Schließlich reichte er der Frau die Hand und drückte sie mitfühlend.

»Ihre Mitarbeiterin hat sich gut um mich gekümmert«, erwiderte Anke daraufhin und warf einen dankbaren Blick in Marens Richtung.

Die verabschiedete sich ebenfalls und war erleichtert, als sie mit Heerse auf dem Parkplatz stand, der sie kurz über den Ermittlungsstand ins Bild setzte.

»Ich glaube, ich habe nicht genug Abstand gehalten. Anke Derlach will sich mit mir privat treffen, zum Quatschen und so«, sagte Maren schuldbewusst.

Heerse drückte ihr die Schulter. »Das wirft dir nun wirklich niemand vor. Wenn der Fall abgeschlossen ist und du …«

»Nein«, erwiderte Maren schnell, »so war das nicht gemeint. Ich möchte das gar nicht. Wahrscheinlich bin ich ein schlechter Mensch, aber ich habe so viel mit dem Job und mir selbst zu tun, da habe ich einfach nicht die Kraft, Anke Derlachs Seelentröster zu sein.«

»Es ist kein Fehler, klare Grenzen zu ziehen, das musst du dir nicht vorwerfen. Das gehört zum Überlebensinstinkt eines Polizisten«, entgegnete er aufrichtig. »Fahr nach Hause und schlafe dich aus, wir sehen uns morgen!«, wies er seine Mitarbeiterin an.

Er sah ihrem Auto hinterher und stieg in seinen Dienstwagen, als das Handy klingelte.

Es war Oberkommissar Müller. »Rolf, du solltest sofort ins Büro kommen. Ich glaube, wir müssen doch nicht noch einmal von vorne anfangen.«

* * *

Doktor Marius Kort saß zusammengesunken auf dem Stuhl im Vernehmungszimmer. Er blickte erst auf, als Heerse mit

Oberkommissar Müller den Raum betrat und ihm einen Becher Kaffee hinschob.

»Sie wissen, warum Sie hier sind?«, begann der Hauptkommissar das Gespräch.

»Da ich über meine Rechte aufgeklärt wurde, vermute ich, Sie halten mich für einen Kriminellen«, antwortete der Arzt, und es klang müde, so als hätte er diese Frage schon tausendmal beantwortet.

»Wir haben eine Zeugin, die beschwört, Sie im Klub Labrios gesehen zu haben, obwohl Sie uns gegenüber behaupten, zu Hause gewesen zu sein. Ihr Vater bestätigt Ihre Aussage«, fuhr Heerse fort und ließ sein Gegenüber nicht aus den Augen.

Kort zuckte nur mit den Schultern. »Es tut mir leid, aber das muss ein Missverständnis sein, Ihre Zeugin irrt sich.«

»An jenem Abend hat man Sie dabei beobachtet, wie Sie mit einer Frau an der Bar saßen«, sprach der Beamte weiter.

Der Arzt blickte kurz auf und blinzelte nervös.

»Sie möchten dazu nichts sagen?«, hakte der Hauptkommissar nach. Es folgte ein Kopfschütteln, und Heerse wurde deutlicher. »Die Frau hieß Claudia Wesel. Sie wurde noch in der gleichen Nacht brutal ermordet.«

Der freundliche Ton war verschwunden. Heerse knallte ein Tatortfoto auf den Tisch und fuhr Kort wütend an: »Waren Sie das? Los, sehen Sie es sich an!«

Endlich reagierte der Arzt und starrte voller Entsetzen auf das Bild der verstümmelten Leiche. »Oh mein Gott!«, stammelte er, und Heerse war versucht, im ersten Moment zu glauben, der Mann würde ihm etwas vorspielen. Immerhin war Kort Arzt und sollte einen solchen Anblick ertragen können.

Aber Kort schob das Bild zur Seite und begann zu zittern. »Ich habe damit nichts zu tun«, entgegnete er mit brüchiger Stimme.

Der Hauptkommissar sah seine Chance. »Natürlich wollten Sie das nicht, aber es ist einfach passiert, nicht wahr?«

»Nein«, rief Kort außer sich. »Nichts ist passiert, wir haben nur geredet.« Ein Schweißfilm hatte sich auf seiner Stirn gebildet, nur mühsam konnte er sich zusammenreißen. »Ja, ich war im Labrios mit ein paar Freunden, und ich erinnere mich an die Frau. Ich habe sie zu einem Sekt eingeladen, wir haben uns irgendwann verabschiedet, und sie ist nach Hause gegangen. Ich fand sie nett. Es war nur eine Unterhaltung.«

»Unsere Zeugin sagt, Sie hätten Frau Wesel geküsst.«

Kort wurde rot und sah den Polizisten entsetzt an. »Was? Ich habe ihr nur einen Abschiedskuss auf die Wange gegeben, das war alles.«

Der Hauptkommissar erwiderte darauf nichts. Er wusste, dass sich das mit der Aussage der Zeugin deckte, aber er musste wenigstens versuchen, Kort aus der Reserve zu locken.

Müller hatte ihn angerufen. Aufgrund des Aushangs im Labrios war eine Zeugin in der Dienststelle erschienen. Die Frau lebte nicht in der Gegend, sondern kam nur alle paar Wochen nach Baden-Baden, um eine Freundin zu besuchen, deshalb hatte sie sich auch erst jetzt bei der Polizei gemeldet. Sie war gestern im Klub gewesen, hatte das Bild von Claudia Wesel gesehen und sich an einen gut aussehenden Mann erinnert, der mit dem Opfer an der Bar gesessen hatte. Sie konnte ihn eindeutig als Marius Kort identifizieren. Heerse hatte sich entschieden, den Mann ohne großes Aufhebens aufs Präsidium zu bitten. Kort war ihrer Aufforderung trotz der Ratschläge seines Vaters, es nicht zu tun, gefolgt und hatte auch nicht nach einem Anwalt verlangt. Jetzt saß er wie ein Häufchen Elend in ihrem Verhörzimmer, und Heerse war sich unsicher. Trotzdem ging er den Mann hart an. Immerhin galt es, die Wahrheit herauszufinden.

»Noch haben wir uns zurückgehalten, auch aus Rücksicht auf Ihre Frau. Aber wenn Sie uns nicht ein bisschen mehr entgegenkommen, dann werden wir als Nächstes Ihr

Haus durchsuchen. Und zwar vom Keller bis zum Speicher und jeden Quadratzentimeter Ihres Gartens. Was denken Sie, was wir dort finden? Sägen, Messer, blutige Schutzkleidung?«

»Hören Sie auf«, stöhnte Marius. »Was glauben Sie denn, was ich getan habe?«

»Ich glaube, Sie sind Claudia Wesel in ihre Wohnung gefolgt und haben sie umgebracht. Genau wie zuvor Lea Bauer, die eine Ihrer Patientinnen war, und anschließend Heidi Maurer, die Sie aus der Apotheke kannten. Christina Furtoch ist Ihnen zufällig über den Weg gelaufen, mit ihr hat alles angefangen.«

»Nein, nichts hat angefangen«, wehrte sich der Arzt.

»Sie sagten, Sie seien mit Freunden im Labrios gewesen. Werden die Ihnen zum Todeszeitpunkt von Claudia Wesel ein Alibi liefern?«

Marius Kort antwortete mit einem verneinenden Kopfschütteln, machte aber keine Anstalten, sich zu erklären.

Heerse fuhr fort, und seine Stimme hatte eine ungewohnte Schärfe, als er sagte: »Und was ist mit Ihrer Frau? Erinnert die sich vielleicht an die Nacht, in der Sie so spät nach Hause gekommen sind? Vielleicht gegen jede Gewohnheit noch geduscht haben, um das Blut abzuwaschen? Womöglich fehlen seit dieser Nacht auch Kleidungsstücke, die Sie, um Spuren zu verwischen, entsorgen mussten.«

»Nein!«, hielt Kort erneut dagegen, aber dieses Mal war die Panik in seiner Stimme unüberhörbar.

»Ehefrauen bemerken, wenn etwas nicht stimmt. Bisher konnte sie es sich nur nicht erklären, aber wenn wir erst einmal mit ihr geredet haben, dann fügen sich all die kleinen Puzzleteilchen zusammen. Die Zeiten, in denen Sie verschwunden waren, die Gereiztheit, die kleinen Lügen. Ihre Frau wird uns dann erzählen, dass Sie sich in letzter Zeit immer mehr zurückgezogen haben, kaum noch Zeit mit der Familie verbrachten.« Als Heerse am Gesichtsausdruck seines Gegenübers erkannte, dass er auf dem richtigen Weg war, ging er noch einen Schritt weiter und fragte: »Schlafen Sie bereits in getrennten Zimmern?«

»Nein«, schrie Kort, »nein, hören Sie auf. Lassen Sie meine Familie aus dem Spiel. Sie hat nichts damit zu tun.«

Der Arzt verlor die Fassung und schluchzte.

»Für gewöhnlich ist es eine Erleichterung, die Wahrheit zu sagen«, wandte sich Heerse jetzt mit ruhiger Stimme an den Mann. »Denken Sie nicht, es wird Zeit zu gestehen?«

Kort hob den Kopf und sah den Polizisten mit traurigem Blick an. »Vielleicht haben Sie recht«, erwiderte er heiser und blickte auf seine Hände. Sehr leise hörten die Beamten die Worte: »Ja, es stimmt, ich bin schuldig!«

* * *

Zur gleichen Zeit

Anke Derlach ging unruhig in Ihrer Wohnung auf und ab. Sie hatte große Pläne gehabt. Eigentlich wollte sie die Vergangenheit hinter sich lassen, alles vergessen und endlich ganz von vorne anfangen. Aber dann war die Polizei bei ihr aufgetaucht, und alles veränderte sich. Tagelang hatte sie zusammen mit Maren Teuber darauf gewartet, dass man Axel festnehmen würde, und dann kam die Meldung von seinem Tod. Anke sah jetzt ein, dass man nicht davonlaufen konnte. Sie war, wie sie war, und musste das akzeptieren. Und im Prinzip ging es ihr doch auch gut damit. Wo stand denn, dass es im Leben darauf ankam, anderen zu gefallen? Mit sich im Reinen zu sein, sollte doch mehr zählen.

Unschlüssig, was sie als Nächstes tun sollte, betrachtete sie die alten Fotoalben, die sie auf dem Tisch ausgebreitet hatte, und endlich entspannten sich ihre Züge. Warum es länger aufschieben? Es führte kein Weg daran vorbei, sie musste zu Maren Teuber, denn die, davon war Anke überzeugt, würde dafür sorgen können, dass alles wieder in Ordnung kam.

* * *

Zur gleichen Zeit, in der Dienststelle der Kriminalpolizei

Hauptkommissar Heerse und Oberkommissar Müller sagten kein Wort, sondern warteten darauf, dass Marius Kort, der offensichtlich gerade dabei war, ein Geständnis abzulegen, weitersprach.

Noch immer hatte er den Kopf gesenkt und starrte auf seine Hände, während er nervös die Finger ineinander verschlang.

»Ja, Sie haben recht, ich bin schuldig.« Jetzt blickte er das erste Mal auf und sah direkt zu Heerse. »Aber nicht so, wie Sie denken.«

Die Wortwahl ließ den Hauptkommissar ahnen, dass das Verhör nicht den erwarteten Verlauf nehmen würde.

Wie zur Bestätigung sagte Marius Kort: »Ich habe niemanden ermordet. Das schwöre ich Ihnen. Ich bin ein schlechter Mensch, aber das, was Sie mir vorwerfen, das habe ich nicht getan.«

Müller verzog vor Enttäuschung das Gesicht, und der Blick, den er seinem Chef zuwarf, war eindeutig.

Heerse, der zwar immer mehr glaubte nicht den wahren Täter vor sich sitzen zu haben, konnte trotzdem nicht lockerlassen. Deshalb übte er noch ein wenig Druck aus, damit Kort endlich zu sprechen begann: »Sie kannten zumindest drei der Opfer. Lediglich Ihr Vater hat Ihnen bisher ein Alibi gegeben. Was den Mord an Claudia Wesel angeht, wissen wir jetzt, dass er gelogen hat. Soll er vor Gericht einen Meineid leisten? Ist es das …«

Kort unterbrach ihn zornig. »Es reicht!« Er atmete geräuschvoll aus, und dann erschien sogar ein trauriges Lächeln auf seinem Gesicht, als er sagte: »Mein Vater wollte nur helfen. Wir kamen überein, es wäre besser, zu behaupten, ich sei den ganzen Abend zu Hause gewesen. Aber in Wahrheit war ich mit Freunden im Labrios. Ich wollte jedoch nicht, dass Sie bei denen nachfragen. Es ist peinlich, Teil einer polizeilichen Ermittlung zu sein. Außerdem würde Ihnen deren Aussage nichts nützen, da mir von denen niemand ein Alibi für die Tatzeit geben kann. Ich ging vor meinen Freunden, allerdings nicht in die Wohnung von Claudia Wesel, sondern zu *Bella*, und dafür schäme ich mich entsetzlich!«

Nach einem kurzen Zögern nannte ihnen Marius Kort die Adresse des Bordells, in dem Bella ein Zimmer hatte. Müller wies zwei Beamte an, sich umgehend auf den Weg zu machen, um das Alibi von Marius Kort zu überprüfen.

Der Arzt schien, nachdem er es nun ausgesprochen hatte, ruhiger zu sein. Ohne weitere Aufforderung fuhr er fort: »Ich hatte an diesem Abend tatsächlich die Kontrolle verloren. Aber nicht, wie Sie denken. Ich bin zu Bella gefahren und habe sie bekniet, mich auch ohne Termin zu empfangen. Dafür habe ich ein kleines Vermögen bezahlt und hoffe jeden Tag, dass meine Frau das fehlende Geld nicht bemerkt. Aber diese Besuche bei Bella helfen mir. Es ist wie ein Ventil. Wenn ich bei ihr bin, komme ich zu mir.«

Auch wenn Heerse wusste, dass er den Mann noch nicht komplett von der Verdächtigenliste streichen konnte, setzte er dem Zeugen nicht weiter zu, sondern sagte lediglich: »Sie sind sicher nicht der Erste, der die Dienste einer Prostituierten in Anspruch nimmt. Sie hätten uns das gleich sagen können.«

»Ja, ich weiß, aber Bella ist nicht nur eine Prostituierte, sie erfüllt gewisse Sonderwünsche, wenn Sie verstehen.«

Der Hauptkommissar nickte und verdrängte aufsteigende Bilder. Er hatte genug Dienstjahre hinter sich, um zu wissen, was das alles bedeuten konnte.

»Ich bringe es nicht fertig, mit meiner Frau darüber zu sprechen. Ist das nicht armselig? Mein Vater weiß von meinen Besuchen in diesem Haus und deckt mich für gewöhnlich. Das macht alles nur noch schlimmer«, sagte Kort. Sein Blick wanderte verstohlen zu dem Tatortfoto von Claudia Wesel, dann wandte er sich schnell ab.

Heerse war das nicht entgangen, deshalb hakte er nach: »Ich muss Sie das fragen. Ihre Reaktion auf das Bild war für einen Arzt recht ungewöhnlich. Standen Sie Frau Wesel vielleicht doch nahe? Kannten Sie sie schon länger? Das könnte für unsere Ermittlungen relevant sein.«

»Sie sind ein guter Beobachter«, gab Marius Kort zu. »Müssen Sie wohl sein in Ihrem Beruf.« Er lachte kurz auf, wurde aber sofort wieder ernst. »Ich würde mir wünschen, ich wäre ebenso mit dem Meinen verbunden. Aber nein, ich stand der Frau nicht nahe. Es war, wie ich Ihnen gesagt habe. Wir hatten uns im Labrios kennengelernt und unterhalten. Sie hatte so eine liebe Art, irgendwie mütterlich, das hat mir gefallen.« Kurz überlegte er, wie er die nächsten Sätze formulieren sollte, dann entschied er sich, es ohne Umschweife zu sagen: »Ich bin nur Arzt geworden, weil mein Vater das unbedingt wollte. Und dieses Bild …« Er stockte. »Wie man sie zugerichtet hat, die Leichenteile … Das habe ich schon einmal gesehen, es ist viele Jahre her, und ich würde es lieber vergessen.«

Heerse und Müller sahen sich automatisch an. Sie hatten natürlich in den Datenbanken recherchiert und nach alten Verbrechen gesucht, in denen man den Opfern Ähnliches angetan hatte, waren aber auf nichts gestoßen. Hatten sie etwas übersehen, etwas, von dem ausgerechnet Marius Kort wusste?

»An was hat Sie das erinnert?«, fasste der Hauptkommissar sofort nach.

* * *

Kapitel 14

Zur gleichen Zeit

Jerome betrat lächelnd das Zimmer. Er hatte einen Strauß gelbe Rosen im Arm und hoffte, der Frau, die er so sehr liebte, damit eine Freude zu machen. Aber sie beachtete weder ihn noch seine Blumen. Es war wie immer.

»Die habe ich dir mitgebracht«, sagte er zur Begrüßung und gab ihr einen zärtlichen Kuss auf die Wange. Sie wich ihm nicht aus, machte aber auch keine Anstalten, seine Gefühle zu erwidern. Auch das war wie immer.

Also suchte er nach einer Vase, füllte sie mit Wasser und arrangierte die Rosen so hingebungsvoll, als wäre ein falsch platzierter Stiel das Ende der Welt.

»Ich muss dir etwas Wichtiges mitteilen«, begann er, während seine Augen das Zimmer nach einem geeigneten Platz für die Blumen absuchten.

»Ich habe eine Entscheidung getroffen.« Er sah sie erwartungsvoll an, wandte sich dann jedoch wieder ab und fuhr fort: »Ich werde es beenden.«

Er glaubte, ein Zucken ihrer Mundwinkel zu bemerken, so etwas wie ein zufriedenes Lächeln, aber sicher war er sich nicht.

Trotzdem sagte er: »Ich wusste, dass du das begrüßen würdest. Es wird noch heute geschehen.«

Jerome ergriff die Hand der Frau und hauchte einen Kuss auf die zarten Finger. Sie lächelte nun tatsächlich, ob zufrieden oder triumphierend, ließ sich nur schwer erkennen. Vielleicht war es eine Mischung aus beidem.

Mehr gab es nicht zu sagen. Er nahm eine der Bürsten, die auf dem Toilettentisch fein säuberlich aufgereiht lagen, und begann ihr Haar zu kämmen. Sie entspannte unter seinen Berührungen und betrachtete stumm den Strauß gelber Rosen, den er ihr in Sichtweite gestellt hatte.

* * *

Zur gleichen Zeit, in der Dienststelle der Kriminalpolizei

Als Marius Kort schwieg, wiederholte der Hauptkommissar seine Frage: »An was hat Sie das Tatortfoto von Claudia Wesel erinnert?«

Der Arzt begann zögernd zu antworten: »Ich habe meine Mutter verloren, da war ich gerade neun. Das liegt dreißig Jahre zurück. Sehen Sie mich an, es fällt mir immer noch schwer, darüber zu sprechen.«

Er schüttelte traurig den Kopf, bevor er weitersprach: »Damals hat es einen schlimmen Unfall gegeben. Ein Busunglück auf der Schwarzwaldhochstraße.«

Heerse kniff die Augen zusammen. Dunkel kam ihm eine Erinnerung an Nachrichtenreportagen und Berichte der Verkehrspolizei.

»Meine Mutter und mein zwei Jahre älterer Bruder sind dabei gestorben.« Er presste die Lippen aufeinander, so als würde der Schmerz, der dabei entstand, helfen, die Tränen zu unterdrücken. »Es war ein simpler Schulausflug. Ich weiß noch, dass ich sauer war, weil ich nicht mitdurfte. Nicht meine Klassenstufe«, fügte er erklärend an. »Meine Mutter hat mich zum Abschied getröstet. Sie sagte: ›In zwei Jahren bist du dran, versprochen!‹ Ich habe keinen Ton erwidert und trotzig den Kopf zur Seite gedreht, als sie mir einen Abschiedskuss geben wollte. Das kann ich mir bis heute nicht verzeihen.« Er blinzelte heftig.

»Das tut mir sehr leid«, sagte Heerse aufrichtig.

»Keiner weiß genau, was passiert ist. Der Bus kam von der Fahrbahn ab und stürzte in den Abgrund. Mein Vater war gerade mit mir im Auto unterwegs, als man ihn verständigt hat. Er war damals auch als Unfallarzt tätig. Wir waren unter den Ersten vor Ort. Er sagte ›Bleib im Auto!‹, aber ich war noch ein Kind, und mir fehlte natürlich die Einsicht zu gehorchen. Genauso wenig verstand ich, dass meine Mutter und mein Bruder einfach sterben konnten.«

Er blickte auf und sah die unausgesprochene Frage im Gesicht des Hauptkommissars.

»Sie möchten vermutlich gerne wissen, was dieser Unfall mit Ihrem Tatortfoto zu tun hat?«

Heerse nickte, und Marius sprach weiter. »Ich habe von den Zerstückelungen der Opfer in der Zeitung gelesen, aber es so zu sehen!« Er stockte und bemühte sich um Fassung, als er sagte: »Die Menschen im Bus waren furchtbar zugerichtet gewesen. Gesichter bis zur Unkenntlichkeit entstellt, abgerissene Arme und Beine, Hände, Finger …« Er brach ab und schloss die Augen. »Es war ein grauenhaftes Bild, all die vielen zerstückelten Leichen. Wie ein Mosaik, das man aus lauter Körperteilen zusammengesetzt hat. Ein Blutmosaik, wenn Sie so wollen.«

Heerse kannte solche Unfälle. Als er noch ein junger Polizist war, hatte er mit der Verkehrspolizei an Einsätzen teilgenommen, die ihn heute noch manchmal in seinen Träumen heimsuchten. Daher wollte er sich das Grauen, das Marius Kort als Kind erlebt hatte, gar nicht erst ausmalen.

Ihr Zeuge schwieg, zu sehr berührt von der Erinnerung. Die Beamten gaben ihm die Zeit.

»Das Tatortfoto erinnert mich an dieses furchtbare Blutmosaik von damals«, fuhr er schließlich mit unsicherer Stimme fort. »Seit diesem Unfall habe ich Angst vor Blut. Jetzt können Sie sich sicher vorstellen, wie das bei meinem Vater angekommen ist. Der große, unverwüstliche Doktor

Jochen Kort«, sagte er voller Sarkasmus. »Mein älterer Bruder war eigentlich dafür vorgesehen gewesen, in Papas Fußstapfen zu treten, aber dazu kam es dann ja nicht. Nach der Beerdigung blieb die Praxis nur wenige Tage geschlossen. Niemals hätte mein Vater seine Patienten im Stich gelassen. Dann ging es nicht lange, und er hat mir verboten, den Unfall überhaupt noch zu erwähnen. Ich glaube, in all den Jahren habe ich noch nie mit jemandem so offen darüber gesprochen wie jetzt mit Ihnen.«

»Gab es denn keine Trauerbegleitung? Niemand, der sich um die Angehörigen gekümmert hat?«, fragte Müller ungläubig.

Marius Kort winkte ab. »Hans Derlach hat versucht, die Betroffenen zusammenzubringen, aber das wurde nicht angenommen.«

»Hans Derlach?«, hakte Heerse bei dem Namen interessiert nach.

»Ja, seine Frau und seine Tochter saßen ebenfalls in dem Bus. Anke war eine der fünf Überlebenden.«

»Es gab nur fünf Überlebende?«, fragte Müller überflüssigerweise.

»So ist es. Vermutlich war Hans Derlach damals einfach der Falsche, um die Hinterbliebenentreffen zu organisieren.«

»Das verstehe ich jetzt nicht«, bekannte sich Heerse ehrlich.

»Die Menschen lehnten ihn ab. Er war keiner von ihnen, denn seine Tochter hatte überlebt. Man zog Anke unversehrt unter den Überresten hervor. Sie hatte keinen Kratzer abbekommen. So hieß es dann, der Derlach hätte keinen Grund zum Trauern, ihm wäre ja wenigstens die Tochter geblieben. Natürlich war das ungerecht, denn seine Frau war in dem Bus gestorben, aber so ist das nun einmal – die eigenen Verluste sind immer größer als die der anderen. Mir ging es genauso. Ich habe zum Beispiel Jörg Acker dafür gehasst, dass seine Mutter den Unfall überlebt hat.«

Marius Kort musste die Veränderung in den Gesichtern

der Polizisten bemerkt haben, denn er stockte und sagte dann: »Sie kennen Jörg? Er hat diese Friseurläden, nennt sich heute Jerome.«

* * *

Zur gleichen Zeit

Jerome bürstete das einst dunkle Haar, das mittlerweile von grauen Strähnen durchzogen war, und erzählte von seinen Zukunftsplänen, als unvermittelt die Tür aufging und die Ruhe gestört wurde.

»Herr Acker«, rief die Krankenschwester erfreut. »Wie schön, dass Sie schon wieder nach Ihrer Mutter sehen. Die Besuche tun ihr gut. Nicht wahr, meine Liebe?« Die letzten Worte sagte sie mit verstellter Stimme, als würde sie zu einem kleinen Kind sprechen.

Jerome erwiderte das freundliche Lächeln der Schwester. »Ich habe das Gefühl, dass sie mich in letzter Zeit erkennt. Als würde sie verstehen, was ich sage.«

»Aber sicher versteht sie das. Sie spüren, dass Menschen um sie sind, denen sie etwas bedeuten. Nicht wahr, meine Liebe?« Dieses Mal legte sie der Frau im Sessel für einen Augenblick liebevoll die Hand auf die Schulter.

»Nein«, entgegnete der Friseur, »ich meinte, dass sie mich wirklich erkennt.«

Ihn traf ein mitleidiger Blick, der ihm Antwort genug war. Und tief in seinem Inneren wusste er selbst, dass es niemals eine Besserung geben würde, dass keine Hoffnung bestand und dass es nur seine Fantasie war, die ihm schon seit dreißig Jahren vorgaukelte, ein Lächeln, Seufzen oder Zucken der Mundwinkel wäre eine Reaktion auf ihn oder etwas, das er gesagt hatte.

Die Krankenschwester begann das Bett abzuziehen und schwatzte munter drauflos: »Haben Sie den Mantel gefunden?«

Jerome fuhr überrascht auf. »Den Mantel?«

»Ja, Ihre Freundin hat im Heim angerufen. Sie war sehr erregt. Sie hatten sicher Ihre Ausweispapiere in der Tasche. Ihre Freundin sagte, es wäre wichtig, dass wir uns ganz genau daran erinnern, um wie viel Uhr Sie gekommen und gegangen sind.« Sie seufzte und sagte: »Ist doch schön, wenn man jemanden hat, der einen bei allem unterstützt. Sie macht sich wirklich große Sorgen wegen Ihres Mantels.«

Die Pflegerin hatte alles freundlich vorgetragen – es war nicht zu erkennen, ob sie einfach ehrlich und naiv war oder ihm auf durchtriebene Weise sagen wollte, dass sich das ganze Heim das Maul über Patrizias hysterischen Kontrollanruf zerriss.

Die Frau wechselte das Thema und referierte über die starken Regenfälle der letzten Tage.

Jerome hörte ihr nicht mehr zu. Er dachte nur noch an das, was er geplant hatte. Zum Abschied drückte er seiner Mutter einen Kuss auf die Stirn und überließ sie der Obhut der Pflegerin. Als er ins Freie trat, schaltete er sein Handy ein. Wie zu erwarten hatten sich bereits unzählige SMS und Nachrichten auf der Mailbox angesammelt. Sie stammten alle von Patrizia Zehner. Da wusste er umso mehr, dass es höchste Zeit war, endlich das zu tun, was notwendig war.

* * *

Zur gleichen Zeit, in der Dienststelle der Kriminalpolizei

»Und seine Mutter saß auch in dem Bus?«, fasste Hauptkommissar Heerse nach.

»Ja, Frau Acker war Erdkundelehrerin und als Begleitperson dabei«, antwortete ihm Marius Kort.

»Und die Frau hat überlebt?«

»Wenn man das so nennen will. Als Kind habe ich nicht

begriffen, was so eine Form des Überlebens bedeutet. Frau Acker hatte schwere Schädelverletzungen. Man hat sie wieder zusammengeflickt, wenn Sie mir diesen Ausdruck gestatten, denn anders kann man das nicht beschreiben. Seither ist sie auf Pflege angewiesen, seit dreißig Jahren wird sie in einem Heim versorgt. Sie weiß nicht, wer sie ist, wo sie ist und wer die Menschen um sie herum sind. Geschweige denn, dass sie ihren eigenen Sohn erkennen würde.«

»Wer hat sonst noch überlebt?«, fragte Heerse alarmiert.

Automatisch fielen ihm die Ausführungen von Doktor Calliditas ein. Er dachte an das sorgfältige Aufbahren der Leichen im eigenen Bett und das fürsorgliche Zudecken. Plötzlich hatte er das Gefühl, eine Antwort auf die Frage nach dem Warum zu bekommen, eine Antwort, die ihn tatsächlich zum Täter führen könnte.

»Eine Mutter mit ihrem Sohn. Die Familie ist bald darauf ins Ausland gezogen. Ich vermute, die konnten die vorwurfsvollen Blicke der trauernden Hinterbliebenen nicht ertragen. Und ein Lehrer, aber der ist mittlerweile gestorben. Man munkelt, er hat sich totgesoffen. Schuldgefühle, womöglich gegenüber denen, die es nicht lebend aus dem Bus geschafft haben«, antwortete Marius Kort auf Heerses Frage.

Das Gespräch wurde durch ein Klopfen an der Tür unterbrochen.

Ein Kollege bestätigte das Alibi von Marius Kort. Der Beamte hatte mit Bella gesprochen, die sich, als sie den Grund der Ermittlungen erfuhr, kooperativ gezeigt hatte. Damit war Marius Kort nicht länger ein Verdächtiger.

»Ich kann gehen?«, fragte der Arzt, der die Unterbrechung richtig gedeutet hatte.

Heerse bestätigte das: »Vorerst ja, ich bitte Sie aber, sich für weitere Fragen bereitzuhalten.«

Die Männer standen auf, und der Hauptkommissar begleitete Kort zur Tür. Heerse rang mit sich, war unschlüssig, ob er sich in das Leben des Mannes einmischen sollte, konnte dann aber doch nicht aus seiner Haut und sagte: »Doktor Kort, als Arzt wissen Sie doch sicher, was eine *Sepsis* ist.«

Der andere sah den Beamten verdutzt an und entgegnete überrascht: »Sie meinen eine Blutvergiftung? Natürlich weiß ich, was das ist.«

»Dann kennen Sie auch den Verlauf dieser Krankheit. Wird die Sepsis nicht gestoppt, führt sie letzten Endes zum Tod.«

»So ist es«, antwortete Kort und blickte fragend zu dem Hauptkommissar.

»Unsere Psyche ist nicht weniger anfällig. Glauben Sie mir, ich habe als Polizist leider zu oft die traurige Erfahrung gemacht, dass auch der Geist vergiftet werden kann. Man muss eingreifen, bevor es zu spät ist.«

Kort lachte gekünstelt. »Sie raten mir, reinen Tisch zu machen, bevor ich dem Wahnsinn verfalle?«, versuchte er das Thema ins Lächerliche zu ziehen, aber Heerse blieb ernst.

Der Arzt wich seinem Blick aus. »Vielleicht haben Sie recht«, sagte er schließlich mit rauer Stimme und verabschiedete sich.

Heerse verschwendete keine weitere Zeit. Er dachte an das »Blutmosaik«, von dem Marius Kort gesprochen hatte, und ein Gedanke, der ihm im ersten Moment zu abwegig erschienen war, nahm nun doch langsam Gestalt an. Sie waren während der Ermittlungen immer wieder auf die gleichen Personen gestoßen, hatten Alibis überprüft, Spuren verfolgt und doch keinen Hinweis auf den Täter erhalten. War es möglich, dass sie den bereits kannten? Dass sie dichter an ihm dran waren, als sie glaubten? Und so befremdlich Heerses neue Theorie auch war, ergab plötzlich doch alles einen Sinn.

Müller trat zu seinem Chef, stellte ihm eine Frage, aber

Heerse winkte ab. »Jetzt nicht, wir müssen etwas überprüfen, das hat oberste Priorität.«

Der Oberkommissar folgte fassungslos den Ausführungen seines Vorgesetzten und sagte schließlich: »Wenn du recht hast, dann wurden wir die ganze Zeit an der Nase herumgeführt.«

»Deshalb machen wir uns sofort an die Arbeit. Wenn ich richtigliege, dürfen wir keine Sekunde länger mit der Verhaftung warten.«

* * *

Kapitel 15

Eine halbe Stunde später

Maren Teuber hob verschlafen den Kopf. Es hatte an der Tür geklingelt. Wo war sie? Es dauerte einen Moment, bis sie sich orientieren konnte. Sie lag auf dem eigenen Sofa, und es war später Nachmittag.

Die Klingel wurde ein weiteres Mal betätigt, und Maren ärgerte sich, dass sie vergessen hatte, das Ding abzustellen. Für gewöhnlich tat sie das nämlich, wenn sie den Schlaf, der ihr durch Sonderschichten entgangen war, tagsüber nachholen wollte. Umständlich quälte sie sich in eine aufrechte Position. Vermutlich ein Nachbar oder der Hausmeister, irgendwer hatte ja immer etwas Wichtiges mitzuteilen.

Und dann schoss ihr plötzlich durch den Kopf, dass es Müller sein könnte und sie gerade schrecklich aussah. Aber als es nun ein drittes Mal läutete, blieb ihr keine Zeit mehr für irgendwelche Verschönerungen. Sie fuhr sich mit der Hand durchs Haar und eilte zur Tür. Da jetzt auch noch dagegengeklopft wurde, nahm sie automatisch an, dass kein Fremder, sondern einer der anderen Hausbewohner davorstand.

Sie öffnete und sah überrascht in das Gesicht ihres Gegenübers, dann traf sie das Eisenrohr hart an der Schläfe. Sie taumelte rückwärts, riss dabei einen Garderobentisch um und suchte benommen nach irgendetwas, das sie als Waffe verwenden konnte. Mit schnellen Schritten folgte ihr der unerwartete Gast und schlug erneut zu, aber dieses Mal wich Maren aus. Sie wusste zwar, wie man sich gegen einen Angriff wehren konnte, aber man hatte sie gerade überrumpelt. Maren war nicht schnell genug, und als das Rohr erneut in ihre Richtung sauste, landete es einen Volltreffer. Sie verlor das Bewusstsein.

Schnell wurde ihre Wohnungstür zugezogen, dann an den Hals der Kommissarin gegriffen. Sie lebte noch. Normalerweise würde jetzt das Messer angesetzt werden, um die Kehle der Polizistin zu durchschneiden. Bisher war es immer darum gegangen, die Frauen schnell zu töten, um dann in aller Ruhe an ihnen arbeiten zu können. Aber Maren Teuber war etwas Besonderes. Sie glich *ihr* stärker als all die anderen Opfer zuvor. Und sie hatte diese sanften Augen. Daher war sie mehr als nur ein Mittel zum Zweck.

* * *

Patrizia Zehner hatte schon den ganzen Tag versucht, Jerome zu erreichen. Gerade war sie nach einem weiteren Anruf im Heim von einer der Pflegerinnen mit den Worten »Er ist schon weg!« abgespeist worden.

»Dieses gottverdammte Heim, in dem diese alte Hexe nun schon seit dreißig Jahren wie eine lauernde Spinne hockt und nicht verrecken will«, fluchte sie laut.

Ständig verbrachte Jerome seine Zeit mit ihr. Schon als sie ihn kennenlernte, fand sie die regelmäßigen Besuche total übertrieben. Seine Mutter erkannte ihn doch sowieso nicht. Aber seit man ihm vor ein paar Monaten mitgeteilt hatte, dass es nun doch langsam mit der Alten zu Ende ging, da verbrachte er jede freie Minute in dem Heim. Zumindest behauptete er das. Patrizia hatte den Verdacht, er hätte sich mit einer der Pflegerinnen eingelassen. Deshalb hatte sie die jüngste Diagnose der Ärzte mit Erleichterung zur Kenntnis genommen. Jeromes Mutter machte doch seit Jahren nichts anderes, als mit ihrem knochigen Hintern mehr tot als lebendig in einem Sessel zu sitzen. Ihr Ableben brächte für alle Seiten nur Erlösung.

Patrizia gefiel die Vorstellung, und sie wählte erneut die Handynummer von Jerome. Sie ging im Büro auf und ab und hörte gedämpft das Treiben im Friseursalon. Bald begannen die Faschingsveranstaltungen, da waren sie immer vollkommen ausgebucht.

»Warum rufst du an?«, hörte sie endlich die Stimme ihres Freundes. Doch noch bevor sie etwas sagen konnte, fuhr er sie an: »Du störst.«

»Bei was?«, schnauzte sie zurück. »Du bist nicht mehr bei deiner Mutter. Ich habe gerade mit dem Heim telefoniert.«

»Nein, da bin ich tatsächlich nicht mehr«, sagte er mit gefährlichem Unterton.

Patrizia überhörte das und fragte zornig: »Verdammt noch mal, wo bist du?«

»Ich tue etwas für mich«, gab er knapp zur Antwort.

»Du bist bei einer Frau. Ist doch so!«, rief sie wütend.

»Ja, du hast recht, ich bin bei einer Frau. Und sie wird dafür sorgen, dass es mir bald besser geht«, entgegnete er voller Gehässigkeit, dann war das Gespräch beendet.

Patrizia Zehner stand da wie vom Donner gerührt. So etwas hatte er noch nie gesagt, und es klang endgültig. Sie wählte erneut seine Nummer, aber dieses Mal antwortete nur die Mailbox. Wo war er? Sie überlegte fieberhaft, dann fiel ihr etwas ein.

Sie stürmte zu seinem Schreibtisch, begann die Schubladen aufzureißen und alles zu durchwühlen. Sie würde schon herausfinden, bei welchem Weib er sich gerade aufhielt.

Jerome hingegen atmete tief durch, er blickte zu der Frau, die ihn mit großen Augen ansah. Sie hatte schöne Augen, aber das interessierte ihn im Moment nicht. Er war aus einem bestimmten Grund hier, jedoch nicht, um zu flirten, deshalb sagte er in geschäftsmäßigem Ton: »Es geht um eine Trennung, geschäftlich und privat. Man sagte mir, Sie wären eine der besten Anwältinnen der Stadt.«

* * *

Zur gleichen Zeit

Maren Teuber kam zu sich. Ihr Mund war zugeklebt, ihre Arme und Beine gefesselt. Sie lag auf dem Rücken im Wohnzimmer, verschnürt wie ein Paket. Auf dem Couchtisch entdeckte sie Sägen. Sie wusste, dass das Fuchsschwänze waren. Während der Ermittlungen hatte sie eine ganze Menge über verschiedene Sägetypen erfahren. Außerdem erkannte sie ein Fleischerbeil und mehrere scharfe Messer. Sie hatte Angst, spürte den kalten Schweiß, der ihren Körper bedeckte, und glaubte, unter dem festen Klebeband ersticken zu müssen.

Als jetzt das Gesicht von Anke Derlach vor ihr auftauchte, riss sie an ihren Fesseln und rief »Warum?«, aber das Klebeband erstickte ihren verzweifelten Schrei.

Offensichtlich verstand Anke trotzdem die Frage. »Du willst wissen, warum?«, sagte sie deshalb mit sanfter Stimme und streichelte ihrem Opfer liebevoll über das dunkle Haar. »Du siehst ihr wirklich so verdammt ähnlich«, sprach sie verträumt weiter und schien einen Moment in eine andere Realität entschwunden zu sein.

Maren runzelte die Stirn, probierte erneut zu sprechen, aber Anke beachtete sie nicht.

»Du bist ihr wie aus dem Gesicht geschnitten, aber dazu kommen wir später.«

Marens Kopf dröhnte entsetzlich. Sie kämpfte gegen die Tränen an, die ihr nicht nur die körperlichen Schmerzen in die Augen trieben. Sie wusste, was mit den Frauen vor ihr passiert war. Deshalb brachte sie der Gedanke, deren Schicksal teilen zu müssen, beinahe um den Verstand.

Warum nur hatte Anke sie nicht gleich umgebracht? Die anderen Opfer waren wenigstens tot, als man ihnen diese schrecklichen Verstümmelungen angetan hatte.

»Kein Grund, traurig zu sein«, fuhr Anke fort. Dabei klang sie ganz freundlich, so als würden sie miteinander bei Kaffee und Kuchen sitzen.

»Ich dachte mir, meine Geschichte könnte dich interessieren, deshalb sollst du nicht sofort sterben. Ich möchte, dass du alles mit mir teilst. Von Anfang bis Ende. Wie beste Freundinnen das nun einmal machen. Ich habe gleich bemerkt, dass es eine besondere Verbindung zwischen uns gibt.«

Anke richtete sich auf und setzte sich in einen Sessel. Sie hatte ihn sich bereits zurechtgerückt, während Maren ohnmächtig gewesen war. So konnte sie nun bequem auf ihr Opfer hinabblicken.

»Als dich dieses Schaf von einem Hauptkommissar mitgebracht hat, traute ich meinen Augen nicht. Selbst deine Art zu sprechen hat mich an sie erinnert. Da wusste ich, ich muss es noch einmal tun.«

Sie lächelte und war erneut in ihre eigene Welt abgedriftet.

»Meine Mutter war so eine schöne Frau, und sie hat mich aufrichtig geliebt. Weißt du, was das Letzte war, das sie zu mir gesagt hat?«

Maren am Boden schüttelte langsam den schmerzenden Kopf, einfach nur, um irgendetwas zu tun. Vielleicht würde diese kleine Reaktion ihr ein wenig mehr Zeit verschaffen.

»Sie hat gesagt, es ginge nur darum, dass ich in Sicherheit bin. Und dir war das doch auch so wichtig. Deshalb bist du doch in meine Wohnung gekommen, um mich vor dem bösen Axel zu beschützen. Da wusste ich, dass ich dich nie wieder aus den Augen verlieren darf. Deshalb dachte ich mir, es könnte nicht schaden, deine Adresse zu notieren, nur für den Notfall«, fügte sie mit einem entschuldigenden Lächeln an. »Du bist mir doch nicht böse, dass ich einen kurzen Blick auf deinen Personalausweis geworfen habe, während du meine Toilette benutzt hast.« Einen Augenblick schwieg sie, dann verzog Anke das Gesicht auf eine Weise, die sie wie eine Irrsinnige aussehen ließ, bevor sie versonnen weitersprach: »Der Bus, er schwebte wie ein Vogel durch die Luft. Ganz leicht und ganz still. Dann wurde es plötzlich laut, alle schrien, und es entstand ein furchtbares Durcheinander. Dinge flogen durch die Gegend, Menschen wurden hin und her geschleudert. Meine Mutter fiel auf mich. Überall war Blut. Sie rief meinen Namen, fragte, ob ich in Sicherheit wäre, und dann sagte sie nichts mehr. Ich spürte das Gewicht ihres Körpers, aber das machte nichts. Ihre Nähe war so angenehm. Ich fühlte mich geborgen. Als man mich von ihr wegholte, da sah ich sie ein letztes Mal. Ihr Gesicht war so schön. In all dem Chaos, den abgerissenen Armen und Beinen lag sie wie ein schlafender Engel. Und dann brachte man mich weg, und ich war allein. Für immer allein. Aber das war nicht das Schlimmste.« Sie blickte zu Maren. »Das Alleinsein konnte ich ertragen, aber das Vergessen, das brachte mich um den Verstand. Ich konnte einfach nicht verhindern, dass jeden Tag die Erinnerung an sie ein bisschen mehr verblasste. Man sagte mir, das wäre gut, das Leben würde schließlich weitergehen. Ich habe mich bemüht, ihnen zu glauben. Habe es akzeptiert, dass mein Vater uns eine neue Familie *gebastelt* hat. Aber heute weiß ich, dass das alles falsch war. Es ist nicht richtig zu vergessen.«

Sie streckte die Hand aus und griff nach einer der Sägen auf dem Tisch. Als sie sich zurücklehnte, knisterte der Plastikponcho, den sie sich übergezogen hatte, um sich vor dem Blut zu schützen. Anke Derlach betrachtete das scharfe Sägeblatt und fuhr die Zacken vorsichtig mit dem Zeigefinger nach.

Es klang wehmütig, als sie sagte: »Und dann, eines Tages, werden mir meine Erinnerungen zurückgegeben. Ganz plötzlich und völlig unerwartet. Mitten in der Nacht springt eine junge Frau in mein Taxi. Sie bettelt darum, dass ich sie ein Stück mitnehme, und erzählt mir eine herzzerreißende Story über ein unglückliches Elternhaus und einen Typen namens Mango, den sie angeblich liebt und der sie mit einer fetten Kellnerin betrogen hat. Sie jammert, ist pleite und weiß nicht wohin. Gutmütig schalte ich wie selbstverständlich das Taxameter aus und nehme dieses blauhaarige Flittchen mit nach Hause. Und was ist der Dank? Sie spricht davon, meine Freundin zu sein, aber in dem Moment, in dem ich ihr den Rücken zudrehe, versucht sie mich zu beklauen. Ich erwische sie dabei, wie sie eine Halskette meiner Mutter einsteckt. Als ich sie zur Rede stelle, wird dieses Miststück frech und verhöhnt mich. ›Klebe nicht so an dem Scheiß deiner Alten!‹, schleudert sie mir ins Gesicht. Da raste ich aus und schlage zu. Es ist nur ein einziger Schlag. Sie stürzt unglücklich, stößt sich den Kopf und ist sofort tot. Ich habe das nicht einmal gewollt, es ist einfach so passiert. Im ersten Moment dachte ich sogar daran, die Polizei zu rufen, aber dann hatte ich Angst, man würde mir nicht glauben. Die Leiche musste verschwinden, allerdings war sie für mich viel zu schwer. Man denkt an solche Sachen doch nicht im Voraus. Es war zum Verrücktwerden, ich konnte den Körper dieser kleinen Schlampe einfach nicht bewegen. Deshalb blieb mir nichts anderes übrig, als ihn zu zerteilen.« Erneut fuhr sie mit den Fingern über das Sägeblatt. »Es war eine unschöne Arbeit, weiß Gott, ich hatte keine Freude daran, aber als die abgetrennten Körperteile dann alle vor mir lagen, da war es, als wäre ich wieder in diesem Bus. Es roch wie damals, fühlte sich so an wie damals, und ich spürte fast körperlich die Anwesenheit meiner Mutter. In den letzten dreißig Jahren hatte ich keine so klare Erinnerung mehr an sie gehabt wie in diesem Moment, und ich war einfach glücklich.«

Sie blickte zu Maren, legte den Kopf schräg und sagte mit

einem amüsierten Unterton: »Wenn man bedenkt, dass ich das zuerst nur aus praktischen Gründen getan habe. Jedenfalls gelang es mir so, diese verlogene kleine Hexe in den Schweigrother Matten zu entsorgen. Den Kopf wollte ich woanders loswerden, aber eine Zeit lang konnte ich mich einfach nicht davon trennen.« Sie seufzte laut. »So hat dann alles angefangen.«

Marens Stirnrunzeln veranlasste Anke, sich weiter zu erklären.

»Fotografien können dir dieses Gefühl nicht geben. Natürlich habe ich es versucht. Ich habe alle Bilder von ihr aufgehoben. Immer und immer wieder habe ich sie mir angesehen, aber es war nicht dasselbe. Anfangs hatte ich sie überall aufgestellt, aber erst drängten mich mein Vater und seine Frau und später mein Ehemann, sie wegzupacken, um mit der Vergangenheit abschließen zu können. Aber wie hätte ich das je gekonnt?«, rief sie entrüstet aus. »Ich wollte nicht damit abschließen. Ich wollte mich erinnern, unbedingt.« Anke holte tief Luft und versuchte ihre Stimme zu senken. Gefasster fuhr sie fort: »Nachdem ich erst einmal wusste, wie ich die Erinnerung an meine Mutter zurückholen konnte, suchte ich mir würdigere Frauen aus. Ich kannte ja genug durch meine Arbeit, und manche hatten Ähnlichkeit mit meiner Mutter. So wie Lea Bauer, die ließ sich regelmäßig fahren, oder Heidi Maurer, die war auch einmal mein Fahrgast. Und alle erzählten mir ihre Geheimnisse. Es war daher ganz leicht herauszufinden, wer allein lebt. Dann musste ich nur klingeln. Lea Bauer hat direkt geöffnet, Heidi Maurer log ich vor, es wäre ein Wagen für sie bestellt worden. Die ließ mich sofort rein, damit ich bei der Zentrale anrufen konnte, um das Missverständnis aufzuklären. Sie glaubte mir, dass mein Funk Probleme machte. Und Claudia Wesel hatte nicht einmal Bedenken, als ich mitten in der Nacht vor ihrer Tür stand und fragte, ob ich die Toilette benutzen dürfte. Ich behauptete, zufällig das Licht gesehen zu haben, und da weit und breit keine öffentliche Toilette wäre … Sie hat sich sogar gefreut, mich wiederzusehen, wollte mir von ihrem ach so schönen Abend erzählen. Das hat mich wütend gemacht, und ich stach immer wieder zu, verlor irgendwie die Kontrolle. Das war eine neue Erfahrung für mich, die mich verunsichert hat«, sagte Anke nachdenklich. »Vermutlich wollte ich deshalb damit aufhören. Und als dann auch noch Thomas auftauchte, da veränderte sich alles. Dieser dumme, neugierige Pizzajunge. Irgendwann ist ihm eingefallen, dass er am Abend von Lea Bauers Tod mein Taxi in der Straße gesehen hat. Niemand hatte sich bisher daran gestört, die Taxis gehören zum Stadtbild. Keiner der Anwohner hat die Polizei auf meinen Wagen aufmerksam gemacht, weil er ihnen nämlich gar nicht aufgefallen ist. Aber Thomas achtete darauf, und er kannte meine Autonummer. Er fragte mich allen Ernstes, ob er das jetzt der Polizei sagen müsste, da habe ich ihm versichert, dass die das bereits von mir wüssten. Er war zufrieden, aber ich konnte nicht riskieren, dass er das in seiner Naivität herumerzählt. Irgendwer hätte dann doch noch die richtigen Schlüsse gezogen. Und da ich sowieso noch eine Rechnung mit Axel offen hatte, wollte ich zwei Fliegen mit einer Klappe schlagen, wie es so schön heißt. Ich fing Axel vor dem Einkaufscenter, in dem er arbeitet, ab. Er stieg, ohne zu zögern, ein, freute sich richtig, mich wiederzusehen. Ich sagte: ›Lass uns nach Baden-Baden fahren und reden‹.« Sie zuckte mit den Schultern. »Ich hielt an einer geeigneten Stelle. Wir stiegen aus, und am Ende landete er irgendwo mitten im Wald. Zumindest dachte ich das. Er hatte mich belogen, dafür konnte er ruhig die Rolle des Verdächtigen übernehmen. Durch den Zettel, den ich in Thomas' Tasche gesteckt habe, konnte ich dann eine Verbindung zwischen den beiden vortäuschen. Den Jungen in die Falle zu locken, war leicht. Wie es der Zufall wollte, hatte ich die Russen, denen die Villa gehört, an den Flughafen gebracht. Die waren ziemlich nett und erzählten mir während der Fahrt ganz offen, wie lange sie wegblieben und wer sich in der Zwischenzeit um das Haus kümmerte. Alles lief nach Plan.« Sie verzog verärgert das Gesicht. »Bis dieser verdammte Regen Axels Leichnam angeschwemmt hat.« Anke lachte kurz auf, und Maren erschauderte bei dem unnatürlich klingenden Laut. »Aber andererseits wäre ich ja sonst niemals dir begegnet. Es war wie ein Zeichen. Als würde mir das Schicksal sagen: ›Was mit den Frauen passiert, ist nicht falsch. Also vergiss die Zurückhaltung und tu, was du tun musst, um glücklich zu sein!‹.«

Anke stand unvermittelt auf. Sie besah sich Maren, als wollte sie die Kommissarin mit den Augen vermessen.

»Keine Sorge, dein schönes Gesicht wird für immer so schön bleiben. Ich werde mich gut darum kümmern«, sagte sie völlig gelassen, während Maren schluchzte.

»Aber, aber«, säuselte Anke, die sich jetzt neben ihr Opfer kniete. »Du musst doch nicht weinen, alles wird gut.«

Sie ignorierte Marens erstickte Schreie und die Panik in ihren Augen. Stattdessen setzte sie die Säge an der Schulter der Polizistin an.

* * *

Heerse lenkte den Dienstwagen mit halsbrecherischer Geschwindigkeit durch die Stadt. Die heulende Sirene verschaffte ihm zwar freie Bahn, aber die Fahrmanöver des Hauptkommissars waren trotz allem riskant. Nach dem Gespräch mit Marius Kort hatte er zwei Optionen: Jörg Acker alias Jerome und Anke Derlach. Das Warum konnte er sich zusammenreimen, das Busunglück vor dreißig Jahren war der Schlüssel. Aber als sie im Archiv ein Bild von Anke Derlachs Mutter fanden, da wusste der Hauptkommissar, dass er seine Täterin gefunden hatte. Die Ähnlichkeit zwischen Ankes Mutter und den Opfern war einfach unverkennbar. Zeitgleich bekamen sie die Bestätigung, dass neben Claudia Wesel auch Lea Bauer und Heidi Maurer Kunden des Taxiunternehmens gewesen waren, für das Anke Derlach arbeitete. Außerdem hatte Anke im Gegensatz zu Jerome eine Verbindung sowohl zu Thomas Niehm als auch zu Axel Roemer, und sie wusste, wo der Mann gearbeitet hatte. Alles ergab jetzt einen Sinn.

Natürlich ließen die Opfer ihren Mörder ins Haus, denn von einer Frau befürchteten sie keine Gefahr. Nun war auch klar, warum sich Anke so gelassen gegeben hatte, als man sie vor einer möglichen Bedrohung durch Axel warnte. Alles passte zu dem, was Doktor Calliditas bemerkt hatte, und dann hatten sie vor wenigen Minuten auch eindeutige Beweise in Ankes Wohnung beziehungsweise dem dazugehörigen Keller, der früher einmal als Partyraum gedient hatte, gefunden. In der Tiefkühltruhe entdeckten die Beamten, eingeschweißt in Folie, die Gesichtshaut der Opfer. Da Heerse vermutete, dass Christina Furtoch in Anke Derlachs Wohnung getötet worden war, wies er die Kriminaltechnik entsprechend an. Mit deren speziellem Equipment ließen sich mit Sicherheit Blutspuren finden, gleichgültig, wie gut Anke versucht hatte, diese zu beseitigen.

Aber zuerst galt es, einen weiteren Mord zu verhindern. In Ankes Wohnung hatten sie einen Zettel mit Marens Privatadresse gefunden. Sofort hatten die Beamten versucht, die Kollegin telefonisch zu erreichen, jedoch ohne Erfolg. Natürlich konnte dieser Zettel alles bedeuten, schließlich hatte Maren dem Hauptkommissar selbst mitgeteilt, Anke wollte weiter Kontakt halten. Aber Heerse erinnerte sich an Marens ablehnende Haltung bei dem Thema und konnte sich nicht vorstellen, dass seine Kommissarin ihre Privatadresse herausgegeben hatte.

Da niemand wusste, wo sich Anke Derlach gerade aufhielt, weder die Arbeitgeberin noch die Familie, befürchtete Heerse, dass sie Maren aufgesucht hatte. Sollte das der Fall sein, schwebte die Kollegin in höchster Gefahr. Als der Hauptkommissar mit quietschenden Reifen vor dem Wohnhaus seiner Mitarbeiterin zum Stehen kam, fiel ihm sofort das Taxi auf, das dort parkte.

* * *

Anke setzte die Säge an, und durch Maren Teubers Körper fuhr ein stechender Schmerz. Sie keuchte, schrie auf und versuchte sich wegzurollen. Der Fuchsschwanz wurde hin und her bewegt, und die Sägezähne gruben sich tiefer ins Fleisch.

»Es ist nur eine kleine Amputation«, hörte die Polizistin Ankes Stimme, dann verlor sie das Bewusstsein.

Wie durch einen dichten Nebelschleier nahm Maren irgendwann laute Rufe wahr, denen drei Schüsse folgten, die kurz hintereinander abgefeuert wurden. Jemand rief ihren Namen, Heerse und Müller waren da. Es roch nach Blut, und sie fühlte sich schwach. Der Schmerz hatte nachgelassen, aber die Angst, die spürte sie noch ganz deutlich. Eine Hand umschloss die ihre, drückte sie fest, das tat gut. Sanftes Flüstern an ihrem Ohr. Jemand sagte »Ich liebe dich«, dann wurde alles erneut schwarz.

* * *

Anke Derlach war tot. Als die Beamten die Tür eintraten, hatte sie die Säge sofort an Maren Teubers Kehle angesetzt. Den Mord an der Polizistin konnten nur die Schüsse aus Heerses Dienstwaffe verhindern. Seine Kommissarin war fürs Erste gerettet, aber sie hatte sehr viel Blut verloren. Die Ärzte operierten sofort und konnten den Arm retten, auch die Schädelverletzungen durch die Schläge auf den Kopf würden glücklicherweise ohne Folgen bleiben, aber trotzdem brauchte die Beamtin Ruhe und Zeit.

Heerse stand am Fenster in dem langen Krankenhausgang und dachte an Marius Korts Beschreibung des Unfallortes nach dem Busunglück. Er nannte es ein Blutmosaik. Offensichtlich hatte jenes Blutmosaik Anke Derlach nach dreißig Jahren eingeholt und sie zu einer brutalen Serienmörderin werden lassen. Maren wäre heute beinahe gestorben. Nur durch das Benutzen seiner Waffe hatte er das Schlimmste verhindert. Im Moment fühlte er sich müde und ausgelaugt.

»Ich bin ein alter Mann«, sagte er leise zu sich selbst und zuckte zusammen, als ein Kollege von der Streife ihm vorsichtig auf die Schulter tippte. »Ich habe gehört, was passiert ist, und dachte, ich erkundige mich nach der Kollegin Teuber.«

»Es wird wieder«, antwortete Heerse mit rauer Stimme.

»Du hast sie gerettet, gut gemacht, Rolf!«

»Ich hätte sie fast verloren«, entgegnete der Hauptkommissar ernst.

Der andere machte ein verständnisvolles Gesicht und antwortete: »Sie lebt, nur das zählt.«

Die Männer nickten sich zu und schwiegen einen Moment.

Der Streifenbeamte unterbrach schließlich die Stille, indem er sagte: »Ach übrigens, du hast doch auch Nachforschungen wegen diesem Jörg Acker angestellt. Dem Friseur?«

»Ja, aber das hat sich erledigt.«

»Vielleicht interessiert dich, dass wir einen Wagen in dessen Salon geschickt haben. Häusliche Gewalt, wenn man so will. Wir mussten seine Freundin und Teilhaberin festnehmen. Er hat ihr offensichtlich mitgeteilt, dass die Partnerschaft zu Ende ist. Hat ihr einen Wisch von seiner Anwältin unter die Nase gehalten, woraufhin Frau Zehner total ausgeflippt ist. Eine der Angestellten hat uns gerufen. Er sitzt noch unten in der Notaufnahme, sie hat ihm eine Schere in den Oberarm gerammt, und ich nehme jetzt seine Aussage auf. Schlimme Welt, was?«

* * *

Im Krankenzimmer saß Müller neben Marens Bett. Die Ärzte hatten ihm einen kurzen Besuch gestattet. Er hielt die Hand seiner Kollegin, die gerade die Augen öffnete.

»Du bist da«, flüsterte sie kraftlos, aber mit einem glücklichen Lächeln.

»Nicht sprechen, du musst dich ausruhen«, erwiderte er mit einem Kloß im Hals.

»Ich wollte dir etwas sagen. Dieser Abend ... es hat mir etwas bedeutet, viel bedeutet. Ich möchte, dass du das weißt ...«

Ihre Stimme wurde leiser, und sie schlief wieder ein.

Müller liefen Tränen über die Wangen, als er ihr vorsichtig einen Kuss auf die Stirn hauchte. Eine Krankenschwester öffnete die Tür und machte ein Zeichen, die Besuchszeit war zu Ende.

Er beugte sich noch einmal zu Maren und sagte voller Zärtlichkeit: »Ich werde immer für dich da sein, das verspreche ich dir!«

Ende

Schlusswort und Anmerkungen

Alle Personen, Institutionen und Handlungen in meinem Buch nebst Namen und Bezeichnungen sind frei erfunden. Ähnlichkeiten mit lebenden oder toten Personen und deren Handlungen sind rein zufällig und nicht beabsichtigt.

Auch im sechsten Teil der Sepsis-Reihe »Blutmosaik« habe ich mir Schauplätze rund um Baden-Baden ausgesucht. Die meisten sind real, so wie die Schweigrother Matten, ein Naherholungsgebiet im noch jungen Baden-Badener Stadtteil Cité. Außerdem tauchen natürlich wieder die Fußgängerzone, der Leopoldsplatz und das Kurhaus samt Kurgarten auf. In Letzterem findet alljährlich ein wunderschöner Weihnachtsmarkt statt. Eine Szene spielt beim Klosterplatz in Lichtental, in dessen Mitte der erwähnte Obelisk steht, ein Denkmal für die Soldaten, die im Deutsch-Französichen Krieg gefallen sind. Die Beschreibung des Quellgebiets des Flusses Oos stützt sich auf die tatsächlichen geografischen Daten. Hier sei noch erwähnt, dass jenes sonst so harmlose Gewässer im Oktober 1998 über die Ufer getreten ist und verheerende Hochwasserschäden angerichtet hat.
Was die Dienststelle angeht, habe ich meiner Fantasie freien Lauf gelassen. Das Gleiche gilt für den Starfriseur »Jerome« und seine Filialen. Allerdings möchte ich nicht versäumen darauf hinzuweisen, dass es in Baden-Baden und Umgebung sehr viele ausgezeichnete Friseure und Schönheitssalons gibt, die die Einheimischen und auch die Besucher

zu verwöhnen wissen. Ebenso empfehle ich die zahlreichen gemütlichen Cafés, die nicht nur meinen Hauptkommissar mit raffinierten Leckereien locken.

Herzlichen Dank, dass Sie sich für meinen Psychothriller »Blutmosaik« entschieden haben. Ich hoffe, Sie hatten spannende Stunden mit Rolf Heerse und seinem Team. Natürlich wäre es schön, wenn Sie einmal selbst die Gelegenheit haben, Baden-Baden zu besuchen, um auf den Spuren meines Hauptkommissars zu wandeln. Ich bin mir sicher, dass Sie Ihren Ausflug genießen würden!

Ihre Ilona Bulazel

Weitere Bücher der Autorin

Der Sündenfänger (Psychothriller)
www.amazon.de/dp/B077ZMB5QW

Verdorbene Ernte (Psychothriller)
www.amazon.de/dp/B07494DKKH

Bitterblutige Wahrheit (Kriminalroman)
www.amazon.de/dp/B0716MQZXZ

Ufer der Angst (Psychothriller, Band 5)
www.amazon.de/dp/B01NCTUIFX

Schmutzige Tränen (Psychothriller)
www.amazon.de/dp/B01H92SI1Y

Lautloser Hass (Psychothriller, Band 4)
www.amazon.de/dp/B01CTAO28E

Sepsis – Showblut (Psychothriller, Band 3)
www.amazon.de/dp/B01ADMWI8G

Sepsis – Das Schandmaul (Psychothriller, Band 2)
www.amazon.de/dp/B015WUW2QM

Sepsis – Verkommenes Blut (Psychothriller, Band 1)
www.amazon.de/dp/B00V0R616E

Das Geheimnis von Herculaneum (Historischer Roman)
www.amazon.de/dp/B06XR29T4J

Blutiger Schein (Thriller)
www.amazon.de/dp/B01J2WXQ6Q

Projekt Todlicht (Thriller)
www.amazon.de/dp/B011AKKO22

Die Akte Aljona (Thriller)
www.amazon.de/dp/B00Q5KOL2M

Operation Castus (Thriller)
www.amazon.de/dp/B00IDI70R2

world: reset – Nach den Aschentagen (Krimi/Science-Fiction-Thriller)
www.amazon.de/dp/B00CG8G79W

Mystery-Geschichten (Kurzgeschichten)
www.amazon.de/dp/B00LOVB5K8

Scifi-Geschichten (Kurzgeschichten)
www.amazon.de/dp/B00M4E48P8

Alle Titel erhalten Sie als E-Book (die Shops finden Sie auf der Website der Autorin unter www.autorib.de) oder als Taschenbuch über Amazon!

24910381R00162

Printed in Poland
by Amazon Fulfillment
Poland Sp. z o.o., Wrocław